O romantismo europeu
Antologia bilíngue

O romantismo europeu
Antologia bilíngue

Organizadoras
Anna Palma
Ana Maria Chiarini
Maria Juliana Gambogi Teixeira

autêntica

Copyright © 2013 As organizadoras
Copyright © 2013 Autêntica Editora

PROJETO GRÁFICO
Diogo Droschi

EDITORAÇÃO ELETRÔNICA
Waldênia Alvarenga Santos Ataide

REVISÃO
Dila Bragança de Mendonça

EDITORA RESPONSÁVEL
Rejane Dias

Revisado conforme o Acordo Ortográfico da Língua Portuguesa de 1990, em vigor no Brasil desde janeiro de 2009.

Todos os direitos reservados pela Autêntica Editora. Nenhuma parte desta publicação poderá ser reproduzida, seja por meios mecânicos, eletrônicos, seja via cópia xerográfica, sem a autorização prévia das Editoras.

AUTÊNTICA EDITORA LTDA.

Belo Horizonte
Rua Aimorés, 981, 8º andar . Funcionários
30140-071 . Belo Horizonte . MG
Tel.: (55 31) 3214 5700
Televendas: 0800 283 13 22
www.autenticaeditora.com.br

São Paulo
Av. Paulista, 2.073, Conjunto Nacional, Horsa I
23º andar, Conj. 2301 . Cerqueira César
01311-940 . São Paulo . SP
Tel.: (55 11) 3034 4468

Este livro recebeu apoio financeiro da PRPQ UFMG.

**Dados Internacionais de Catalogação na Publicação (CIP)
(Câmara Brasileira do Livro, SP, Brasil)**

O Romantismo europeu : antologia bilíngue / (organizadoras) Anna Palma, Ana Maria Chiarini, Maria Juliana Gambogi Teixeira. -- Belo Horizonte : Autêntica Editora, 2013.

ISBN 978-85-8217-152-3

1. Antologia 2. Literatura europeia 3. Romantismo I. Palma, Anna. II. Chiarini, Ana Maria. III. Teixeira, Maria Juliana Gambogi.

13-00717   CDD-809.9145

Índices para catálogo sistemático:
1. Romantismo europeu : Antologias : Literatura 809.9145

Sumário

Introdução 7

1. Últimas cartas de Jacopo Ortis
   Ugo Foscolo
   Introdução 13
   Tradução de Andréia Guerini e Karine Simoni 15

2. Cavaleiro Gluck: uma lembrança do ano 1809
   Ernst Theodor Amadeus Hoffmann
   Introdução 18
   Tradução de Maria Aparecida Barbosa 21

3. Carta semisséria de Grisóstomo a seu filho
   Giovanni Berchet
   Introdução 43
   Tradução de Ana Maria Chiarini 47

4. Biografia literária (1817)
   Samuel Taylor Coleridge
   Introdução 88
   Tradução de Julio Jeha 91

5. Zibaldone Di Pensieri: autógrafos 16 – 18
   Giacomo Leopardi
   Introdução 115
   Tradução de Andréia Guerini, Anna Palma e Tânia Mara Moysés ... 117

6. A confissão de um filho do século
   Alfred de Musset
   Introdução 126
   Tradução de Maria Juliana Gambogi Teixeira e
   Luana Marinho Duarte 131

7. Carta sobre o Romantismo a Cesare D'Azeglio
Alessandro Manzoni
Introdução...162
Tradução de Anna Palma.......................................165

8. Cartas literárias a uma mulher
Gustavo Adolfo Bécquer
Introdução...192
Tradução de Elisa Maria Amorim Vieira.................195

Sobre os tradutores...222

Introdução

Anna Palma
Ana Chiarini
Maria Juliana Gambogi Teixeira

Este livro nasce de uma bolsa recebida pela professora recém-contratada da área de língua italiana da Faculdade de Letras da UFMG, Anna Palma, que, diante da evidência da acanhada bibliografia em língua portuguesa acerca do Romantismo italiano, propôs-se a preencher parte dessa lacuna. O convite posterior a especialistas de outras línguas, cujas literaturas sofreram forte influência do Romantismo, revelou-se um desenvolvimento natural do projeto, que contribuiu expressivamente para seu enriquecimento, dada a relevância dos textos selecionados. A esse primeiro objetivo respondia a escolha por uma edição bilíngue que, ademais, poderia interessar tanto aos estudos sobre tradução quanto aos pesquisadores e leitores de línguas e literaturas estrangeiras e comparadas, por causa das peculiaridades linguísticas de alguns dos textos selecionados.

Com efeito, a seleção dos textos publicados, realizada livremente pelos envolvidos neste projeto, reflete tanto modelos interpretativos específicos acerca do Romantismo quanto a atualidade da oferta editorial no Brasil. Embora não se trate de um critério exclusivo, em muitos casos se deu preferência a textos e extratos pouco ou nada contemplados por edições brasileiras.

Romantismo europeu: antologia bilíngue[1] apresenta, portanto, uma seleção de textos de autores europeus, associados à difusão do Romantismo, seja na Alemanha, na Itália, na França, Inglaterra ou na Espanha.

---

[1] O projeto teve o apoio financeiro da Pró-Reitoria de Pesquisa da Universidade Federal de Minas Gerais, através de um auxílio à pesquisa de doutor recém-contratado, acordado à professora Anna Palma em 2010.

A diversidade linguística responde à diversidade de gêneros: o leitor irá se deparar com diferentes categorias estilísticas, que vão da carta ao ensaio, do conto ao romance, numa pequena síntese da liberdade formal que caracterizou a literatura romântica. O volume se destina a um público vasto, não exclusivamente composto de especialistas. Daí a presença de uma breve introdução precedendo cada tradução, assinada pelo tradutor-pesquisador responsável por aquela seleção e destinada a apresentar, em grandes linhas, o texto, o autor e sua obra dentro do cenário romântico.

***

O Romantismo pode ser definido como um movimento ideológico e cultural que nasceu e se desenvolveu inicialmente na Europa do final do século XVIII até metade do século XIX. O termo *romantic* surgiu na Inglaterra, em meados do século XVII, com um sentido negativo, para designar o elemento fantástico, visto como irreal e falso, dos romances pastorais e de cavalaria em voga na época. Em 1797, com a fundação da revista *Athenäum*, foi utilizado pela primeira vez numa acepção totalmente positiva pelos alemães Novalis, Friedrich e August Wilhelm Schlegel. A partir desse momento, o termo *romântico* estenderia seu significado, passando a indicar uma atitude espiritual e estética entendida como absolutamente moderna, ou seja, contemporânea.

Estetas, poetas, filósofos e pensadores dos mais diversos matizes traçaram as linhas principais de um Romantismo europeu declinado em tantas línguas quanto tendências, visto sua disposição comum a assumir temáticas e características determinadas pelas condições históricas, políticas e culturais próprias a cada país. A cada novo contexto, os temas românticos e suas ideias eram relançados e revisitados, incrementando o já variado ideário dos primórdios do movimento. Não por acaso se pode afirmar que "o romantismo ultrapassa questões estéticas estrito senso e, *a fortiori*, questões exclusivamente literárias, para encampar a totalidade do sistema simbólico da humanidade (a arte, a ciência, a história, a religião, a política, a língua, enfim, a civilização)" [tradução nossa].[2]

---

[2] MILLET, Claude. *Le Romantisme*. Paris: Le Livre de Poche, 2007, p. 35.

Identificados com os fundadores da modernidade, os ideais românticos ainda caracterizam nossas culturas ocidentais, resultando difícil, até hoje, uma inequívoca definição desse movimento que se anunciava como portador de mudanças históricas, sociais e culturais em boa medida definidoras de nossa ordem de mundo. Nessa medida, não se pretende, aqui, propor uma definição última do Romantismo, mas, antes, reapresentá-lo ao leitor brasileiro, preservando ao máximo sua multiplicidade.

A ordem cronológica proposta para esta coletânea sugere, pois, uma das muitas abordagens possíveis dos textos e dos Romantismos aqui reunidos. Assim, é uma carta do romance epistolar *As últimas cartas de Jacopo Ortis* (1798), do autor italiano Ugo Foscolo, a primeira das leituras propostas. Muitas das tópicas do nascente espírito romântico estão presentes nessa obra, dentre as quais, aquela que associa a arte e a poesia às nossas mais caras ilusões. A breve epístola aqui traduzida exalta a beleza como uma dessas ilusões de que a humanidade tanto necessita.

Segue-se o texto alemão *Cavaleiro Gluck* (1809), de Ernst Theodor Amadeus Hoffmann. Trata-se da transcrição poética inquietante de uma atividade fantástica e alucinatória, que alcançou um imenso sucesso já em seu tempo. Os contos desse escritor influenciaram as narrativas de autores como Poe e Dostoievski, assim como, no Brasil, inspiraram algumas das histórias de Machado de Assis. Em *Cavaleiro Gluck*, publicado inicialmente em uma revista de música, o narrador encontra várias vezes um músico bastante bizarro, um personagem muito misterioso cuja identidade somente será revelada no final.

Carta semisséria de Grisóstomo ao seu filho (1816), do poeta italiano Giovanni Berchet, é provavelmente o mais famoso manifesto do Romantismo italiano. Nela Berchet evidencia a nova relação que cabia à literatura romântica instaurar com o leitor: o escritor moderno, a seu ver, deveria ser capaz de falar para um público vasto (dos analfabetos aos letrados), o que representaria desafios importantes no que tange tanto à forma quanto ao conteúdo.

Em 1817, na Inglaterra, foi publicada *Biografia literária* de Samuel Taylor Coleridge. Para essa antologia, foram selecionados excertos de três capítulos que testemunham a influência do filósofo alemão Schelling nessa obra de Coleridge. O escritor inglês contribuiu para a entrada na Inglaterra de alguns dos princípios fundamentais do Romantismo

inglês, como a concepção orgânica de arte e poesia e a relação entre intelecto, vontade e fantasia, colocando-se como um teórico e crítico fundamental do movimento. A *Biografia literária* é a mais importante de suas obras em prosa, e nela se destaca a riqueza do ecletismo da sua fantasia, abrangendo saberes diferentes, que vão da estética à metafísica.

O poeta italiano Giacomo Leopardi escreveu, durante quinze anos, uma espécie de diário conhecido e publicado postumamente, o *Zibaldone di Pensieri*. Trata-se de 4.526 páginas manuscritas, no qual compila pensamentos e notas filosóficas, psicológicas e literárias, escritas entre 1817 e 1832. De posição antirromântica e classicista, suas reflexões críticas sobre o sistema romântico inspiram uma compreensão mais profunda do espírito da época, especialmente em uma perspectiva italiana. As páginas selecionadas do Zibaldone foram escritas em 1817, poucos meses depois do surgimento, na Itália, da grande polêmica entre românticos e classicistas, um debate que persistirá por vários anos e que constitui um marco do Romantismo italiano.

É de Alfred de Musset o romance *A confissão de um filho do século* (1836), do qual foi extraída a seleção aqui proposta para representar o Romantismo francês. Mais exatamente, trata-se dos dois primeiros capítulos dessa obra de Musset, escolhidos não por serem escritos programáticos do espírito romântico francês, mas porque manifestam, seja pelo tema, seja pelo estilo, as qualidades distintivas do Romantismo na França. Tais qualidades remetem à conjunção das experiências históricas às literárias, algo caro ao pensamento romântico europeu, mas que, no país de Musset, alcança uma dimensão exemplar, porque identificada com a própria essência do Romantismo.[3]

A *Carta sobre o romantismo a Cesare D'Azeglio* foi escrita em 1823 pelo italiano Alessandro Manzoni, poeta, autor de tragédias e do romance *Os Noivos*, que o consagrou como maior romancista do século XIX na Itália. Escrita sem intenção de se tornar pública, a carta pretende convencer seu destinatário, Cesare D'Azeglio, da importância e das possibilidades de sucesso do movimento em território italiano. O tom didático utilizado na explicação das propostas dos românticos

---

[3] A título de exemplo, o leitor pode conferir o célebre ensaio de Victor Hugo sobre *William Shakespeare*, e sua disposição a tomar como sinônimos Romantismo e século XIX.

faz desse texto uma importante síntese do Romantismo, a partir da perspectiva de um italiano. Entre outros temas, Manzoni compara as intenções literárias românticas com os princípios do Evangelho, avançando uma hipótese que lhe seria cara: a saber, que o Romantismo e o Cristianismo têm mais de um ponto de contato e que seriam, ambos, vetores de uma sociedade mais justa.

As *Cartas literárias a uma mulher*, do poeta espanhol Gustavo Adolfo Bécquer, são um manifesto poético singular e, ao mesmo tempo, o testemunho de uma concepção romântica da literatura. Nelas Bécquer expõe suas teorias sobre poesia e amor, bem como uma visão ambígua da mulher. Suas *Rimas* podem ser consideradas a expressão mais autêntica da poesia romântica espanhola, iniciando a corrente da poesia intimista, inspirada em Heine e contrária à retórica e à altissonância do Romantismo espanhol que o antecedeu.

Últimas cartas de Jacopo Ortis

Ugo Foscolo

Introdução

Ugo Foscolo (1778-1827) é considerado o principal expoente literário na Itália na passagem do século XVIII para o século XIX. Ainda muito jovem foi obrigado a deixar sua terra natal Zante, ilha grega de possessão veneziana e se mudou para Veneza, onde iniciou a sua atividade literária. Dedicou-se à poesia, ao teatro, à prosa, à tradução e à escrita ensaística e, pelo seu envolvimento com questões políticas do seu tempo, exilou-se em várias cidades da Itália e em outros países, até o exílio definitivo em Londres, onde faleceu.

O romance epistolar *As últimas cartas de Jacopo Ortis* é considerado o primeiro romance epistolar da literatura italiana e a obra–prima do autor. Nesse romance são organizadas as cartas que o protagonista Jacopo Ortis mandou ao amigo Lorenzo Alderani, que após o suicídio de Jacopo as teria publicado juntamente com uma apresentação e uma conclusão. Desde a sua primeira publicação em 1798, não autorizada pelo autor, o romance obteve um grande sucesso e foi publicado e reelaborado várias vezes, até a edição definitiva de 1817, publicada em Londres.

A carta aqui apresentada faz parte da primeira parte do romance. Nessa carta destaca-se o tom poético que caracteriza o espírito romântico: a exaltação da fantasia e a afirmação do sentimento em substituição ao modo racional de compreender a realidade; a contemplação da beleza como antídoto à infelicidade humana; a ideia da beleza como ilusão capaz de aliviar o estado de pessimismo existencial.

Andréia Guerini e Karine Simoni

Le ultime lettere di Jacopo Ortis

Ugo Foscolo

[...]

03 dicembre **[1797]**

Stamattina io me n'andava un po' per tempo alla villa, ed era già presso alla casa T★★★, quando mi ha fermato un lontano tintinnio d'arpa. O! io mi sento sorridere l'anima, e scorrere in tutto me quanta mai voluttà allora m'infondeva quel suono. Era Teresa – come poss'io immaginarti, o celeste fanciulla, e chiamarti dinanzi a me in tutta la tua bellezza, senza la disperazione nel cuore! Pur troppo! tu cominci a gustare i primi sorsi dell'amaro calice della vita, ed io con questi occhi ti vedrò infelice, né potrò sollevarti se non piangendo! io; io stesso ti dovrò per pietà consigliare a pacificarti con la tua sciagura.

Certo ch'io non potrei né asserire né negare a me stesso ch'io l'amo; ma se mai, se mai! – in verità non d'altro che di un amore incapace di un solo pensiero: Dio lo sa! – Io mi fermava, lì lì, senza batter palpebra, con gli occhi, le orecchie, e i sensi tutti intenti per divinizzarmi in quel luogo dove l'altrui vista non mi avrebbe costretto ad arrossire de' miei rapimenti. Ora ponti nel mio cuore, quand'io udiva cantar da Teresa quelle strofette di Saffo tradotte alla meglio da me con le altre due odi, unici avanzi delle poesie di quella amorosa fanciulla, immortale quanto le Muse. Balzando d'un salto, ho trovato Teresa nel suo gabinetto su quella sedia stessa ove io la vidi il primo giorno, quand'ella dipingeva il proprio ritratto. Era neglettamente

Últimas cartas de Jacopo Ortis
Ugo Foscolo

Tradução e notas de
Andréia Guerini e Karine Simoni

[...]
03 de dezembro **[1797]**

Esta manhã eu estava andando um pouco para passar o tempo no vilarejo, e estava já próximo à casa de T★★★, quando me parou um distante tilintar de harpa. Oh! eu sinto a minha alma sorrir, e corre pelo meu ser toda a volúpia que jamais me infundia aquele som. Era Teresa – como posso eu imaginá-la, ó celestial menina, e chamá-la diante de mim em toda a sua beleza, sem o desespero no coração! Ai de mim! você começa a saborear os primeiros goles do amargo cálice da vida e eu com estes olhos a verei infeliz, nem poderei confortá-la senão chorando! eu, eu mesmo deverei por piedade aconselhá-la a fazer as pazes com a sua dor.

Claro que eu não poderia nem afirmar nem negar a mim mesmo que eu a amo; mas se alguma vez, se alguma vez! – Na verdade não é nada muito diferente de um amor incapaz de um só pensamento: Deus o sabe! – Eu me detinha ali, sem piscar, com os olhos, os ouvidos e os sentidos todos voltados a me divinizar naquele lugar onde a opinião dos outros não me teria obrigado a ruborizar do meu êxtase. Agora aponta no meu coração, quando eu escutava Teresa cantar aquelas pequenas estrofes de Safo traduzidas por mim da melhor maneira com as outras duas odes, únicos resquícios das poesias daquela amorosa menina, tão imortal quanto as Musas. Levantando-me rapidamente, encontrei Teresa em sua sala, naquela mesma cadeira onde eu a vi no primeiro dia, quando ela

vestita di bianco; il tesoro delle sue chiome biondissime diffuse su le spalle e sul petto, i suoi divini occhi nuotanti nel piacere, il suo viso sparso di un soave languore, il suo braccio di rose, il suo piede, le sue dita arpeggianti mollemente, tutto tutto era armonia: ed io sentiva una nuova delizia nel contemplarla. Bensì Teresa parea confusa, veggendosi d'improvviso un uomo che la mirava così discinta, ed io stesso cominciava dentro di me a rimproverarmi d'importunità e di villania: essa tuttavia proseguiva ed io sbandiva tutt'altro desiderio, tranne quello di adorarla, e di udirla. Io non so dirti, mio caro, in quale stato allora io mi fossi: so bene ch'io non sentiva più il peso di questa vita mortale.

S'alzò sorridendo e mi lasciò solo. Allora io rinveniva a poco a poco: mi sono appoggiato col capo su quell'arpa e il mio viso si andava bagnando di lagrime – oh! mi sono sentito un po' libero.

pintava o seu próprio retrato. Estava desleixadamente vestida de branco, o tesouro dos seus cabelos loiríssimos espalhados pelas costas e sobre o peito, os seus divinos olhos mergulhados no prazer, o seu rosto esparso em um suave langor, o seu braço de rosas, o seu pé, os seus dedos suavemente harpejantes, tudo, tudo era harmonia: e eu sentia um novo prazer em contemplá-la. Mas Teresa parecia confusa, vendo improvisadamente um homem que a olhava tão desalinhada, e eu mesmo começava dentro de mim a me reprovar por tê-la importunado e pela vilania: ela, todavia, continuava, e eu afastava qualquer outro desejo, exceto o de adorá-la e de ouvi-la. Eu não sei lhe dizer, meu caro, em qual estado então eu estivesse: sei bem que eu não sentia mais o peso desta vida mortal.

Levantou-se sorrindo e me deixou sozinho. Então, pouco a pouco, eu me recuperava: apoiei minha cabeça naquela harpa, e o meu rosto ia se molhando de lágrimas – oh! me senti um pouco livre.

Cavaleiro Gluck: uma lembrança do ano 1809

Ernst Theodor Amadeus Hoffmann

Introdução

O conto fantástico "Cavaleiro Gluck" foi escrito por Ernst Theodor Amadeus Hoffmann (1776-1822), o mais criativo dos escritores românticos alemães. Ao substituir seu terceiro prenome, Wilhelm, por Amadeus, presta uma homenagem ao seu ídolo, o músico Amadeus Mozart. Hoffmann tornou-se conhecido no Brasil sobretudo através do conto "O homem-areia", que foi objeto de estudo no ensaio "O estranho" (*Das Unheimliche*), do psicanalista Sigmund Freud. Por isso, seu nome está mais associado à literatura fantástica, justamente a que se apresenta aqui, mas essa foi somente uma das vertentes de sua fecunda literatura que integra também narrativas policiais, realistas, cômicas, grotescas. Além de escritor, ele era caricaturista e, acima de tudo, músico.

Georg Hegel e Goethe atribuíam à arte as funções de formar espíritos claros e saudáveis e de proteger o leitor/espectador das impressões mórbidas e estranhas, por exemplo, das transmitidas pela literatura fantástica de Hoffmann: *Os elixires do diabo*, "O homem-areia" ou "Cavaleiro Gluck". Goethe, que compôs várias obras consideradas clássicas e acabadas – passou 50 anos aprimorando o romance *Meister* –, lamentava os projetos não concretizados da nova geração de escritores que privilegiava a estética do fragmento, os valores míticos medievais, a psicologia, o gótico.

O conto "Cavaleiro Gluck" menciona pessoas como Madame Bethmann, atriz teatral da moda, e o filósofo Fichte, também em voga devido a um livro publicado havia pouco, personalidades que de fato viviam em 1809, ano em destaque no subtítulo, como se pretendesse ser bastante explícito. O título faz uma alusão ao compositor Gluck, morto em 1787, ou seja, 22 anos antes da lembrança marcante de 1809. O conto traz detalhes topográficos relativos à cidade de Berlim, como os cafés *Klaus* e *Weber* do bairro central, *Tiergarten* (Jardim Botânico), e as ruas *Heer* e *Friedrich*. Toda a descrição introdutória é bastante realista no que concerne à paisagem domingueira, com os transeuntes burgueses

bem vestidos para o passeio, e isso fica mais evidente quando o protagonista, de repente, se depara com um homem que particularmente lhe desperta o interesse. Aí, sobretudo, o narrador traz minudências sobre as feições daquele rosto impressionante: o brilho do olhar, as rugas, as sobrancelhas e o tique característico das bochechas, bem como a testa larga, cheia de personalidade. Tal descrição, rica em detalhes, é *sui generis* na literatura de Hoffmann. Por que descreve a fisionomia do homem tão minuciosamente ao encontrá-lo pela primeira vez? Uma série de acontecimentos misteriosos e diálogos a respeito de música e composição põem paulatinamente em evidência a genialidade do personagem que, no desfecho, faz uma confissão assombrosa.

Maria Aparecida Barbosa

Ritter Gluck
Eine erinnerung aus dem jahre 1809[1]

Ernst Theodor Amadeus Hoffmann

Der Spätherbst in Berlin hat gewöhnlich noch einige schöne Tage. Die Sonne tritt freundlich aus dem Gewölk hervor, und schnell verdampft die Nässe in der lauen Luft, welche durch die Straßen weht. Dann sieht man eine lange Reihe, buntgemischt – Elegants, Bürger mit der Hausfrau und den lieben Kleinen in Sonntagskleidern, Geistliche, Jüdinnen, Referendare, Freudenmädchen, Professoren, Putzmacherinnen, Tänzer, Offiziere u.s.w. durch die Linden nach dem Tiergarten ziehen. Bald sind alle Plätze bei Klaus und Weber besetzt; der Mohrrübenkaffee dampft, die Elegants zünden ihre Zigaros an, man spricht, man streitet über Krieg und Frieden, über die Schuhe der Mad. Bethmann, ob sie neulich grau oder grün waren, über den geschlossenen Handelsstaat und böse Groschen u.s.w., bis alles in eine Arie aus "Fanchon" zerfließt, womit eine verstimmte Harfe, ein paar nicht gestimmte Violinen, eine lungensüchtige Flöte und ein spasmatischer Fagott sich und die Zuhörer quälen. Dicht an dem Geländer, welches den Weberschen Bezirk von der Heerstraße trennt, stehen mehrere kleine runde Tische und Gartenstühle; hier atmet man freie Luft, beobachtet die Kommenden und Gehenden, ist entfernt von dem kakophonischen Getöse jenes vermaledeiten Orchesters: da setze ich mich hin, dem leichten Spiel meiner Phantasie mich überlassend, die mir befreundete Gestalten zuführt, mit denen ich über Wissenschaft, über Kunst, über alles, was dem Menschen am teuersten sein soll, spreche. Immer bunter und bunter wogt die Masse der Spaziergänger bei mir vorüber, aber nichts stört mich, nichts kann

Cavaleiro Gluck:
Uma lembrança do ano 1809
Ernst Theodor Amadeus Hoffmann

Tradução e notas de
Maria Aparecida Barbosa

O outono tardio em Berlim ainda traz normalmente uns belos dias. O sol surge agradável de trás das nuvens, e logo a umidade se evapora no ar tépido que sopra as ruas. Então, pode-se ver uma longa fila variada – elegantes, cidadão com esposa e filhos queridos em roupa domingueira, padres, judias, estagiários, prostitutas, professores, faxineiras, dançarinos, oficiais e outros pelas tílias em direção ao *Tiergarten*. Logo todos os lugares estão ocupados no *Klaus* e no *Weber*.[1] o cheiro de café se espalha, os elegantes acendem seus charutos, fala-se, discute-se sobre guerra e paz, sobre os sapatos da Madame Bethmann,[2] se eram cinzentos ou verdes da última vez, sobre uma obra de Fichte, o dinheiro difícil e assim por diante, até que tudo começa a fluir numa ária de "*Fanchon*",[3] em que uma harpa desafinada, alguns violinos destoados, uma flauta tocada a plenos pulmões e um fagote espasmódico torturam a si mesmos e ao ouvinte.

Ao lado da amurada que separa a área do *Weber* da *Heerstraße*, há várias mesinhas redondas e cadeiras de jardim, de onde se respira ar fresco, observa-se os passantes, longe do ruído dissonante daquela orquestra amaldiçoada: sentei-me ali, abandonando-me ao leve jogo da minha fantasia, que me oferecia figuras amigáveis, com as quais eu conversava sobre ciência, arte e tudo que deve ser mais caro ao homem.

Cada vez mais colorida, movimentava-se a massa dos transeuntes diante de mim, mas nada me incomodava, nada conseguia afugentar

meine phantastische Gesellschaft verscheuchen. Nur das verwünschte Trio eines höchst niederträchtigen Walzers reißt mich aus der Traumwelt. Die kreischende Oberstimme der Violine und Flöte und des Fagotts schnarrenden Grundbaß allein höre ich; sie gehen auf und ab, fest aneinanderhaltend in Oktaven, die das Ohr zerschneiden, und unwillkürlich, wie jemand, den ein brennender Schmerz ergreift, ruf' ich aus:

"Welche rasende Musik! die abscheulichen Oktaven!" – Neben mir murmelt es:

"Verwünschtes Schicksal! schon wieder ein Oktavenjäger!"

Ich sehe auf und werde nun erst gewahr, daß, von mir unbemerkt, an demselben Tisch ein Mann Platz genommen hat, der seinen Blick starr auf mich richtet, und von dem nun mein Auge nicht wieder loskommen kann.

Nie sah ich einen Kopf, nie eine Gestalt, die so schnell einen so tiefen Eindruck auf mich gemacht hätten. Eine sanft gebogene Nase schloß sich an eine breite, offene Stirn, mit merklichen Erhöhungen über den buschigen, halbgrauen Augenbrauen, unter denen die Augen mit beinahe wildem, jugendlichem Feuer (der Mann mochte über fünfzig sein) hervorblitzten. Das weichgeformte Kinn stand in seltsamem Kontrast mit dem geschlossenen Munde, und ein skurriles Lächeln, hervorgebracht durch das sonderbare Muskelspiel in den eingefallenen Wangen, schien sich aufzulehnen gegen den tiefen, melancholischen Ernst, der auf der Stirn ruhte. Nur wenige graue Löckchen lagen hinter den großen, vom Kopfe abstehenden Ohren. Ein sehr weiter, moderner Überrock hüllte die große hagere Gestalt ein. Sowie mein Blick auf den Mann traf, schlug er die Augen nieder und setzte das Geschäft fort, worin ihn mein Ausruf wahrscheinlich unterbrochen hatte. Er schüttete nämlich aus verschiedenen kleinen Tüten mit sichtbarem Wohlgefallen Tabak in eine vor ihm stehende große Dose und feuchtete ihn mit rotem Wein aus einer Viertelsflasche an. Die Musik hatte aufgehört; ich fühlte die Notwendigkeit, ihn anzureden.

"Es ist gut, daß die Musik schweigt", sagte ich; "das war ja nicht auszuhalten."

Der Alte warf mir einen flüchtigen Blick zu und schüttete die letzte Tüte aus.

"Es wäre besser, daß man gar nicht spielte"; nahm ich nochmals das Wort. "Sind Sie nicht meiner Meinung?"

minha companhia fantástica. Só o indesejável trio de uma valsa bastante infame me tirava do mundo dos sonhos. A voz soprano desafinada de um violino, uma flauta e o ronco grave do fagote contraponto, só isso eu escutava: eles subiam e desciam bem juntos nas oitavas que feriam o ouvido e, involuntariamente, como alguém que solta um grito de dor ao se queimar, reclamei:

— Que música desenfreada! Que oitava horrível!

Do meu lado alguém murmurou:

— Destino indesejável! Mais um caçador de oitavas!

Eu me virei e só então me dei conta de que à minha frente, na mesma mesa, havia se sentado um homem que então me dirigia um olhar fixo, do qual agora meus olhos não podiam mais se desgrudar.

Eu nunca vira uma cabeça, uma figura que me tivessem provocado uma impressão instantânea tão profunda. Um nariz levemente aquilino complementava uma testa larga, com pronunciadas rugas acima das sobrancelhas cinzentas e cerradas, e os olhos faiscavam com um brilho quase jovem e selvagem (o homem tinha uns cinquenta anos). O queixo de formato suave fazia um contraste estranho com a boca fechada, e um sorriso grotesco, provocado por um movimento de músculos singular nas bochechas flácidas, parecia se sublevar contra a seriedade profunda e melancólica gravada na testa. Somente alguns poucos cachos prateados pousavam atrás das grandes orelhas salientes. Um casaco moderno e bem largo encobria a alta figura esguia.

Tão logo meu olhar o atingiu, ele baixou os olhos e prosseguiu a atividade da qual eu provavelmente o retirara com minha exclamação. Na verdade, ele estava, com visível prazer, despejando tabaco de vários saquinhos numa lata e umedecendo-o com vinho tinto de um quarto de garrafa. A música parara; eu senti necessidade de me dirigir a ele.

— É bom que parem a música — disse-lhe. — Estava intolerável.

O velho me olhou rapidamente e esvaziou o último saquinho.

— Seria melhor se não tocassem — tentei mais uma vez entabular uma conversa. — O que o senhor acha?

— Eu não acho nada — disse ele. — O senhor é músico e especialista de profissão...

"Ich bin gar keiner Meinung", sagte er. "Sie sind Musiker und Kenner von Profession"...

"Sie irren; beides bin ich nicht. Ich lernte ehemals Klavierspielen und Generalbaß, wie eine Sache, die zur guten Erziehung gehört, und da sagte man mir unter anderm, nichts mache einen widrigern Effekt, als wenn der Baß mit der Oberstimme in Oktaven fortschreite. Ich nahm das damals auf Autorität an und habe es nachher immer bewährt gefunden."

"Wirklich?" fiel er mir ein, stand auf und schritt langsam und bedächtig nach den Musikanten hin, indem er öfters, den Blick in die Höhe gerichtet, mit flacher Hand an die Stirn klopfte, wie jemand, der irgendeine Erinnerung wecken will. Ich sah ihn mit den Musikanten sprechen, die er mit gebietender Würde behandelte. Er kehrte zurück, und kaum hatte er sich gesetzt, als man die Ouvertüre der "Iphigenia in Aulis" zu spielen begann.

Mit halbgeschlossenen Augen, die verschränkten Arme auf den Tisch gestützt, hörte er das Andante; den linken Fuß leise bewegend, bezeichnete er das Eintreten der Stimmen; jetzt erhob er den Kopf – schnell warf er den Blick umher – die linke Hand mit auseinandergespreizten Fingern ruhte auf dem Tische, als greife er einen Akkord auf dem Flügel, die rechte Hand hob er in die Höhe: es war ein Kapellmeister, der dem Orchester das Eintreten des andern Tempos angibt – die rechte Hand fällt, und das Allegro beginnt! – Eine brennende Röte fliegt über die blassen Wangen; die Augenbrauen fahren zusammen auf der gerunzelten Stirn, eine innere Wut entflammt den wilden Blick mit einem Feuer, das mehr und mehr das Lächeln wegzehrt, das noch um den halbgeöffneten Mund schwebte. Nun lehnt er sich zurück, hinauf ziehen sich die Augenbrauen, das Muskelspiel auf den Wangen kehrt wieder, die Augen erglänzen, ein tiefer, innerer Schmerz löst sich auf in Wollust, die alle Fibern ergreift und krampfhaft erschüttert – tief aus der Brust zieht er den Atem, Tropfen stehen auf der Stirn; er deutet das Eintreten des Tutti und andere Hauptstellen an; seine rechte Hand verläßt den Takt nicht, mit der linken holt er sein Tuch hervor und fährt damit über das Gesicht. – So belebte er das Skelett, welches jene paar Violinen von der Ouvertüre gaben, mit Fleisch und Farben. Ich hörte die sanfte, schmelzende Klage, womit die Flöte emporsteigt, wenn der Sturm der Violinen und Bässe ausgetobt hat und der Donner der Pauken

– O senhor se engana; não sou um nem outro. Antigamente eu estudava piano e baixo, como parte da boa educação, e naquela época disseram-me, entre outras coisas, que nenhum efeito pode ser pior que o do baixo que ultrapassa em oitavas o soprano. Assimilei isso como uma verdade e desde então venho sempre confirmando.

– É mesmo? – me interrompeu ele, levantando-se e encaminhando-se lento e circunspeto em direção aos músicos, sempre com a mão aberta batendo na testa e olhos virados para o alto, como alguém que força a memória. Eu o vi conversar com os músicos, que ele tratou com conveniente dignidade. Ele retornou ao seu lugar e, mal tinha se sentado, quando os músicos começaram a tocar o prelúdio de "Ifigênia em Áulis".[4]

Com os olhos semicerrados, os braços cruzados apoiados na mesa, ele ouvia o *andante*; com um leve movimento do pé esquerdo, marcava a entrada das vozes; depois, levantou a cabeça, passou um olhar rápido pelo ambiente, a mão esquerda espalmada pousava sobre a mesa, como se tocasse um acorde no piano; então, levou a mão esquerda para o alto – era um maestro, que dava à orquestra os tempos de entrada de cada um – e a mão direita caiu e começou o *allegro*! Um vermelho ardente queimava-lhe as bochechas pálidas; as sobrancelhas passeavam juntas pela testa enrugada, um furor inflamou o olhar selvagem com um fogo que apagava gradativamente o sorriso ainda flutuante em torno da boca semiaberta. Quando ele se recostou no espaldar da cadeira, as sobrancelhas se levantaram, o tique de músculos nas bochechas recomeçou, os olhos brilhavam, uma dor profunda e íntima se libertou numa volúpia que tomou todas as fibras e vibrou em espasmos – ele respirou do fundo do peito, gotas brotavam-lhe da fronte; ele marcava a entrada dos *tutti* e de outras passagens mais importantes; sua mão direita não abandonava o compasso; com a esquerda, puxou o lenço para enxugar o rosto. Dessa maneira, vitalizou em carne e osso o esqueleto que aqueles violinos vinham apresentando. Eu ouvia o lamento suave, melodioso, com que a flauta ascendia, quando a tempestade dos violinos e baixos amainava e o trovão do tímbalo se calava; eu ouvia os baixos tons vibrantes do violoncelo, do fagote, que enchiam o coração com indizível melancolia; os *tutti*, então, retornaram; como um gigante majestoso o *unissono* prosseguia e o abafado lamento se extinguiu, esmagado sob imensos passos.

schweigt; ich hörte die leise anschlagenden Töne der Violoncelle, des Fagotts, die das Herz mit unnennbarer Wehmut erfüllen; das Tutti kehrt wieder, wie ein Riese hehr und groß schreitet das Unisono fort, die dumpfe Klage erstirbt unter seinen zermalmenden Tritten. –

Die Ouvertüre war geendigt; der Mann ließ beide Arme herabsinken und saß mit geschlossenen Augen da, wie jemand, den eine übergroße Anstrengung entkräftet hat. Seine Flasche war leer; ich füllte sein Glas mit Burgunder, den ich unterdessen hatte geben lassen. Er seufzte tief auf, er schien aus einem Traume zu erwachen. Ich nötigte ihn zum Trinken; er tat es ohne Umstände, und indem er das volle Glas mit einem Zuge hinunterstürzte, rief er aus: "Ich bin mit der Aufführung zufrieden! das Orchester hielt sich brav!"

"Und doch," nahm ich das Wort – "doch wurden nur schwache Umrisse eines mit lebendigen Farben ausgeführten Meisterwerks gegeben."

"Urteile ich richtig? – Sie sind kein Berliner!"

"Ganz richtig; nur abwechselnd halte ich mich hier auf."

"Der Burgunder ist gut, aber es wird kalt."

"So lassen Sie uns ins Zimmer gehen und dort die Flasche leeren."

"Ein guter Vorschlag. – Ich kenne Sie nicht, dafür kennen Sie mich aber auch nicht. Wir wollen uns unsere Namen nicht abfragen: Namen sind zuweilen lästig. Ich trinke Burgunder, er kostet mich nichts, wir befinden uns wohl beieinander, und damit gut!"

Er sagte dies alles mit gutmütiger Herzlichkeit. Wir waren ins Zimmer getreten; als er sich setzte, schlug er den Überrock auseinander, und ich bemerkte mit Verwunderung, daß er unter demselben eine gestickte Weste mit langen Schößen, schwarzsamtne Beinkleider und einen ganz kleinen, silbernen Degen trug. Er knöpfte den Rock sorgfältig wieder zu.

"Warum fragten Sie mich, ob ich ein Berliner sei?" begann ich.

"Weil ich in diesem Falle genötigt gewesen wäre, Sie zu verlassen."

"Das klingt rätselhaft."

"Nicht im mindesten, sobald ich Ihnen sage, daß ich – nun, daß ich ein Komponist bin."

"Noch immer errate ich Sie nicht."

"So verzeihen Sie meinen Ausruf vorhin; denn ich sehe, Sie verstehen sich ganz und gar nicht auf Berlin und auf Berliner."

O prelúdio terminou; o homem deixou cair ambos os braços e permaneceu sentado com olhos fechados, exausto após o enorme esforço. Sua garrafa estava vazia; enchi seu copo com Burgunda, que eu havia pedido nesse ínterim. Ele suspirou profundamente, parecendo despertar de um sonho. Eu o convidei a beber; ele o fez sem cerimônia e, ao tomar o vinho num gole só, exclamou:

— Estou satisfeito com a apresentação! A orquestra se portou bem!

— Sim, senhor — tomei a palavra. — Foi feito um pálido contorno de uma obra-prima tocada com cores vivas.

— Diga-me se estou certo: o senhor não é berlinense!

— De fato, só resido aqui uma vez ou outra!

— O Burgunda está bom, mas estou sentindo um pouco de frio.

— Então podemos entrar e lá dentro esvaziamos a garrafa.

— Boa ideia. Eu não conheço o senhor, por outro lado, o senhor também não me conhece. Não queremos indagar nomes: de vez em quando os nomes incomodam. Eu bebo Burgunda, que não estou pagando, nós nos sentimos bem um com o outro e isso é o que importa.

Tudo isso foi dito com uma cordialidade benévola. Nós adentramos o salão; ao se sentar, ele ajeitou o casaco, e notei surpreso que por baixo usava uma jaqueta de abas largas bordada na frente, um traje de veludo cobrindo as pernas e uma adaga prateada bem pequenina. Cuidadosamente ele voltou a abotoar o casaco.

— Por que o senhor me perguntou se eu era de Berlim? — comecei.

— Porque, nesse caso, eu seria obrigado a deixá-lo.

— Isso soa enigmático.

— Nem um pouco, se eu lhe disser que, bem, que sou um compositor.

— Mas, mesmo assim, não o compreendo.

— Então me desculpe pelo que disse; vejo que o senhor não entende nada de Berlim e de berlinenses.

Ele se levantou e caminhou vigoroso de um lado para o outro algumas vezes; em seguida, aproximou-se da janela e passou a solfejar, com voz quase inaudível, o canto das sacerdotisas de "Ifigênia em Táuris", marcando aqui e acolá a entrada dos *tutti* na vidraça da janela. Com estranheza, observei que ele fazia certas alterações na melodia, surpreendentes pela força e novidade. Eu o deixei sossegado. Ao terminar, voltou ao seu lugar. Bastante impressionado pelo comportamento

Er stand auf und ging einigemal heftig auf und ab; dann trat er ans Fenster und sang kaum vernehmlich den Chor der Priesterinnen aus der "Iphigenia in Tauris", indem er dann und wann bei dem Eintreten der Tutti an die Fensterscheiben klopfte. Mit Verwundern bemerkte ich, daß er gewisse andere Wendungen der Melodien nahm, die durch Kraft und Neuheit frappierten. Ich ließ ihn gewähren. Er hatte geendigt und kehrte zurück zu seinem Sitz. Ganz ergriffen von des Mannes sonderbarem Benehmen und den phantastischen Äußerungen eines seltenen musikalischen Talents, schwieg ich. Nach einer Weile fing er an:

"Haben Sie nie komponiert?"

"Ja; ich habe mich in der Kunst versucht; nur fand ich alles, was ich, wie mich dünkte, in Augenblicken der Begeisterung geschrieben hatte, nachher matt und langweilig; da ließ ich's denn bleiben."

"Sie haben unrecht getan; denn schon, daß Sie eigne Versuche verwarfen, ist kein übles Zeichen Ihres Talents. Man lernt Musik als Knabe, weil's Papa und Mama so haben wollen; nun wird darauf los geklimpert und gegeigt; aber unvermerkt wird der Sinn empfänglicher für Melodie. Vielleicht war das halb vergessene Thema eines Liedchens, welches man nun anders sang, der erste eigne Gedanke, und dieser Embryo, mühsam genährt von fremden Kräften, genas zum Riesen, der alles um sich her aufzehrte und in sein Mark und Blut verwandelte! – Ha, wie ist es möglich, die tausenderlei Arten, wie man zum Komponieren kommt, auch nur anzudeuten! – Es ist eine breite Heerstraße, da tummeln sich alle herum und jauchzen und schreien: 'Wir sind Geweihte! wir sind am Ziel!' – Durchs elfenbeinerne Tor kommt man ins Reich der Träume; wenige sehen das Tor einmal, noch wenigere gehen durch! – Abenteuerlich sieht es hier aus. Tolle Gestalten schweben hin und her, aber sie haben Charakter – eine mehr wie die andere. Sie lassen sich auf der Heerstraße nicht sehen, nur hinter dem elfenbeinernen Tor sind sie zu finden. Es ist schwer, aus diesem Reiche zu kommen; wie vor Alzinens Burg versperren die Ungeheuer den Weg – es wirbelt – es dreht sich – viele verträumen den Traum im Reiche der Träume – sie zerfließen im Traum – sie werfen keinen Schatten mehr, sonst würden sie am Schatten gewahr werden den Strahl, der durch dies Reich fährt; aber nur wenige, erweckt aus dem Traume, steigen empor und schreiten durch das Reich der Träume – sie kommen zur Wahrheit – der höchste Moment ist da: die Berührung

insólito do homem e pelas manifestações fantásticas do seu raro talento musical, me mantive em silêncio. Após algum tempo, ele perguntou:

– O senhor nunca compôs?

– Já. Durante um tempo, tentei ser artista; tudo o que escrevia nos momentos de entusiasmo, todavia, soava-me, mais tarde, fraco e monótono; então acabei desistindo.

– O senhor agiu errado. Algumas tentativas fracassadas não provam sua falta de talento. Começamos a aprender música na infância, instados por papai e mamãe; a partir daí, se dedilha e se cometem erros; mas, imperceptivelmente, está se apurando o sentido para a melodia. Talvez uma canção semiesquecida, cantada de outra maneira, seja a primeira composição própria e, esse embrião, penosamente nutrido por forças estranhas, se torna um gigante que absorve e transforma tudo ao redor de si em tutano e sangue! Ah, como sugerir as mil maneiras de compor! É uma larga *Heerstraße*, onde todos brincam alegremente, rejubilam e gritam: "Nós somos sagrados! Atingimos o alvo!". Por um portal de marfim se chega ao reino dos sonhos; são poucos os que chegam a vê-lo, menos ainda, os que passam por ele! Assemelha-se a uma aventura. Figuras absurdas vagam de um para o outro lado, embora tenham caráter, cada uma mais forte que a outra. Não é possível vê-las pela *Heerstraße*, só atrás do portal de marfim se pode encontrá-las. É difícil retornar desse reino; como no castelo de Alcina,[5] os monstros barram o caminho, tudo se agita, rodopia, muitos se perdem a delirar no reino dos sonhos, se diluem em sonho, eles não projetam mais sombra, se o fizessem, pela sombra tomariam consciência do raio de luz que perpassa o reino; mas só uns poucos, alertas pelo sonho, se elevam e caminham através do reino dos sonhos, eles atingem a verdade, o momento supremo, indizível! Olhe bem o Sol, ele é o trítono do qual os acordes, como estrelas, caem, e nos envolvem com fios luminosos. Crisálidas de fogo, jazemos ali, até que o espírito se eleva ao sol.

Pronunciando as últimas palavras, ele se levantou, olhou ao redor e ergueu a mão. Então voltou a se sentar e bebeu rapidamente o que lhe fora servido. Permaneci sereno, pois não queria confundir aquele homem extraordinário. Finalmente ele prosseguiu tranquilamente:

– Quando estive no reino dos sonhos, milhares de aflições e temores me atormentavam! Era noite, me apavoravam as larvas escarnecedoras dos monstros que se precipitavam sobre mim, ora me puxando

mit dem Ewigen, Unaussprechlichen! – Schaut die Sonne an, sie ist der Dreiklang, aus dem die Akkorde, Sternen gleich, herabschießen und Euch mit Feuerfaden umspinnen. – Verpuppt im Feuer liegt Ihr da, bis sich Psyche emporschwingt in die Sonne." –

Bei den letzten Worten war er aufgesprungen, warf den Blick, warf die Hand in die Höhe. Dann setzte er sich wieder und leerte schnell das ihm eingeschenkte Glas. Es entstand eine Stille, die ich nicht unterbrechen mochte, um den außerordentlichen Mann nicht aus dem Geleise zu bringen. Endlich fuhr er beruhigter fort:

"Als ich im Reich der Träume war, folterten mich tausend Schmerzen und Ängste! Nacht war's, und mich schreckten die grinsenden Larven der Ungeheuer, welche auf mich einstürmten und mich bald in den Abgrund des Meeres versenkten, bald hoch in die Lüfte emporhoben. Da fuhren Lichtstrahlen durch die Nacht, und die Lichtstrahlen waren Töne, welche mich umfingen mit lieblicher Klarheit. – Ich erwachte von meinen Schmerzen und sah ein großes, helles Auge, das blickte in eine Orgel, und wie es blickte, gingen Töne hervor und schimmerten und umschlangen sich in herrlichen Akkorden, wie ich sie nie gedacht hatte. Melodien strömten auf und nieder, und ich schwamm in diesem Strom und wollte untergehen; da blickte das Auge mich an und hielt mich empor über den brausenden Wellen. – Nacht wurde es wieder, da traten zwei Kolosse in glänzenden Harnischen auf mich zu: Grundton und Quinte! sie rissen mich empor, aber das Auge lächelte: 'Ich weiß, was deine Brust mit Sehnsucht erfüllt; der sanfte, weiche Jüngling Terz wird unter die Kolosse treten; du wirst seine süße Stimme hören, mich wieder sehen, und meine Melodien werden dein sein.'" –

Er hielt inne.

"Und Sie sahen das Auge wieder?"

"Ja, ich sah es wieder! – Jahrelang seufzt' ich im Reich der Träume – da – ja da! Ich saß in einem herrlichen Tal und hörte zu, wie die Blumen miteinander sangen. Nur eine Sonnenblume schwieg und neigte traurig den geschlossenen Kelch zur Erde. Unsichtbare Bande zogen mich hin zu ihr – sie hob ihr Haupt – der Kelch schloß sich auf, und aus ihm strahlte mir das Auge entgegen. Nun zogen die Töne wie Lichtstrahlen aus meinem Haupte zu den Blumen, die begierig sie einsogen. Größer und größer wurden der Sonnenblume Blätter –

para as profundezas, ora me erguendo bem alto no ar. Então, raios de luz cruzaram a noite, e os raios de luz eram sons que me abraçavam com doce clareza. Eu despertava do meu martírio e via um olho claro e enorme que mirava um teclado e, à medida que o fazia, sons se distinguiam, cintilavam e se enlaçavam em acordes maviosos, num arranjo que eu jamais pudera imaginar. Melodias afluíam aos cântaros, e eu nadava nessa torrente, e queria imergir; então, o olho me mirava e me mantinha suspenso acima das ondas bramantes. Anoitecera novamente, quando dois colossos em armaduras brilhantes se aproximaram de mim: a nota tônica e a quinta! Elas me suspenderam, mas o olho sorria: Eu sei o que enche seu peito de melancolia; o suave e meigo Tércio será pisado pelos colossos; você ouvirá a voz terna do jovem, me verá novamente e a minha melodia será sua!

Ele se deteve.

– E o senhor reviu o olho?

– Sim, eu o revi! Durante anos, suspirei no reino dos sonhos, lá... Ah, lá! Eu me sentava num vale magnífico e ouvia atento como as flores cantavam umas para as outras. Só um girassol se mantinha calado e virava triste seu cálice para a terra. Fios invisíveis me seduziram, conduzindo-me até o girassol, que ergueu a cabeça. O cálice da flor abriu-se e o olho brilhou de dentro dele em minha direção. Os tons, então, como raios de luz, estendiam-se da minha cabeça em direção às flores que, ávidas, os sugavam. As pétalas do girassol cresciam cada vez mais, dele escorriam lavas que me banhavam, o olho desapareceu, e eu me esvaí no cálice.

Ao pronunciar as últimas palavras, ele deu um salto e caminhou em direção à saída do salão com passos rápidos e juvenis. Depois de esperá-lo inutilmente por algum tempo, decidi retornar à cidade.

Eu já me encontrava perto do Portão de *Brandenburg*, quando vi na escuridão uma grande figura caminhando ao meu encontro e, logo em seguida, identifiquei meu insólito conhecido. Falei-lhe:

– Por que o senhor me deixou tão rapidamente?

– Ficou muito quente, e o Elfo[6] começou a soar.

– Eu não o entendo!

– Melhor assim.

– Não. Não é melhor assim, pois gostaria muito de compreendê-lo bem.

Gluten strömten aus ihnen hervor – sie umflossen mich – das Auge war verschwunden und ich im Kelche." –

Bei den letzten Worten sprang er auf und eilte mit raschen, jugendlichen Schritten zum Zimmer hinaus. Vergebens wartete ich auf seine Zurückkunft; ich beschloß daher, nach der Stadt zu gehen.

Schon war ich in der Nähe des Brandenburger Tores, als ich in der Dunkelheit eine lange Figur hinschreiten sah und alsbald meinen Sonderling wiedererkannte. Ich redete ihn an:

"Warum haben Sie mich so schnell verlassen?"

"Es wurde zu heiß, und der Euphon fing an zu klingen."

"Ich verstehe Sie nicht!"

"Desto besser."

"Desto schlimmer, denn ich möchte Sie gern ganz verstehen."

"Hören Sie denn nichts?"

"Nein."

"– Es ist vorüber! – Lassen Sie uns gehen. Ich liebe sonst nicht eben die Gesellschaft; aber – Sie komponieren nicht – Sie sind kein Berliner." –

"Ich kann nicht ergründen, was Sie so gegen die Berliner einnimmt. Hier, wo die Kunst geachtet und in hohem Maße ausgeübt wird, sollt' ich meinen, müßte einem Manne von Ihrem künstlerischen Geiste wohl sein!"

"Sie irren! – Zu meiner Qual bin ich verdammt, hier wie ein abgeschiedener Geist im öden Raume umherzuirren."

"Im öden Raume, hier, in Berlin?"

"Ja, öde ist's um mich her, denn kein verwandter Geist tritt auf mich zu. Ich stehe allein."

"Aber die Künstler! die Komponisten!"

"Weg damit! Sie kritteln und kritteln – verfeinern alles bis zur feinsten Meßlichkeit, wühlen alles durch, um nur einen armseligen Gedanken zu finden; über dem Schwatzen von Kunst, von Kunstsinn und was weiß ich – können sie nicht zum Schaffen kommen, und wird ihnen einmal so zu mute, als wenn sie ein paar Gedanken ans Tageslicht befördern müßten, so zeigt die furchtbare Kälte ihre weite Entfernung von der Sonne – es ist lappländische Arbeit."

"Ihr Urteil scheint mir viel zu hart. Wenigstens müssen Sie die herrlichen Aufführungen im Theater befriedigen."

– O senhor não está ouvindo?

– Não.

– Passou! Vamos caminhar um pouco. Normalmente não me agrada andar acompanhado; mas o senhor não compõe, nem é berlinense.

– Não consigo compreender as razões da sua aversão aos berlinenses. Nesta cidade, onde a arte é uma prática comum e bem valorizada, penso que um homem com sua índole artística deveria se sentir bem!

– O senhor se engana! Para minha tortura, estou condenado a errar aqui como uma alma penada num lugar ermo.

– Num lugar ermo, aqui em Berlim?

– Sim, nenhum espírito afinado se aproxima de mim. Estou só.

– Mas e os artistas? Os compositores?

– Fora com eles! Criticam e criticam, aperfeiçoam tudo até o sumo do refinamento, revolvem tudo, apenas para chegar a alguma conclusão mesquinha; em meio à tagarelice sobre arte e sentido da arte e sei lá mais o quê, não conseguem criar nada. E, se às vezes se encorajam, como se precisassem expor suas ideias à luz do dia, então a frieza medonha mostra a distância do Sol: é um trabalho lapônio![7]

– Seu julgamento me parece duro demais. Acredito que, pelo menos, as magníficas apresentações teatrais o agradam.

– Eu superei minha resistência[8] e fui certa vez ao teatro, a fim de ouvir a ópera do meu jovem amigo... Como é mesmo o nome da ópera? Ora, o mundo inteiro está nessa ópera! Através da multidão colorida de pessoas bem-vestidas, arrastam-se os fantasmas do orco, tudo nela tem voz e som onipotente... Diabos, estou falando de "Don Juan"![9] No entanto, nem o prelúdio suportei, pois, com o *prestissimo* completamente sem sentido, não tinha encanto algum; e eu me preparara para a ópera com jejum e orações, porque sei que o Elfo se comove e blasfema com a agitação dessas massas!

– Se, por um lado, preciso admitir que a obra-prima de Mozart é, em grande parte, negligenciada de forma inexplicável aqui em Berlim, por um lado, convenhamos, as obras de Gluck são encenadas com dignidade.

– O senhor acha? Certa vez eu quis ouvir "Ifigênia em Táuris". Entrando no teatro, porém, percebi que tocavam o prelúdio de "Ifigênia em Áulis". Hum, pensei, me enganei, estão tocando *essa* "Ifigênia"! Surpreendi-me, quando então começa o *andante* que abre "Ifigênia em

"Ich hatte es über mich gewonnen, einmal wieder ins Theater zu gehen, um meines jungen Freundes Oper zu hören – wie heißt sie gleich? – Ha, die ganze Welt ist in dieser Oper! Durch das bunte Gewühl geputzter Menschen ziehen die Geister des Orkus – alles hat hier Stimme und allmächtigen Klang – Teufel, ich meine ja ›Don Juan!‹ Aber nicht die Ouvertüre, welche Prestissimo, ohne Sinn und Verstand abgesprudelt wurde, konnt' ich überstehen; und ich hatte mich bereitet dazu durch Fasten und Gebet, weil ich weiß, daß der Euphon von diesen Massen viel zu sehr bewegt wird und unrein anspricht!"

"Wenn ich auch eingestehen muß, daß Mozarts Meisterwerke größtenteils auf eine kaum erklärliche Weise hier vernachlässigt werden, so erfreuen sich doch Glucks Werke gewiß einer würdigen Darstellung."

"Meinen Sie? – Ich wollte einmal ›Iphigenia in Tauris‹ hören. Als ich ins Theater trete, höre ich, daß man die Ouvertüre der ›Iphigenia in Aulis‹ spielt. Hm – denke ich, ein Irrtum; man gibt diese Iphigenia! Ich erstaune, als nun das Andante eintritt, womit die ›Iphigenia in Tauris‹ anfängt, und der Sturm folgt. Zwanzig Jahre liegen dazwischen! Die ganze Wirkung, die ganze wohlberechnete Exposition des Trauerspiels geht verloren. Ein stilles Meer – ein Sturm – die Griechen werden ans Land geworfen, die Oper ist da! – Wie? hat der Komponist die Ouvertüre ins Gelag hineingeschrieben, daß man sie wie ein Trompeterstückchen abblasen kann, wie und wo man will?"

"Ich gestehe den Mißgriff ein. Indessen man tut doch alles, um Glucks Werke zu heben."

"Ei ja!" sagte er kurz und lächelte dann bitter und immer bittrer. Plötzlich fuhr er auf, und nichts vermochte ihn aufzuhalten. Er war im Augenblicke wie verschwunden, und mehrere Tage hintereinander suchte ich ihn im Tiergarten vergebens. – –

Einige Monate waren vergangen, als ich an einem kalten regnichten Abende mich in einem entfernten Teile der Stadt verspätet hatte und nun nach meiner Wohnung in der Friedrichsstraße eilte. Ich mußte bei dem Theater vorbei; die rauschende Musik, Trompeten und Pauken, erinnerten mich, daß gerade Glucks "Armida" gegeben wurde, und ich war im Begriff hineinzugehen, als ein sonderbares Selbstgespräch, dicht an den Fenstern, wo man fast jeden Ton des Orchesters hört, meine Aufmerksamkeit erregte.

Táuris" e a tempestade se segue. Só se passaram vinte anos! Perdeu-se todo o efeito, a bem calculada exposição da tragédia. Um mar tranquilo, uma tempestade, os gregos atirados à terra, a ópera é essa! Como? Será que o compositor rabiscou o prelúdio no meio de uma patuscada, de forma que se pode tocá-la como uma peça para trombetas, assim ou assado, ao bel-prazer?

– Talvez seja mesmo errado. Mas é que se faz de tudo para aperfeiçoar as obras de Gluck.

– Ah, sim! – respondeu ele brusco e depois sorriu amargo, cada vez mais amargo.

De repente, deixou-me sozinho e afastou-se caminhando rapidamente. Nada poderia detê-lo. Em instantes tinha sumido, e dias a fio eu o procurei em vão no *Tiergarten*.

Alguns meses depois, numa tarde chuvosa e fria, eu me demorara num bairro distante da cidade e finalmente voltava a passos largos ao meu apartamento na *Friedrichstraße*.[10] Tinha de passar pela porta do teatro; a música das trombetas e tímbalos me lembrou de que justamente "Armida"[11], de Gluck, seria apresentada. Eu estava a ponto de entrar, quando atraiu minha atenção um estranho monólogo, próximo à janela de onde se ouve quase perfeitamente a orquestra.

– Agora vem o rei,[12] eles tocam a marcha, tímbalo, por favor, tímbalo! Bem vivo! Isso, isso, eles precisam fazê-lo hoje onze vezes, senão a marcha não terá ímpeto bastante... Hum, ah, *maestoso,* arrastem-se, criancinhas! Olha só, o figurante com o sapato de lacinho se perdeu... Certo, pela duodécima vez! E sempre marcado pela dominante. Ah, forças eternas, isso não acaba nunca! Agora ele faz o cumprimento... Armida agradece devota... Mais uma vez? Claro, ainda faltam dois soldados! Agora eles passam a recitar aos gritos. Que espírito maldoso agrilhoou-me aqui?

– Eu o liberto! – disse eu. – Venha comigo!

Rapidamente, saí do *Tiergarten* levando pelo braço meu estranho conhecido, pois era o próprio que estava ali conversando sozinho. Ele pareceu surpreso e me acompanhou em silêncio. Já estávamos na *Friedrichstraße*, quando ele parou.

– Eu o conheço! – exclamou afinal. – O senhor estava no *Tiergarten*, nós conversamos bastante, eu bebi vinho, fiquei afogueado, depois soou o Elfo por dois dias, padeci muito, mas agora passou!

"Jetzt kömmt der König – sie spielen den Marsch – o paukt, paukt nur zu! – 's ist recht munter! ja, ja, sie müssen ihn heute eilfmal machen – der Zug hat sonst nicht Zug genug. – Ha ha – maestoso – schleppt euch, Kinderchen. – Sieh, da bleibt ein Figurant mit der Schuhschleife hängen. – Richtig, zum zwölftenmal! und immer auf die Dominante hinausgeschlagen. – O ihr ewigen Mächte, das endet nimmer! Jetzt macht er sein Kompliment – Armida dankt ergebenst. – Noch einmal? – Richtig, es fehlen noch zwei Soldaten! Jetzt wird ins Rezitativ hineingepoltert. – Welcher böse Geist hat mich hier festgebannt?"

"Der Bann ist gelöst", rief ich. "Kommen Sie!"

Ich faßte meinen Sonderling aus dem Tiergarten – denn niemand anders war der Selbstredner – rasch beim Arm und zog ihn mit mir fort. Er schien überrascht und folgte mir schweigend. Schon waren wir in der Friedrichsstraße, als er plötzlich stillstand.

"Ich kenne Sie", – sagte er. "Sie waren im Tiergarten – wir sprachen viel – ich habe Wein getrunken – habe mich erhitzt – nachher klang der Euphon zwei Tage hindurch – ich habe viel ausgestanden – es ist vorüber!"

"Ich freue mich, daß der Zufall Sie mir wieder zugeführt hat. Lassen Sie uns näher miteinander bekannt werden. Nicht weit von hier wohne ich; wie wär' es…"

"Ich kann und darf zu niemand gehen."

"Nein, Sie entkommen mir nicht; ich gehe mit Ihnen."

"So werden Sie noch ein paar hundert Schritte mit mir laufen müssen. Aber Sie wollten ja ins Theater?"

"Ich wollte Armida hören, aber nun –"

"Sie sollen *jetzt* Armida hören! kommen Sie!" –

Schweigend gingen wir die Friedrichsstraße hinauf; rasch bog er in eine Querstraße ein, und kaum vermochte ich ihm zu folgen, so schnell lief er die Straße hinab, bis er endlich vor einem unansehnlichen Hause stillstand. Ziemlich lange hatte er gepocht, als man endlich öffnete. Im Finstern tappend erreichten wir die Treppe und ein Zimmer im Obern Stock, dessen Türe mein Führer sorgfältig verschloß. Ich hörte noch eine Türe öffnen; bald darauf trat er mit einem angezündeten Lichte hinein, und der Anblick des sonderbar ausstaffierten Zimmers überraschte mich nicht wenig. Altmodisch reich verzierte Stühle, eine Wanduhr mit vergoldetem Gehäuse und ein breiter, schwerfälliger

– Alegra-me o acaso de reencontrá-lo. Eu gostaria que nos conhecêssemos melhor. Moro não muito longe daqui; que tal se...

– Não posso nem devo visitar ninguém!

– Não, o senhor não vai me escapar; não vou deixá-lo.

– Nesse caso, teremos que caminhar algumas centenas de passos. Mas o senhor não tencionava ir ao teatro?

– Eu pretendia ouvir "Armida", mas agora...

– O senhor deve ouvir "Armida" *agora*! Venha!

Subimos calados a *Friedrichstraße*; logo ele adentrou uma perpendicular, e eu mal podia acompanhá-lo, tão rápido ele descia a rua. Finalmente paramos em frente a uma casa pouco vistosa. Bateu durante muito tempo, até que alguém abriu a porta. Tateando na escuridão, alcançamos a escada e uma sala no andar superior, cuja porta meu anfitrião trancou com cuidado. Ouvi o barulho de uma porta se abrindo; logo depois ele entrou com uma vela acesa, e a visão do insólito revestimento do salão surpreendeu-me. Cadeiras ricamente adornadas de maneira ultrapassada, um relógio com caixa dourada e um largo e pesado espelho, pendurados à parede, davam à atmosfera a triste aparência do luxo antigo. No centro do salão havia um pequeno piano, sobre o qual estava um grande tinteiro de porcelana e, do lado, algumas folhas de papel. Todavia, um olhar mais rigoroso por esse ambiente de trabalho me convenceu de que há muito tempo nada havia sido composto, pois o papel estava amarelado, e havia aranhas sobre o tinteiro. O homem parou em frente a um armário que eu ainda não percebera e, puxando a cortina, deixou à mostra uma série de belos livros encadernados com inscrições douradas: "Orfeu", "Armida", "Alceste", "Ifigênia" e outros; enfim, lá estava a obra completa de Gluck. – O senhor possui a obra completa de Gluck? – perguntei.

Ele não respondeu, mas a boca se crispou num ricto e o movimento muscular nas bochechas proeminentes descompôs o rosto naquele momento, mostrando uma máscara horrível. Com um olhar sombrio pregado em mim, retirou um dos livros, era "Armida", e encaminhou-se solenemente ao piano. Eu o abri rapidamente e armei o púlpito dobrado; ele pareceu ver o gesto com prazer. Folheou o livro e – como descrever meu espanto! –, entrevi folhas reticuladas de música sem notas escritas.

Ele começou:

Spiegel gaben dem Ganzen das düstere Ansehn verjährter Pracht. In der Mitte stand ein kleines Klavier, auf demselben ein großes Tintenfaß von [75] Porzellan, und daneben lagen einige Bogen rastriertes Papier. Ein schärferer Blick auf diese Vorrichtung zum Komponieren überzeugte mich jedoch, daß seit langer Zeit nichts geschrieben sein mußte; denn ganz vergelbt war das Papier, und dickes Spinnengewebe überzog das Tintenfaß. Der Mann trat vor einen Schrank in der Ecke des Zimmers den ich noch nicht bemerkt hatte, und als er den Vorhang wegzog, wurde ich eine Reihe schön gebundener Bücher gewahr mit goldnen Aufschriften: "Orfeo", "Armida", "Alceste", "Iphigenia" u.s.w., kurz, Glucks Meisterwerke sah ich beisammen stehen.

"Sie besitzen Glucks sämtliche Werke?" rief ich.

Er antwortete nicht, aber zum krampfhaften Lächeln verzog sich der Mund, und das Muskelspiel in den eingefallenen Backen verzerrte im Augenblick das Gesicht zur schauerlichen Maske. Starr den düstern Blick auf mich gerichtet, ergriff er eins der Bücher – es war "Armida" – und schritt feierlich zum Klavier hin. Ich öffnete es schnell und stellte den zusammengelegten Pult auf; er schien das gern zu sehen. Er schlug das Buch auf, und – wer schildert mein Erstaunen! ich erblickte rastrierte Blätter, aber mit keiner Note beschrieben.

Er begann: "Jetzt werde ich die Ouvertüre spielen! Wenden Sie die Blättcr um, und zur rechten Zeit!" – Ich versprach das, und nun spielte er herrlich und meisterhaft, mit vollgriffigen Akkorden, das majestätische Tempo di Marcia, womit die Ouvertüre anhebt, fast ganz dem Original getreu; aber das Allegro war nur mit Glucks Hauptgedanken durchflochten. Er brachte so viele neue geniale Wendungen hinein, daß mein Erstaunen immer wuchs. Vorzüglich waren seine Modulationen frappant, ohne grell zu werden, und er wußte den einfachen Hauptgedanken so viele melodiöse Melismen anzureihen, daß jene immer in neuer, verjüngter Gestalt wiederzukehren schienen. Sein Gesicht glühte; bald zogen sich die Augenbrauen zusammen, und ein lang verhaltener Zorn wollte gewaltsam losbrechen, bald schwamm das Auge in Tränen tiefer Wehmut. Zuweilen sang er, wenn beide Hände in künstlichen Melismen arbeiteten, das Thema mit einer angenehmen Tenorstimme; dann wußte er auf ganz besondere Weise mit der Stimme den dumpfen Ton der anschlagenden Pauke nachzuahmen. Ich wandte die Blätter fleißig um, indem ich seine Blicke verfolgte.

– Agora vou tocar o prelúdio! Folheie o livro de notas no tempo certo!

Eu prometi fazê-lo, e ele então tocou de forma magnífica, como um mestre, completando bem os acordes, o majestoso *tempo di marcia*,[13] com o prelúdio que se eleva, quase totalmente fiel ao original; mas o *allegro* possuía somente a ideia essencial de Gluck. Ele incluía tantas novas mudanças geniais que minha surpresa crescia sem limites. Suas modulações,[14] sobretudo, eram impressionantes, sem jamais se tornarem estridentes. Ele sabia perfilar tantos melodiosos melismas[15] ao fundamento original que eles pareciam retornar sempre em uma nova, rejuvenescida roupagem. Seu rosto estava inflamado; ora as sobrancelhas se erguiam juntas e uma cólera há muito contida queria explodir com violência, ora os olhos se banhavam em lágrimas de profunda melancolia. Às vezes ele cantava o tema com uma agradável voz de tenor, enquanto ambas as mãos trabalhavam nos melismas artísticos; nesses momentos ele sabia imitar de uma maneira bastante especial o surdo som dos tímbalos vibrados. Seguindo o movimento dos seus olhos, eu virava as páginas zelosamente. Ele terminou o prelúdio e caiu para trás na poltrona, exausto, com os olhos fechados. Logo tornou a si e, virando rapidamente as folhas do livro, disse-me com voz indistinta:

– Tudo isso, meu senhor, escrevi ao chegar do reino dos sonhos. Mas traí o sagrado com o profano, e uma mão gelada tocou meu coração incandescente! Ele não se despedaçou; desde então, porém, sou condenado a vaguear entre os ímpios como um espírito solitário, sem forma, para que ninguém me reconheça, até que o girassol me eleve novamente ao eterno. Ah! Cantemos agora a cena de "Armida"!

Então ele cantou a cena final de "Armida", com uma expressão que penetrou fundo na minha alma. Aqui também ele divergia sensivelmente do original; mas ao mesmo tempo sua música transformada se igualava à alta potência da cena de Gluck. Tudo o que ódio, amor, desespero e fúria podem expressar nos registros mais fortes, ele sintetizava grandioso em sons. Sua voz parecia de um jovem, pois do mais profundo e lento andamento ela se erguia com força penetrante. Todas as minhas fibras tremiam, eu estava fora de mim. Quando terminou, me atirei em seus braços e gritei com voz embargada:

– O que é isso? Quem é o senhor?

Die Ouvertüre war geendet, und er fiel erschöpft mit geschlossenen Augen in den Lehnstuhl zurück. Bald raffte er sich aber wieder auf, und indem er hastig mehrere leere Blätter des Buchs umschlug, sagte er mit dumpfer Stimme:

"Alles dieses, mein Herr, habe ich geschrieben, als ich aus dem Reich der Träume kam. Aber ich verriet Unheiligen das Heilige, und eine eiskalte Hand faßte in dies glühende Herz! Es brach nicht; da wurde ich verdammt, zu wandeln unter den Unheiligen wie ein abgeschiedener Geist – gestaltlos, damit mich niemand kenne, bis mich die Sonnenblume wieder emporhebt zu dem Ewigen. – Ha – jetzt lassen Sie uns Armidens Szene singen!"

Nun sang er die Schlußszene der Armida mit einem Ausdruck, der mein Innerstes durchdrang. Auch hier wich er merklich von dem eigentlichen Originale ab; aber seine veränderte Musik war die Glucksche Szene gleichsam in höherer Potenz. Alles, was Haß, Liebe, Verzweiflung, Raserei in den stärksten Zügen ausdrücken kann, faßte er gewaltig in Töne zusammen. Seine Stimme schien die eines Jünglings, denn von tiefer Dumpfheit schwoll sie empor zur durchdringenden Stärke. Alle meine Fibern zitterten – ich war außer mir. Als er geendet hatte, warf ich mich ihm in die Arme und rief mit gepreßter Stimme: "Was ist das? Wer sind Sie?" –

Er stand auf und maß mich mit ernstem, durchdringendem Blick; doch als ich weiter fragen wollte, war er mit dem Lichte durch die Türe entwichen und hatte mich im Finstern gelassen. Es hatte beinahe eine Viertelstunde gedauert; ich verzweifelte, ihn wieder zu sehen, und suchte, durch den Stand des Klaviers orientiert, die Türe zu öffnen, als er plötzlich in einem gestickten Galakleide, reicher Weste, den Degen an der Seite, mit dem Lichte in der Hand hereintrat.

Ich erstarrte; feierlich kam er auf mich zu, faßte mich sanft bei der Hand und sagte, sonderbar lächelnd: "*Ich bin der Ritter Gluck!*"

---

[1] Quelle: http://www.zeno.org/nid/20005074231 Gemeinfrei Hoffmann, E.T.A.. "Ritter Gluck" (1809). *In: Fantasiestücke in Callots Manier – Blätter aus dem Tagebuche eines reisenden Enthusiasten.* Poetische Werke in sechs Bänden, Band 1, Berlin 1963, S. 64-78.

Ele se levantou e me mediu com um olhar grave e intenso; mas quando quis voltar a perguntar, ele saiu pela porta com a vela e me deixou nas trevas. Foram quase quinze minutos; eu me desesperava por revê-lo e procurava abrir as portas, orientando-me pela posição do piano, quando, de súbito, ele retornou com a vela na mão, vestindo um traje de gala bordado, roupas valiosas, a adaga do lado. Eu estava paralisado; solene, aproximou-se de mim, tocou minha mão com suavidade e disse sorrindo estranhamente:

— *Eu sou o Cavaleiro Gluck.*

[1] *Klaus e Weber* são cafés localizados no bairro central de Berlim denominado *Tiergarten*, onde ficam também as ruas *Heerstraße e Friedrichstraße*, mencionadas um pouco adiante. (N.T.).

[2] Friederike Bethmann-Unzelmann (1760-1815) era considerada uma grande atriz romântica por causa de sua interpretação impregnada de sentimentalismo.

[3] *"Fanchon oder das Leiermädchen"* (1799), (Fancho ou a Menina do Realejo), uma canção popular da época, de Friedrich Heinrich Himmel (1765-1814), conforme libreto de Kotzebue.

[4] *Ifigênia em Áulis, Ifigênia em Táuris*: óperas de Gluck, respectivamente, de 1774 e 1779.

[5] Do épico de Ariosto (1474-1533) *Orlando Furioso*. Rogério é detido em frente ao castelo da feiticeira Alcina por monstros, que ele, todavia, derrota (Canto 6, estrofes 61-67).

[6] Elfo: significado incerto; refere-se à força criadora do músico ou a uma alucinação do herói.

[7] *Lappländische Arbeit*: o atributo pode ser lido na acepção de frio, como uma referência à temperatura da região denominada Lapônia, localizada na Finlândia, ou no sentido de trivial, superficial, néscio, como a expressão *läppisch*. (N.T.)

[8] Nas próximas passagens, Hoffmann critica, de fato, falhas da ópera berlinense.

[9] A ópera de Mozart foi encenada no segundo semestre de 1807, em Berlim, apenas duas vezes.

[10] Durante sua segunda permanência em Berlim, Hoffmann morou à *Friedrichstraße 179*.

[11] Essa ópera composta em 1777 foi apresentada três vezes em Berlim, em 1808.

[12] "Armida" I, 2.

[13] Tempo de marcha.

[14] Passagens de um tom ao outro.

[15] Adornos melódicos.

Carta semisséria de Grisóstomo a seu filho
Giovanni Berchet

Introdução

Giovanni Berchet (Milão 1783 – Turim 1851) foi poeta e escritor. Em 1816, ano em que teve início na Itália uma ardente discussão entre defensores do Romantismo e do classicismo, devido à publicação de dois artigos de Mme. de Staël, colocou-se entre os primeiros, escrevendo o mais famoso manifesto do Romantismo italiano: *Sul "Cacciatore feroce" e sulla "Eleonora" di G. A. Bürger: Lettera semiseria di Grisostomo al suo figliuolo*. Foi um dos fundadores do periódico literário *Il Conciliatore* (1818-1819), que, porta-voz do Romantismo da região noroeste da Itália, apoiava a necessidade de uma literatura com fins morais e educativos, sustentando uma cultura anticlassicista e aberta aos estímulos da literatura de outros países da Europa. Membro da Carbonária, organização secreta de resistência ao domínio napoleônico, Berchet, depois de ter participado do movimento de 1821 contra a dominação da Áustria no norte da Itália, assim como muitos outros literatos e intelectuais envolvidos, pediu asilo no exterior. No período em que esteve exilado escreveu seus poemas mais famosos[1] e publicou a tradução de baladas espanholas.[2] Voltou à Itália em 1845 e participou da insurreição de Milão de 1848, refugiando-se no Piemonte, região vizinha, após o retorno dos austríacos à Lombardia.

No texto aqui selecionado, lançando mão de uma carta escrita por um certo Grisóstomo (do grego: "boca de ouro") ao filho interno em um colégio, o autor reforça ideias já expressas por pensadores como Vico e Foscolo, mas apresenta com clareza ímpar as tendências e os limites do Romantismo italiano. Recheada por comentários críticos e conselhos paternos em relação à literatura e aos debates literários do momento, a

---

[1] *I profughi di Parga* (1821), *le Romanze* (1822-24), *Le fantasie* (1829).

[2] *Vecchie romanze spagnuole* (1837).

carta acompanha as traduções de duas baladas de G.A. Bürger[3] (às quais ele se refere como *romances*), solicitadas anteriormente pelo rapaz, ávido por novidades.

Num tom às vezes sério, às vezes humorístico – o que explica o título –, Berchet evidencia a nova relação entre o escritor e o público que se instaura com a literatura romântica e defende a importância de se levar em conta um leitor que não é nem um indivíduo simplório e ignorante nem um intelectual erudito, isto é, um leitor para o qual o escritor moderno deve escolher temas educativos e de interesse, utilizando uma linguagem simples e direta.

Na primeira parte de sua *Carta*, Grisóstomo/Berchet expõe suas ideias sobre o processo de tradução e afirma a necessidade de os literatos italianos inspirados pela poesia romântica, em especial a alemã, refletirem não apenas sobre o que traduzir, mas também sobre as escolhas linguísticas e culturais que norteiam tais decisões. Diante do pano de fundo das frequentes discussões teóricas sobre tradução, bastante profícuas durante o período romântico, Berchet defende sua opção de traduzir versos em prosa como solução para o conflito gerado pela impossibilidade de se traduzir poesia, sob a máxima, porém, de que a verdadeira missão do tradutor é "a de dar-nos a conhecer o texto, não de presentear-nos com um de seus próprios textos".

Ao apresentar Bürger e os outros românticos alemães, o autor enfatiza a popularidade da poesia produzida por eles e, ressaltando a universalidade do amor dos poetas, atesta a existência de uma única "república das letras", não delimitada pelas fronteiras das nações. Entretanto, com argumentos tecidos cuidadosamente e justificados com o auxílio de exemplos históricos e literários, uma divisão relevante é construída por Berchet: a divisão entre poesia clássica e poesia romântica, que não se resume à divisão entre antigos e modernos, mas entre "poesia dos mortos e poesia dos vivos". A poesia dos vivos, a romântica, se pautaria pela imitação da natureza, em oposição à imitação de modelos clássicos, distantes das realidades dos povos contemporâneos.

A última parte da *Carta*, que soa como uma verdadeira reviravolta no raciocínio de Grisóstomo, é introduzida por uma advertência irônica ao filho de que é hora de deixar de lado os gracejos e se comportar com

---

[3] Gottfried August Bürger (1747-1794) foi um poeta alemão. Destacou-se pela antiga forma da balada popular, na qual escreveu suas obras principais: *Leonor* (1774) e *O Caçador Feroz* (1794).

seriedade, pois até então tudo se tratara apenas de se "divertir às custas dos inovadores". Nas páginas finais do texto, ele passará a enaltecer a superioridade da literatura italiana e, assim, a demonstrar a inconveniência ou inutilidade da "importação", por meio das traduções, da nova poesia dos ingleses e alemães, contrariamente ao que sugeria Madame de Staël em seu famoso artigo *De l'esprit de traductions*. Porém, a utilização burlesca – exagerada e beirando a ausência de sentido – de expressões do dicionário da Academia da Crusca, a prestigiosa e impopular defensora da linguagem classicista para a literatura, não esconde a real intenção do missivista. O jogo entre o que é sério e o que é gracejo, na ironia já sugerida pelo título, através da inserção caricatural do grande inimigo nas próprias malhas do texto, acrescenta ainda mais força a esse importante manifesto romântico.

Ana Maria Chiarini

Lettera semiseria di Grisostomo al suo figliuolo

Giovanni Berchet

Edizione di riferimento:
Giovanni Berchet, Lettera semiseria di Grisostomo al suo figliuolo, a cura di Luigi Reina, Mursia, Milano 1977

Figliuolo Carissimo,

M'ha fatto meraviglia davvero che tu, Convittore di un Collegio, ti dessi a cercarmi con desiderio cosí vivo una traduzione italiana di due componimenti poetici del Bürger.

Che posso io negare al figliuolo mio? Povero vecchio inesercitato, ho penato assai a tradurli; ma pur finalmente ne sono venuto a capo.

In tanta condiscendenza non altro mi stava a cuore che di farti conoscere il Bürger; però non mi resse l'animo di alterare con colori troppo italiani i lineamenti di quel Tedesco: e la traduzione è in prosa. Tu vedi che anche col fatto io sto saldo alle opinioni mie; e la verità è che gli esempi altrui mi ribadiscono ogni dí piú questo chiodo. Non è, per altro, ch'io intenda dire che tutto quanto di poetico manda una lingua ad un'altra, s'abbia da questa a tradurre in prosa. Nemico giurato di qualunque sistema esclusivo, riderei di chi proponesse una legge siffatta, come mi rido di Voltaire che voleva che i versi fossero da tradursi sempre in versi. Le ragioni che devono muovere il traduttore ad appigliarsi più a l'uno che all'altro partito stanno nel testo e variano a seconda della diversa indole e della diversa provenienza di quello.

Tutti i popoli che più o meno hanno lettere, hanno poesia. Ma non tutti i popoli posseggono un linguaggio poetico separato dal linguaggio prosaico. I termini convenzionali per l'espressione del bello non sono da per tutto i medesimi. Come la squisitezza nel modo di sentire, così anche l'ardimento nel modo di dichiarare poeticamente

Carta semisséria de Grisóstomo a seu filho[1]
Giovanni Berchet

Tradução e notas de
Ana Maria Chiarini

Filho Caríssimo,

Causou-me verdadeira maravilha que você, Interno de um Colégio, estivesse tão empenhado em me pedir uma tradução italiana de duas composições poéticas de Bürger.

Que posso eu negar a meu filho? Pobre velho enferrujado, penei muito em traduzi-las, mas finalmente consegui destrinchá-las.

Em tamanha aquiescência, nada me era mais caro do que lhe fazer conhecer Bürger; porém, meu espírito não me permitiu alterar, com cores muito italianas, os traços desse alemão, e a tradução está em prosa. Você vê que também nos fatos permaneço firme em minhas opiniões; e a verdade é que os exemplos dos demais fortalecem em mim ainda mais tal convicção. Mas não é que eu pretenda dizer que tudo que de poético uma língua manda para outra tenha de ser para esta traduzida em prosa. Inimigo jurado de qualquer sistema exclusivo, eu riria de quem propusesse semelhante lei, assim como rio de Voltaire, que pretendia que os versos fossem traduzidos sempre em versos. As razões que devem mover o tradutor a se apegar mais a um que a outro partido estão no texto e variam segundo sua diferente índole e sua diferente proveniência.

Todos os povos minimamente letrados fazem poesia. Mas nem todos os povos possuem uma linguagem poética distinta da linguagem prosaica. Os termos convencionais para a expressão do belo não são os mesmos em todos os lugares. Assim como a delicadeza no modo de sentir, também a audácia no modo de declarar poeticamente as

le sensazioni, è determinato presso di ciaschedun popolo da accidenti dissimili. E quella spiegazione armoniosa di un concetto poetico, che sarà sublime a Londra od a Berlino, riescirà non di rado ridicola, se ricantata in Toscana.

Ché se tu mi lasci il concetto straniero, ma per servire alle inclinazioni della poesia della tua patria me lo vesti di tutti panni italiani e troppo diversi da' suoi nativi, chi potrà in coscienza salutarti come autore, chi ringraziarti come traduttore?

Colla prosa la faccenda è tutt'altra; da che allora il lettore non si dimentica un momento mai che il libro ch'ei legge è una traduzione; e tutto perdona in grazia del gusto ch'egli ha nel fare amicizia con genti ignote, e nello squadrarle da capo a piedi tal quali sono. Il lettore, quand'ha per le mani una traduzione in verso, non sempre può conseguire intera una tale soddisfazione. La mente di lui, divisa in due, ora si rivolge a raffigurare l'originalità del testo, ora a pesare quanta sia l'abilità poetica del traduttore. Queste due attenzioni non tirano innanzi molto così insieme; e la seconda per io più vince; perché l'altra, come quella che è la meno direttamente adescata e la meno contentata, illanguidisce. Ed è allora che chi legge si fa schizzinoso di più; e come se esaminasse versi originali italiani, ti crivella le frasi fino allo scrupolo.

Chi porrà mente alle circostanze differenti che rendono differente il modo di concepire le idee e verrà investigando le origini delle varie lingue e letterature, troverà che i popoli, anche per questo lato, hanno tra di loro de` gradi maggiori o minori di parentela. Da ciò deriverà al traduttore tanto lume che basti per metter lui sulla buona via, ov'egli abbia intenzione conforme all'obbligo che gli corre: quella cioè di darci a conoscere il testo, non di regalarcene egli uno del suo.

Il sig. Bellotti imprese a tradurre Sofocle; e prima ancora che comparisse in luce quell'esimio lavoro, chi sognò mai ch'egli si fosse ingannato nella scelta del mezzo, per aver pigliato a condurre in versi la sua traduzione? Per lo contrario, vedi ora, figliuolo mio, se io ti abbia vaticinato il falso quando ti parlai tempo fa d'una traduzione del *Teatro* di Shakespeare, prossima allora ad uscire in Firenze. Il sig. Leoni ha ingegno, anima, erudizione, acutezza di critica, disinvoltura di lingua italiana, cognizione molto di lingua inglese, tutti, insomma, i requisiti per essere un valente traduttore di Shakespeare. Ma il sig.

sensações é determinada no seio de cada povo por acidentes ímpares. E aquela explicação harmoniosa de um conceito poético, considerada sublime em Londres ou em Berlim, não raramente resultará ridícula, se repetida na Toscana.

Pois se o tradutor mantiver o conceito estrangeiro, mas, para servir às inclinações da poesia de sua pátria, o vestir com trajes italianos e muito diferentes dos próprios trajes nativos, quem poderá, em sã consciência, saudá-lo como autor, quem poderá agradecer-lhe como tradutor?

Com a prosa a questão é bem outra, já que o leitor não esquece por um momento sequer que o livro que está lendo é uma tradução, e tudo perdoa graças ao prazer que sente em travar amizade com gentes desconhecidas, e em examiná-las da cabeça aos pés como elas realmente são. O leitor, quando tem nas mãos uma tradução em versos, nem sempre pode gozar por completo de tal satisfação. Sua mente, dividida em duas, ora se dedica a representar a originalidade do texto, ora a pesar a habilidade poética do tradutor. Essas duas atenções não prosseguem juntas por muito tempo, e a segunda vence amiúde, porque a outra, sendo a menos diretamente apreendida e a menos satisfeita, perde o vigor. E é então que quem lê se torna mais exigente e, como se estivesse examinando versos originais italianos, peneira suas frases, indo até às minúcias.

Quem se detiver nas circunstâncias diferentes que tornam diferente a maneira de conceber as ideias, e investigar as origens das várias línguas e literaturas, descobrirá que os povos, também nesse aspecto, apresentam graus maiores ou menores de parentesco entre si. Isso proporcionará ao tradutor tanto lume quanto é preciso para guiá-lo pelo caminho certo, quando sua intenção estiver em conformidade com a obrigação que lhe compete, isto é, a de dar-nos a conhecer o texto, não de presentear-se com um de seus próprios textos.

O Sr. Bellotti dedicou-se a traduzir Sófocles, e antes ainda que viesse à luz esse exímio trabalho, quem poderia imaginar que ele se enganara na escolha por ter se metido a conduzir em versos sua tradução? Por outro lado, veja, meu filho, que não vaticinei equivocadamente ao lhe falar, tempos atrás, de uma tradução do *Teatro* de Shakespeare, próxima então à sua estreia em Florença. O Sr. Leoni tem engenho, alma, erudição, agudeza de crítica, desenvoltura na língua italiana, muito conhecimento de língua inglesa, enfim, todos os requisitos para ser um valente tradutor de Shakespeare. Mas o Sr. Leoni errou. Seus versos são

Leoni l'ha sbagliata. I suoi versi sono buoni versi italiani. Ma che vuoi? Shakespeare è svisato; e noi siamo tuttavia costretti ad invidiare ai Francesi il loro Le Tourneur. E sí che il sig. Leoni bastava a smorzarcela affatto questa invidia!

Di quanti altri puntelli potrebbesi rinfiancare questo argomento lo sa Dio. Ma perché sbracciarmi a dimostrare che il fuoco scotta? Chi s'ostina a negarlo, buon pro per lui!

E non occorre dire che la lingua nostra non si pieghi ad una prosa robusta, elegante, snella, tenera quanto la francese. La lingua italiana non la sapremo maneggiare con bella maniera né io, né tu; perché tu sei un ragazzotto, ed io un vecchio dabbene e nulla più; ma fa ch'ella trovi un artefice destro ed è materia da cavarne ogni costrutto. Ma questa materia non istà tutta negli scaffali delle biblioteche. Ma non là solamente la vanno spolverando quei pochi cervelli acuti che non aspirano alla fama di messer lo Sonnifero.

In Italia qualunque libro non triviale esca in pubblico, incontra bensì qua e là qualche drappelletto minuto di *scrutinapensieri*, che pure non lo spaventano mai con brutto viso, perché genti di lor natura savie e discrete. Ma, poveretto! eccolo poi dar nel mezzo ad un esercito di *scrutinaparole*, infinito, inevitabile, e sempre all'erta, e prodigo sempre d'anatemi. Però io, non avuto riguardo per ora alla fatica che costano i bei versi a tesserli, confesso che qui tra noi, per rispetto solamente alla lingua, chiunque si sgomenta de` latrati dei pedanti piglia impresa meno scabra d'assai se scrive in versi e non in prosa. Confesso che, per rispetto solamente alla ligua e non ad altro, tanto nel tradurre come nel comporre di getto originale, il montar su' trampoli e verseggiare costa meno pericoli. Confesso che allo scrittore di prose bisogno studiare e: libri e uomini e usanze; perocché altro è lo stare ristretto a' confini determinati di un linguaggio poetico, altro è lo spaziarsi per l'immenso mare di una lingua tanto lussuriante ne' modi, e viva e parlata ed alla quale non si può chiudere il Vocabolario, se prima non le si fanno le esequie. Ma lo specifico vero per salire in grido letterario è forse l'impigrire colle mani in mano, e l'inchiodar sé stessi sul Vocabolario della Crusca, come il Giudeo inchioda sul travicello i suoi paperi perché ingrassino? No no, figliuolo mio, la penuria che oggidí noi abbiamo di belle prose non proviene, grazie a Dio, da questo che la lingua nostra non sia lingua che da sonetti. Fa che il tuo padre spirituale ti legga la

bons versos italianos. Mas o que podemos pretender? Shakespeare é distorcido, e nós somos continuamente forçados a invejar os franceses por seu Le Tourneur.[2] E pensar que o Sr. Leoni bastaria para aplacar toda essa inveja!

Quantos outros pilares são suficientes para sustentar esse argumento só Deus sabe. Mas para que me esfalfar em demonstrar que o fogo queima? Quem se obstina a negá-lo que seja feliz!

E não é preciso dizer que a nossa língua não se curva a uma prosa robusta, elegante, sutil, delicada, como a francesa. Pode ser que nem eu nem você saibamos manusear a língua italiana com bons modos, porque você é um jovenzinho, e eu um velho distinto e nada mais; contudo, uma vez que ela encontre um hábil artífice, é matéria da qual se pode obter qualquer conceito. Mas tal matéria não repousa toda nas prateleiras das bibliotecas. Não apenas ali a desenterram os poucos cérebros argutos que não aspiram à fama de Senhor Sonífero.

Na Itália, um livro não trivial que venha a público decerto encontra, aqui ou ali, grupelhos de *escrutinadores de ideias* que, entretanto, nunca o recebem de cara feia, por se tratar de gente sábia e discreta de natureza. Mas pobre coitado! Eis que acaba em meio a um exército sem fim de *escrutinadores de palavras*, inevitável, sempre alerta, e pródigo em censuras. Porém eu, inexperiente ainda no esforço que reclamam os belos versos para serem tecidos, confesso que, em nossas terras, no tocante apenas à língua, quem se assusta com os ladrados dos pedantes enfrenta tarefa muito menos árdua se escrever em versos, e não em prosa. Confesso que, no tocante apenas à língua e não a outra coisa, tanto para traduzir quanto para compor diretamente um original, se equilibrar num par de pernas de pau e versejar acarreta menos perigos. Confesso que o escritor de prosas precisa estudar livros, homens e costumes, pois uma coisa é ficar restrito às fronteiras determinadas por uma linguagem poética, outra é navegar pelo imenso mar de uma língua tão luxuriante nos modos, viva, falada, que não pode ser encerrada no Vocabulário,[3] se antes não se fizerem suas exéquias. Mas será talvez crucial para que se alcance o sucesso literário cruzar os braços e descansar, e aprisionar a si mesmo no Vocabulário da Crusca, assim como o judeu amarra seus patos a uma trave, para que engordem? Não, filho meu, a penúria que temos hoje de belas prosas não deriva, graças a Deus, do fato que a nossa língua não seja mais do que língua para sonetos. Faça com que

parabola dei talenti nell'Evangelista; e la santa parola con quel "*serve male et piger*" ti snebbierà questo fenomeno morale. Ora, per dire di ciò che importa a te, sappi, o carissimo, che i Lirici Tedeschi piú rinomati, parlo della scuola moderna, sono tre: il Goethe, lo Schiller e il Bürger. Quest'ultimo dotato di un sentire dilicato, ma d'una immaginazione altresí arditissima, si piacque spesso di trattare il terribile. Egli scrisse altre poesie sull'andare del *Cacciatore Feroce* e della *Eleonora*; ma queste due sono le piú famose. Io credo di doverle chiamare *Romanzi*: e se il vocabolo spiacerà ai dotti d'Italia, non farò per questo a scappellotti colle signorie loro.

Poesie di simil genere avevano i Provenzali; bellissime piú di tutti e molte ne hanno gli Inglesi; ne hanno gli Spagnuoli; altre e d'altri autori i Tedeschi; i Francesi le coltivavano un tempo; gli Italiani, ch'io sappia, non mai: se pure non si ha a tener conto di leggende in versi, congegnate, non da' poeti letterati, ma dal volgo, e cantate da lui; fra le quali quella della Samaritana meriterebbe forse il primato per la fortuna di qualche strofetta. Non pretendo con ciò di menomare d'un pelo la reputazione di alcuni *Romanzi* in dialetti municipali; perché, parlando di letteratura italiana, non posso aver la mira che alla lingua universale d'Italia.

Il Bürger portava opinione che "la sola vera poesia fosse la popolare". Quindi egli studiò di derivare i suoi poemi quasi sempre da fonti conosciute, e di proporzionarli poi sempre con tutti i mezzi dell'arte alla concezione del popolo. Anche delle composizioni che ti mando oggi tradotte, l'argomento della prima è ricavato da una tradizione volgare; quello della seconda è inventato, imitando le tradizioni comuni in Germania; il che vedremo in seguito piú distesamente. Anche in entrambi questi componimenti v'ha una certa semplicità di narrazione che manifesta nel poeta il proponimento, di gradire alla moltitudine.

Forse il Bürger, com'è destino talvolta degli uomini d'alto ingegno, trascorreva in quella sua teoria agli estremi.

Ma perché i soli uomini d'alto ingegno sanno poi di per sé stessi ritenersene giudiziosamente nella pratica, noi, leggendo i versi del Bürger, confessiamo che neppure il dotto vi scapita, né ha ragione di dolersi del poeta. L'opinione nondimeno che la poesia debba essere popolare non albergò solamente presso del Bürger; ma a lei s'accostarono pur molto anche gli altri poeti sommi d'una parte della

seu pai espiritual leia para você a parábola dos talentos no Evangelista, e a santa palavra, com aquele *"serve male et piger"*,[4] dissipará suas dúvidas quanto a esse fenômeno moral. Voltando agora ao que lhe interessa, saiba, caríssimo, que os líricos alemães mais renomados, refiro-me à escola moderna, são três: Goethe, Schiller e Bürger. Este último, dotado de uma sensibilidade delicada, bem como de uma imaginação audaciosa, deleitou-se muita vez em tratar do terrível. Ele escreveu outros poemas do tipo de *O caçador feroz* e de *Leonor*, sendo ambos, porém, os mais famosos. Eu me sinto no dever de chamá-los de *romances*,[5] e se o vocábulo desagradar aos doutos da Itália, não comprarei briga por isso com os distintos senhores.

Poemas do mesmo gênero tinham os provençais; belíssimos, mais do que todos, e muitos têm os ingleses; têm os espanhóis; outros, e de outros autores, os alemães; os franceses os cultivavam outrora; os italianos, que eu saiba, nunca — se não levarmos em conta as lendas em versos, engendradas não por poetas literatos, mas pelo vulgo, e cantadas por ele, entre as quais, aquela da samaritana mereceria talvez o primado pelo êxito de algumas estrofezinhas. Não pretendo com isso diminuir em nada a reputação de alguns romances em dialetos municipais, mas, falando em literatura italiana, não posso senão ter em mente a língua universal da Itália.

Bürger era de opinião que "a única verdadeira poesia era a popular". Então, ele se propôs a derivar seus poemas quase sempre de fontes conhecidas e a adequá-los depois, com todos os meios da arte, à concepção do povo. Nas composições que lhe envio hoje traduzidas, o tema da primeira também é extraído de uma tradição vulgar; o da segunda é inventado, imitando as tradições comuns na Alemanha, o que veremos em seguida com mais pormenores. Nessas duas composições, há também certa simplicidade no narrar, que revela no poeta o propósito de agradar à multidão.

Talvez Bürger, como é destino às vezes dos homens de grande engenho, avançasse nessa sua teoria até o limite.

Mas, visto que apenas os homens de grande engenho sabem, por si próprios, se comportar sensatamente na prática, nós, lendo os versos de Bürger, temos de admitir que nem o douto sai perdendo, nem tem razão para se lamentar do poeta. No entanto, a opinião de que a poesia deva ser popular não foi acolhida apenas por Bürger, mas dela se aproximaram, até em demasia, outros dos maiores poetas de uma parte da

Germania. Né io credo d'ingannarmi dicendo ch'ella pende assai nel vero. E se, applicandola alla storia dell'arte e pigliandola per codice nel far giudizio delle opere dei poeti che furono, ella può sembrare troppo avventata – giacché al Petrarca, a modo d'esempio, ed al Parini, benché, rade volte popolari, bisogna, pur fare di cappello – parmi che, considerandola come consiglio a' poeti che sono ed ammettendola con discrezione, ella sia santissima. E dico cosi, non per riverenza servile a' Tedeschi ed agli Inglesi, ma per libero amore dell'arte e per desiderio che tu, nascente poeta d'Italia, non abbia a dare nelle solite secche che da qualche tempo in qua impediscono il corso agli intelletti e trasmutano la poesia in matrona degli sbadigli.

Questa è la precipua cagione per la quale ho determinato che tu smetta i libri del Blair, del Villa e de' loro consorti, tosto che la barba sul mento darà indizio di senno in te piú maturo. Allora avrai da me danaro per comperartene altri, come a dire del Vico, del Burke, del Lessing, del Bouterweck,[2] dello Schiller, del Beccaria, di Madama de Staël, dello Schlegel e d'altri che fin qui hanno pensate e scritte cose appartenenti alla *Estetica*: né il *Platone in Italia* del Consigliere Cuoco sarà l'ultimo dei doni ch'io ti farò. Ma per ora non dir nulla di questo co' maestri tuoi, che già non t'intenderebbono.

Tuttavolta, perché la massima della popolarità della poesia mi preme troppo che la si faccia carne e sangue in te, contentati ch'io m'ingegni fin d'ora di dimostrartene la convenienza cosí appena di volo, e come meglio può un vecchiarello che non fu mai in vita sua né poeta né filologo né filosofo.

Tutti gli uomini, da Adamo in giú fino al calzolaio che ci fa i begli stivali, hanno nel fondo dell'anima una tendenza alla Poesia. Questa tendenza, che in pochissimi è attiva, negli altri non è che passiva; non è che una corda che risponde con simpatiche oscillazioni al tocco della prima. La natura, versando a piene mani i suoi doni nell'animo di que' rari individui ai quali ella concede la tendenza poetica attiva, pare che si compiaccia di crearli differenti affatto dagli altri uomini in mezzo a cui li fa nascere. Di qui le antiche favole sulla quasi divina origine de' poeti, e gli antichi pregiudizi sui miracoli loro, e l' *"est Deus in nobis"*. Di qui il piú vero dettato di tutti i filosofi; che i Poeti fanno classe a parte, e non sono cittadini di una sola società ma dell'intero universo. E per verità chi misurasse la sapienza delle nazioni dalla eccellenza de'

Alemanha. E não creio estar enganado dizendo que ela tende muito à verdade. E se, aplicando-a à história da arte e tomando-a por regra para julgar as obras dos poetas já mortos, pode parecer assaz precipitada – uma vez que a Petrarca, por exemplo, e a Parini, ainda que raras vezes populares, deve-se tirar o chapéu –, creio que, considerando-a como um conselho aos poetas ainda vivos e aceitando-a com discrição, tal opinião seja santíssima. E digo isso não por reverência servil aos alemães e aos ingleses, mas por livre amor à arte e pelo desejo de que você, poeta nascente da Itália, não venha a tropeçar nas pedras que, de uns tempos para cá, insistem em impedir o livre curso aos intelectos e transmutam a poesia em senhora dos bocejos.

Essa é a razão fundamental por que ordenei que você interrompa os livros de Blair, Villa e de seus consortes, logo que o seu cavanhaque se mostrar indício de um juízo mais maduro. Então, terá dinheiro de minha parte para comprar novos livros, como, por exemplo, os de Vico, Burke, Lessing, Bouterweck, Schiller, Beccaria, Madame de Staël, Schlegel e de outros que até aqui têm pensado e escrito coisas concernentes à *Estética*; e *Platão na Itália*, do Conselheiro Cuoco[6], não será o último dos presentes que hei de lhe dar. Mas, por enquanto, não diga nada disso aos seus professores, que decerto não o entenderiam.

Todavia, visto que prezo muito que a máxima da popularidade da poesia se torne carne e sangue em você, consinta que desde já me empenhe em demonstrar a sua conveniência apenas numa pincelada, e da melhor maneira que é capaz um velhote que em sua vida nunca foi poeta, nem filólogo ou filósofo.

Todos os homens, de Adão até o sapateiro que nos costura belas botas, têm no fundo da alma uma tendência à poesia. Essa tendência, que em pouquíssimos é ativa, nos outros é apenas passiva; não é mais que uma corda que responde com oscilações harmônicas ao toque de outra. A natureza, derramando suas dádivas à mão cheia na alma daqueles raros indivíduos aos quais ela concede a tendência poética ativa, parece comprazer-se em criá-los de todo diferentes dos outros homens em meio aos quais os faz nascer. Daí as antigas fábulas sobre a origem quase divina dos poetas, os antigos preconceitos sobre seus milagres e o *"est Deus in nobis"*.[7] Daí as mais verdadeiras palavras de todos os filósofos: que os poetas são uma classe à parte, e não são cidadãos de uma única sociedade, mas do universo inteiro. E, no entanto, quem medisse a sabedoria das nações pela

loro poeti, parmi che non iscandaglierebbe da savio. Né savio terrei chi nelle dispute letterarie introducesse i rancori e le rivalità nazionali. Omero, Shakespeare, il Calderon, il Camoens, il Racine, lo Schiller per me sono italiani di patria tanto quanto Dante, l'Ariosto e l'Alfieri.

La repubblica delle lettere non è che una, e i poeti ne sono concittadini tutti indistintamente. La predilezione con cui ciascheduno di essi guarda quel tratto di terra ove nacque, quella lingua che da fanciullo imparò, non nuoce mai, né alla energia dell'amore che il vero poeta consacra per istinto dell'arte sua a tutta insieme la umana razza, né alla intensa volontà, per la quale egli studia colle opere sue di provvedere al diletto ed alla educazione di tutta insieme l'umana razza. Però questo amore universale, che governa l'intenzione de' poeti, mette universalmente nella coscienza degli uomini l'obbligo della gratitudine e del rispetto; e nessuna occasione politica può sciogliere noi da questo sacro dovere. Fin anche l'ira della guerra rispetta la tomba d'Omero e la casa di Pindaro [...].

Se i poeti moderni d'una parte della Germania menano tanto romore di sé in casa loro, e in tutte le contrade d'Europa, ciò è da ascriversi alla popolarità della poesia loro. E questa salutare direzione ch'eglino diedero all'arte fu suggerita loro dagli studi profondi fatti sul cuore umano, sullo scopo dell'arte, sulla storia di lei e sulle opere ch'ella in ogni secolo produsse: fu suggerita loro dalla divisione in classica e romantica ch'eglino immaginarono nella poesia.

Però sappi, tra parentesi, che tale divisione non è un capriccio di bizzarri intelletti, come piace di borbottare a certi giudici, che senza processare sentenziano; non è un sotterfugio per sottrarsi alle regole che ad ogni genere di poesia convengono; da che uno de' poeti chiamati romantici, è il Tasso. E fra le accuse che si portano alla *Gerusalemme*, chi udì mai messa in campo quella di trasgressione delle regole? Qual altro poema piú si conforma alle speculazioni algebriche degli Aristotelici? Né ti dare a credere, figliuolo mio, che con quella divisione i tedeschi di cui parlo pretendessero che d'una arte, la quale è unica, indivisibile, si avesse a farne due; perocché stolti non erano. Ma se le produzioni di quest'arte, seguendo l'indole diversa dei secoli e delle civilizzazioni, hanno assunte facce differenti, perché non potrò io distribuirle in tribù differenti? E se quelle della seconda tribù hanno in sé qualche cosa che più intimamente esprime l'indole della presente civilizzazione europea,

excelência de seus poetas, creio que não estaria utilizando um instrumento sábio. Nem sábio eu consideraria quem, nas disputas literárias, introduzisse os rancores e as rivalidades nacionais. Homero, Shakespeare, Calderon, Camões, Racine, Schiller, para mim, são italianos de pátria tanto quanto Dante, Ariosto e Alfieri.

A república das letras é somente uma, e os poetas são seus concidadãos, todos indistintamente. A predileção com que cada um deles guarda a faixa de terra onde nasceu, a língua que de criança aprendeu, nunca é nociva, nem à energia do amor que o verdadeiro poeta consagra, dado o escopo de sua arte, a toda a raça humana, nem à intensa vontade com que ele se dedica através de suas obras a contribuir para o prazer e a educação de toda a raça humana. Entretanto, esse amor universal que governa a intenção dos poetas introduz universalmente na consciência dos homens a obrigação da gratidão e do respeito, e nenhuma circunstância política pode nos livrar desse sacro dever. Até mesmo a ira da guerra respeita o túmulo de Homero e a casa de Píndaro. [...]

Se os poetas modernos de uma parte da Alemanha fazem tanto estrépito na própria casa e em todos os cantos da Europa, isso se deve à popularidade de sua poesia. E essa saudável orientação que deram à arte foi a eles sugerida por estudos profundos acerca do coração humano, do escopo da arte, da história da arte e das obras que ela, em cada século, produziu; foi sugerida a eles pela divisão em clássica e romântica que eles criaram na poesia.

Porém saiba (entre parênteses) que tal divisão não é um capricho de bizarros intelectos, como se comprazem em murmurar certos juízes, que, sem processar, dão uma sentença; não é um subterfúgio para se subtrair às regras que convêm a cada gênero de poesia; por isso um dos poetas chamados românticos é Tasso. E em meio às acusações que se erguem contra *Gerusalemme*, quem jamais ouviu trazida à baila a da transgressão das regras? Qual outro poema mais se conforma às especulações algébricas dos aristotélicos? Nem creia, meu filho, que com tal divisão os alemães de quem falo pretendessem que, de uma arte, que é única, indivisível, se fizessem duas, pois estúpidos não eram. Mas se as produções dessa arte, seguindo as índoles diferentes dos séculos e das civilizações, assumiram faces diferentes, por que não posso eu distribuí-las em tribos diferentes? E se aquelas da segunda tribo possuírem algo que mais intimamente exprime a índole da presente civilização

dovrò io rigettarle per questo solo che non hanno volto simile al volto della prima tribù?

Di mano in mano che le nazioni europee si riscuotevano dal sonno e dall'avvilimento, di che le aveva tutte ingombrate la irruzione de' barbari dopo la caduta dell'impero romano, poeti qua e là emergevano a ringentilirle. Compagna volontaria del pensiero e figlia ardente delle passioni, l'arte della poesia, come la fenice, era risuscitata di per sé in Europa, e di per sé anche sarebbe giunta al colmo della perfezione. I miracoli di Dio, le angosce e le fortune dell'amore, la gioia de' conviti, le acerbe ire, gli splendidi fatti de' cavalieri muovevano la potenza poetica nell'anima de' trovatori. E i trovatori, né da Pindaro instruiti né da Orazio, correndo all'arpa prorompevano in canti spontanei ed intimavano all'anima del popolo il sentimento del bello, gran tempo ancora innanzi che l'invenzione della stampa e i fuggitivi di Costantinopoli profondessero da per tutto i poemi de' greci e de' latini. Avviata così nelle nazioni d'Europa la tendenza poetica, crebbe ne' poeti il desiderio di lusingarla più degnamente. Però industriaronsi per mille maniere di trovare soccorsi; e giovandosi della occasione, si volsero anche allo studio delle poesie antiche, in prima come ad un santuario misterioso accessibile ad essi soli, poi come ad una sorgente pubblica di fantasie, a cui tutti i lettori potevano attignere. Ma ad onta degli studi e della erudizione, i poeti, che dal risorgimento delle lettere giù fino a' dì nostri illustrarono l'Europa e che portano il nome comune di moderni, tennero strade diverse. Alcuni, sperando di riprodurre le bellezze ammirate ne' greci e ne' romani, ripeterono, e più spesso imitarono modificandoli, i costumi, le opinioni, le passioni, la mitologia de' popoli antichi.

Altri interrogarono direttamente la natura: e la natura non dettò loro né pensieri né affetti antichi, ma sentimenti e massime moderne. Interrogarono la credenza del popolo: e n'ebbero in risposta i misteri della religione cristiana, la storia di un Dio rigeneratore, la certezza di una vita avvenire, il timore di una eternità di pene. Interrogarono l'animo umano vivente: e quello non disse loro che cose sentite da loro stessi e da' loro contemporanei; cose risultanti dalle usanze ora cavalleresche, ora religiose, ora feroci, ma o praticate e presenti o conosciute generalmente; cose risultanti dal complesso della civiltà del secolo in cui vivevano. La poesia de' primi è classica, quella de' secondi

europeia, deverei eu rejeitá-las pelo único motivo de não apresentarem traços semelhantes aos da primeira tribo?

À medida que as nações europeias despertavam do sono e do aviltamento em que a irrupção dos bárbaros as mergulhara após a queda do império romano, poetas ora aqui, ora ali emergiam para refiná-las novamente. Companheira voluntária do pensamento e filha ardente das paixões, a arte da poesia, como a fênix, ressuscitara por si mesma na Europa, e por si mesma também viria a alcançar o cume da perfeição. Os milagres de Deus, as angústias e a fortuna do amor, a alegria dos banquetes, as amargas iras, os esplêndidos feitos dos cavaleiros moviam a potência poética na alma dos trovadores. E os trovadores, instruídos nem por Píndaro, nem por Horácio, correndo até a harpa, irrompiam em cantos espontâneos e intimavam à alma do povo o sentimento do belo, ainda muito tempo antes que a invenção da imprensa e que os fugitivos de Constantinopla espalhassem por todos os cantos os poemas dos gregos e dos latinos. Brotando, assim, nas nações da Europa a tendência poética, cresceu nos poetas o desejo de lisonjeá-la mais dignamente. Mas esforçaram-se de mil maneiras em obter ajuda e, servindo-se da ocasião, voltaram-se também ao estudo dos poemas antigos, primeiramente como a um santuário misterioso, acessível apenas a eles, depois como a uma fonte pública de criatividade, da qual todos os leitores podiam beber. A despeito, porém, dos estudos e da erudição, os poetas, que do ressurgimento das letras até os nossos dias, ilustraram a Europa e carregam o nome comum de "modernos", tomaram caminhos diferentes. Alguns, ansiando reproduzir as belezas admiradas nos gregos e nos romanos, repetiram e, mais amiúde, imitaram, modificando, os costumes, as opiniões, as paixões, a mitologia dos povos antigos.

Outros interrogaram diretamente a natureza, e a natureza não lhes ditou pensamentos ou afetos antigos, mas sentimentos e máximas modernas. Interrogaram a crença do povo e obtiveram em resposta os mistérios da religião cristã, a história de um Deus regenerador, a certeza de uma vida futura, o temor de uma eternidade de penas. Interrogaram a alma humana, e ela lhes falou apenas de coisas sentidas por eles e por seus contemporâneos, coisas resultantes de costumes ora cavalheirescos, ora religiosos, ora violentos, mas ou praticados e presentes, ou conhecidos no geral; coisas resultantes do complexo da civilização do século em que viviam. A poesia dos primeiros é clássica, a poesia dos segundos

è romantica. Cosí le chiamarono i dotti d'una parte della Germania, che dinanzi agli altri riconobbero la diversità delle vie battute dai poeti moderni. Chi trovasse a ridire a questi, vocaboli, può cambiarli a posta sua. Però io stimo di poter nominare con tutta ragione poesia de' morti la prima, e poesia de' vivi la seconda. Né temo d'ingannarmi dicendo che Omero, Pindaro, Sofocle, Euripide ec. ec., al tempo loro, furono in certo modo romantici, perché non cantarono le cose degli Egizzi o de' Caldei, ma quelle dei loro Greci; siccome il Milton non cantò le superstizioni omeriche, ma le tradizioni cristiane. Chi volesse poi soggiungere che anche fra i poeti moderni seguaci del genere classico quelli sono i migliori, che ritengono molta mescolanza del romantico, e che giusto giusto allo spirito romantico essi devono saper grado se le opere loro vanno salve da l'oblio, parmi che no meriterebbe lo staffile. E la ragione non viene ella forse in sussidio di siffatte sentenze, allorché gridando c'insegna che la poesia vuole essere specchio di ciò che conmuove maggiormente anima? Ora l'anima è commossa al vivo dalle cose nostre che ci circondano tutto dí, non dalle antiche altrui, che a noi sono notificate per mezzo soltanto de' libri e della storia.

Allorché tu vedrai addentro in queste dottrine, e ciò non sarà per via delle gazzette, imparerai come i confini del bello poetico siano ampi del pari che quelli della natura, e che la pietra di paragone, con cui giudicare di questo bello, è la natura medesima e non un fascio di pergamene; imparerai come va rispettata davvero la letteratura de' Greci e de' Latini; imparerai come davvero giovartene. Ma sentirai altresí come la divisione proposta contribuisca possentemente a sgabellarti dal predominio sempre nocivo dell'autorità. Non giurerai piú nella parola di nessuno, quando trattasi di cose a cui basta il tuo intelletto. Farai della poesia tua una imitazione della natura, non una imitazione di imitazione. A dispetto de' tuoi maestri, la tua coscienza ti libererà dal l'obbligo di venerare ciecamente gli oracoli di un codice vecchio e tarlato, per sottoporti a quello della ragione, perpetuo e lucidissimo. E riderai de' tuoi maestri che colle lenti sul naso continueranno a frugare nel codice vecchio e tarlato, e vi leggeranno fin quello che non v'è scritto.

Materia di lungo discorso sarebbe il voler parlare all'Italia della divisione suaccennata; ed importerebbe una anatomia lunghissima delle qualità costituenti il genere classico, e di quelle che determinano il

é romântica. Assim as chamaram os doutos de uma parte da Alemanha que, antes dos demais, reconheceram a diversidade dos caminhos percorridos pelos poetas modernos. Quem discordar dessas denominações pode trocá-las a seu bel-prazer. Mas eu acredito, com toda razão, poder denominar poesia dos mortos a primeira e poesia dos vivos a segunda. Tampouco temo estar enganado dizendo que Homero, Píndaro, Sófocles, Eurípides, etc., na época deles, foram de certo modo românticos, porque não cantaram as coisas dos egípcios ou dos caldeus, mas de seus gregos, assim como Milton não cantou as superstições homéricas, mas as tradições cristãs. Não creio que mereça ser castigado quem quisesse acrescentar que, também entre os poetas modernos seguidores do gênero clássico, os melhores são os que cultivam muitas características do romântico, e que justamente ao espírito romântico eles devem agradecer se suas obras foram salvas do olvido. E a razão não vem talvez dar apoio a semelhantes sentenças, quando, gritando, nos ensina que a poesia quer ser espelho do que mais comove a alma? Ora, a alma se comove vivamente pelas coisas nossas que nos cercam todos os dias, não pelas antigas vividas por outros, que são relatadas a nós apenas através dos livros e da história.

Quando você enxergar essas doutrinas por dentro, e isso não há de se dar por meio das gazetas, aprenderá como as fronteiras do belo poético são tão amplas quanto aquelas da natureza, e que o parâmetro a partir do qual julgar esse belo é a própria natureza, não um maço de pergaminhos; aprenderá como deve ser verdadeiramente respeitada a literatura dos gregos e dos latinos; aprenderá como verdadeiramente valer-se dela. Mas sentirá também como a divisão proposta contribui de forma poderosa para libertá-lo do domínio sempre nocivo da autoridade. Não jurará nunca mais pela palavra de ninguém, quando se tratar de assunto para o qual baste seu próprio intelecto. Fará da sua poesia uma imitação da natureza, não uma imitação da imitação. A despeito de seus mestres, a sua consciência há de livrá-lo da obrigação de venerar cegamente os oráculos de um código velho e carcomido, para submetê-lo àquele da razão, perpétuo e de extrema lucidez. E você rirá de seus mestres que, com as lentes penduradas no nariz, continuarão a vascular no código velho e carcomido e nele lerão até o que não está escrito.

Matéria para longa discussão seria a vontade de falar à Itália sobre a divisão acima apontada, o que comportaria uma análise bem longa das qualidades que constituem o gênero clássico e das qualidades que

romantico. A me non concede la fortuna né tempo, né forze sufficienti per tentare una siffatta dissertazione: perocché il ripetere quanto hanno detto su di ciò i Tedeschi non basterebbe. Avvezzi a vedere ogni cosa complessivamente, eglino non di rado trascurano, di segnare i precisi confini de' loro sistemi; e la fiaccola, con cui illuminano i passi altrui, manda talvolta una luce confusa.

Ma poiché in Italia, a giudicare da qualche cenno già apparso non v'ha difetto intero di buona filosofia, io prego, che un libro sia composto finalmente qui tra noi, il quale non tratti d'altro che di questo argomento, e trovi modo di appianar tutto, di confermare nel proposito i già iniziati, rincorare i timidi, e di spuntare con cristiana carità le corna ai pedanti.

Ben è vero che a que' pochi del mestiere, a' quali può giovare per le opere loro una idea distinta del genere romantico, questa, io spero, sarà già entrata nel cervello loro, mercè l'acume della propria lor mente. Ma perché voi altri giolvinetti siete esposti alla furia di tante contrarie sentenze, e la verità non siete in caso di snudarla da per voi, è bene che qualcuno metta in mano vostra ed in mano del pubblico un libro che vi scampi dal peccato, pur sí frequente in Italia, di bestemmiare ciò che si ignora. Intanto, che il voto mio va ricercando chi lo accolga e lo secondi; intanto che, irritati dalla novità del vocabolo romantico, da Dan fino a Bersabea si levano a fracasso i pedanti nostri, e fanno a rabbuffarsi l'un l'altro, e a contumeliarsi e a sagramentare, e a non intendersi tra di loro, come a Babilonia; intanto che la divisione, per cui si arrovellano, è per loro piú mistica della piú mistica dottrina del Talmud, vediamo, figliuolo mio, quali effetti ottenessero i poeti che la immaginarono.

Posti frammezzo a un popolo non barbaro, non civilissimo, se se ne riguarda tutta, la massa degli abitanti, e non la sola schiera degli studiosi, i poeti recenti d'una parte della Germania dovevano superare in grido i loro confratelli contemporanei sparsi nel restante d'Europa. Ma della fortuna della poesia loro tutto il merito non è da darsi alla fortuna del loro nascimento. L'essersi avveduti di questa propizia circostanza, e l'aver saputo trarne partito, è merito personale. E a ciò contribuí, del pari che l'arguzia dell'ingegno, la santità del cuore. Sentirono essi che la verissima delle Muse è la Filantropia e che l'arte loro aveva un fine ben piú sublime che il diletto momentaneo di pochi oziosi. Però, avidi

determinam o romântico. A mim, a fortuna não concede nem tempo nem forças suficientes para me lançar em tal dissertação, pois repetir quanto disseram os alemães sobre isso não seria suficiente. Habituados a ver cada coisa em sua totalidade, eles não raramente se descuidam de marcar os limites exatos de seus sistemas, e a chama com que iluminam os passos dos demais por vezes emite uma luz confusa.

Mas, visto que na Itália, a julgar por alguns acenos já manifestos, não há escassez de boa filosofia, rogo para que um livro seja finalmente composto aqui entre nós que não trate de nada além desse argumento e encontre a maneira de aplanar tudo, confirmando em seu propósito os já iniciados, confortando os tímidos, limando com caridade cristã os chifres dos pedantes.

É bem verdade que aos poucos do ofício que podem se beneficiar em suas obras de uma ideia distinta do gênero romântico, espero que esta já tenha entrado em seus cérebros, graças à acuidade das próprias mentes. Mas estando vocês, jovens, expostos à fúria de tantas sentenças contrárias, sem a capacidade de desvelar a verdade por si mesmos, é conveniente que alguém coloque em suas mãos, e nas mãos do público, um livro que os livre do pecado tão frequente na Itália de blasfemar contra o que se ignora. Enquanto meu voto vai em busca de quem o acolha e o apoie; enquanto, irritados pela novidade do vocábulo romântico, desde Dan até Berseba,[8] erguem-se em algazarra os nossos pedantes, e guerreiam entre si, trocando impropérios e insultos, sem chegar a um entendimento, como na Babilônia; enquanto a divisão pela qual se atormentam é para eles mais mística do que a mais mística doutrina do Talmude, vejamos, meu filho, que efeitos obtiveram os poetas que a engendraram.

Postos no seio de um povo não bárbaro, não civilizadíssimo, se considerarmos toda a massa dos habitantes, e não somente os estudiosos, os poetas recentes de uma parte da Alemanha deviam ser muito superiores aos seus irmãos contemporâneos espalhados no restante da Europa. Mas o sucesso de sua poesia não se deve atribuir todo à sorte de seu nascimento. Ter percebido tal circunstância propícia e ter sabido tirar partido disso é mérito pessoal. E para tanto contribuiu, em igual medida que a argúcia do engenho, a santidade do coração. Eles sentiram que a mais verdadeira das musas é a filantropia e que sua arte tinha um fim muito mais sublime do que o deleite momentâneo de poucos ociosos.

di richiamare l'arte a' di lei principi, indirizzandola al perfezionamento morale del maggior numero de' loro compatrioti, eglino non gridarono, come Orazio: "*Satis est equitem nobis plaudere*"; non mirarono a piaggiare un Mecenate, a gratificarsi un Augusto, a procurarsi un seggio al banchetto dei grandi; non ambirono i soli battimani d'un branco di scioperati raccolti nell'anticamera del Principe. Oltrediché non è da tacersi come insieme a questo pio sentimento congiurasse anche nelle anime di que' poeti la sete della gloria, ardentissima sempre ne' sovrani ingegni, e sprone inevitabile al far bene. Eglino avevano letto che in Grecia la corona del lauro non l'accordavano né Principi, né Accademie, ma cento e cento mila persone convenute d'ogni parte in Tebe e in Olimpia. Avevano letto che i canti di Omero, di Tirteo non erano misteri di letterati, ma canzoni di popolo. Avevano letto che Eschilo, Sofocle, Euripide, Aristofane non si facevano belli della lode de' loro compagni di mestiere; ma anelavano al plauso di trentamila spettatori; e l'ottenevano. Quindi, agitati da castissima invidia, vollero anch'essi quel plauso e quella corona. Ma e in che modo conseguirla? Posero mente alle opere che ci rimangono de' poeti greci; e quantunque s'innamorassero sulle prime della leggiadria di quei versi, dello splendore di quella elocuzione, dell'artificio mirabile con cui le immagini erano accoppiate e spiegate, pure non si diedero a credere che in ciò fosse riposto tutto il talismano. E come crederlo, se in casa loro e fuori di casa vedevano condannati all'untume del pizzicagnolo versi, a cui né sceltezza di frasi mancava, né armonia?

Lambiccarono allora essi con piú fina critica quelle opere onde scoprire di che malìe profittavansi in Grecia i poeti per guadagnarsi tanto suffragio dai loro contemporanei. Videro che queste malìe erano i loro Dei, la loro religione, le loro superstizioni, le loro leggi, i loro riti, i loro costumi, la storia loro, le loro tradizioni volgari, la geografia loro, le loro opinioni, i loro pregiudizi, le foggie loro ec. ec. ec.

– E noi, dissero eglino, noi, abbiamo altro Dio, altro culto; abbiamo anche noi le nostre superstizioni, abbiamo altre leggi, altri costumi, altre inclinazioni piú ossequiose e piú cortesi verso la beltà femminina. Caviamo di qui anche noi le malìe nostre, e il popolo c'intenderà. E i versi nostri non saranno per lui reminiscenze d'una fredda erudizione scolastica, ma cose proprie e interessanti e sentite nell'anima.

Porém, ávidos por aproximar a arte dos próprios princípios, guiando-a para o aperfeiçoamento moral do maior número de seus compatriotas, eles não gritaram como Horácio: *"Satis est equitem nobis plaudere"*;[9] não se puseram a bajular um mecenas, a gratificar um Augusto, a obter um lugar no banquete dos grandes; não almejaram apenas os aplausos de um bando de desocupados reunidos na antecâmara do príncipe. Além disso, não se deve calar como, na alma desses poetas, junto a esse pio sentimento, conspirava também a sede de glória, sempre muito ardente nos intelectos soberanos e estímulo inevitável ao fazer bem. Eles leram que na Grécia a coroa de louros não era concedida pelos príncipes, ou pelas academias, mas por milhares e milhares de pessoas vindas de todos os lugares para Tebas e Olímpia. Eles leram que os cantos de Homero, de Tirteu, não eram mistérios de literatos, mas canções do povo. Eles leram que Ésquilo, Sófocles, Eurípides, Aristófanes não se vangloriavam dos elogios de seus companheiros de ofício, mas ansiavam pelo aplauso de trinta mil espectadores, e o obtinham. Assim, agitados por tão casta inveja, também eles desejaram esse aplauso e essa coroa. Mas como alcançá-los? Concentraram sua mente nas obras que nos deixaram os poetas gregos e, apesar de terem se apaixonado num primeiro momento pela leveza de tais versos, pelo esplendor e elegância de expressão, pelo artifício admirável com que as imagens eram combinadas e explicadas, não se permitiram acreditar que ali repousasse toda a mágica. E como acreditar se na própria casa, e fora dela, viam condenados à untuosidade de um vendedor de toucinhos versos aos quais não faltava nem o requinte das frases nem a harmonia?

Examinaram, então, com uma crítica mais fina, aquelas obras onde pudessem descobrir de que encantamentos se valiam os poetas na Grécia para conquistar a aprovação de seus contemporâneos. Viram que tais encantamentos eram os seus deuses, sua religião, suas superstições, suas leis, seus rituais, seus costumes, sua história, suas tradições populares, sua geografia, suas opiniões, seus preconceitos, suas maneiras, etc.

– E nós – disseram eles –, nós temos outro Deus, outro culto; nós também temos as nossas superstições, outras leis, outros costumes, outras inclinações mais obsequiosas e mais corteses em relação à beleza feminina. Nós também extraímos disso os nossos encantamentos, e o povo há de nos entender. E nossos versos não serão para ele reminiscências de uma fria erudição escolar, mas coisas próprias, interessantes e sentidas na alma.

A rinforzarli nella determinazione soccorse loro l'esempio altresí de' poeti che dal risorgimento delle lettere in Europa fino a' dí nostri sono i piú famosi. E chi negherà questi essere tanto piú venerati e cari, quanto di queste nuove malie piú sparsero ne' loro versi? Cosí i poeti d'una parte della Germania co' medesimi auspici, con l'arte medesima né piú né meno, col medesimo intendimento de' Greci scesero nell'arringo, desiderarono la palma, e chiesero al popolo che la desse loro. E il popolo, non obbliato, non vilipeso da' suoi poeti; ma carezzato, ma dilettato, ma istruito, non ricusò d'accordarla.

A che miri la parola mia, tu lo sai; però fanne senno, figliuolo mio, e non permettere che la paterna carità si sfoghi al vento. So che agli uomini piace talvolta di onestare la loro inerzia con bei paroloni. Ma io non darò retta mai né a te, né a chiunque mi ritesserà le solite canzoni: e che l'Italia è un armento di venti popoli divisi l'uno dall'altro, e ch'ella non ha una gran città capitale dove ridursi a gareggiare gli ingegni, e che tutto vien meno ove non è una patria. Lo sappiamo, lo sappiamo. Ma l'avevano questa unità di patria e questo tumulto d'una capitale unica i poeti dei quali ho parlato? E se noi non possediamo una comune piatria politica, come neppure essi la possedevano, chi ci vieta di crearci intanto, com'essi, a conforto delle umane sciagure una patria letteraria comune? Forse che Dante, il Petrarca, l'Ariosto per fiorire aspettarono che l'Italia fosse una? Forse che la latina è la piú splendida delle letterature? E non di meno qual piú vasta metropoli di Roma sotto Ottaviano e sotto i Cesari? [...]

Ora, figliuolo mio, ti sia palese che tutto il discorso fatto sin qui, sebbene paresse sviarsi dal soggetto, pure era necessario. Così mi sono preparata la via alla soluzione de' due quesiti che tu mi hai fatti, ed ai quali posso ora rispondere con maggiore brevità. Eccoli entrambi, e in termini più precisi de' tuoi:

1. La moderna Italia ammetterebbe ella poesie di questo genere (i Romanzi)?
2. Il Cacciatore feroce e l'Eleonora piaceranno in Italia?

Interrogazione prima:
La moderna Italia ammetterebbe ella poesie di questo genere (i Romanzi)?

Non fa mestieri, cred'io, di molte lucubrazioni per trovare che alla prima interrogazione vuolsi rispondere con un "Sì" netto

Para fortalecê-los nessa determinação, socorreu-os o exemplo dos poetas que, do ressurgimento das letras na Europa até os dias de hoje, são os mais famosos. E quem irá negar serem eles tão mais venerados e queridos quanto mais se utilizaram desses novos encantamentos em seus versos? Assim, os poetas de uma parte da Alemanha, com os mesmos auspícios, com a mesma arte, nada mais nada menos, com o mesmo entendimento dos gregos, entraram na arena, desejaram a coroa e a pediram ao povo. E o povo, não olvidado, não vilipendiado por seus poetas, mas acariciado, deliciado, instruído, não se recusou a concedê-la.

A que mira a minha palavra, você bem sabe, mas guarde-a, filho meu, e não permita que a paterna caridade desabafe ao vento. Sei que os homens às vezes gostam de legitimar sua inércia com belas e grandes palavras. Mas eu nunca prestarei atenção, nem a você nem a qualquer um que repita as estrofes costumeiras: que a Itália é um amontoado de vinte povos divididos entre si, que a Itália não possui uma grande capital onde se concentrem os cérebros para competir, que tudo falta onde não há uma pátria. Já sabemos disso, já sabemos. Mas tinham os poetas de que falei a unidade de pátria e a agitação de uma capital única? E se nós não possuímos uma pátria política comum, assim como eles não possuíam, quem nos proíbe de criar enquanto isso, assim como eles, uma pátria literária comum para o conforto das desgraças humanas? Por acaso Dante, Petrarca, Ariosto, para florescer, esperaram que a Itália fosse una? Por acaso a latina é a mais esplêndida das literaturas? E, apesar disso, qual metrópole foi mais vasta do que Roma sob Otaviano e sob os Césares? [...]

Ora, filho meu, que seja claro que tudo o que disse até aqui, ainda que pareça desviar-se do tema, era, ainda assim, necessário. Desse modo, preparei meu caminho para a resolução dos dois quesitos que você me colocou, e aos quais posso agora responder com maior brevidade. Ei-los, e ambos em termos mais precisos do que os seus:

1. A moderna Itália aceitaria poemas desse gênero (os *romances*)?
2. *O caçador feroz* e *Leonor* terão sucesso na Itália?

Interrogação primeira:
A moderna Itália aceitaria poemas desse gênero (os romances)?
Não são necessárias, creio, muitas elucubrações para entender que à primeira interrogação se quer responder com um "sim" claro e

e stentoreo. Da quanto ho detto sulla opportunità di indirizzare la poesia non all'intelligenza di pochi eruditi ma a quella del popolo, affine di propiziarselo e di guadagnarne l'attenzione, tu avrai di per te stesso inferita questa sentenza: che i poeti italiani possono del pari che gli stranieri dedurre materia pe' loro canti dalle tradizioni e dalle opinioni volgari, e che anzi gioverebbe di presente ch'eglino preferissero queste a tutto intero il libro di Natale de' Conti. Però non voglio sprecar tempo in dimostrarti che, per tale rispetto, questo genere di romanzi si conviene anche all'Italia; e per verità non farei che ridire le parole mie. Che poi questo modo di narrare liricamente una avventura offenderà gli italiani, non credo.

La poesia d'Italia non è arte diversa dalla poesia degli altri popoli. I principi e lo scopo di lei sono perpetui ed universali. Ella, come vedemmo, è diretta a migliorare i costumi degli uomini, a farne gentili gli animi, a contentarne i bisogni della fantasia e del cuore; poiché la tendenza alla poesia, simigliante ad ogni altro desiderio, suscita in noi veri bisogni morali. Per arrivare all'intento suo la poesia si vale di quattro forme elementari: la lirica, la didascalica, l'epica e la drammatica. Ma perché ella di sua natura abborre i sistemi costrettivi e perché i bisogni che ella prende ad appagare possono essere modificati in infinito, ha diritto anche ella di adoperare mezzi modificati in infinito. Quindi a sua posta ella unisce e confonde insieme in mille modi le quattro forme elementari, derivandone mille temperamenti. Se la poesia è l'espressione della natura viva, ella deve essere viva come l'oggetto ch'ella esprime, libera come il pensiero che le dà moto, ardita come lo scopo a cui è indirizzata.

Le forme ch'ella assume non costituiscono la di lei essenza, ma solo contribuiscono occasionalmente a dare effetto alle di lei intenzioni. Però fino a tanto ch'ella non esce dell'instituto suo, non v'ha muso d'uomo che di propria facoltà le abbia a dettare restrizioni su questo punto del tra mischiare le forme elementari. Che i due romanzi del Bürger spiaceranno agli italiani per l'argomento loro e per lo stile, forse sarà. Ma che l'Italia non patirebbe che i suoi poeti scrivessero romanzi del genere di questi, perché forse schifa della mescolanza dell'epico collirico, non credo. Siffatte obbiezioni non suggeriscono che al cervello de' pedanti, i quali parlano della poesia senza conoscerne la proprietà. Ma se il presagio non mi falla, la tirannide dei pedanti sta per cadere in

tonante. Do que disse sobre a oportunidade de orientar a poesia não em direção à inteligência de poucos eruditos, mas àquela do povo, com a finalidade de conquistá-lo e ganhar sua atenção, você deve ter inferido por si só esta sentença: que os poetas italianos podem, assim como os estrangeiros, extrair matéria para seus cantos das tradições e das opiniões populares, e que, no presente momento, aliás, seria útil que preferissem estas a todos os livros de Natale Conti.[10] Mas não quero gastar tempo para lhe demonstrar que, por esse motivo, esse gênero de *romances* convém também à Itália; na verdade, não faria senão repetir minhas palavras. Ademais, não acredito que esse modo de narrar liricamente uma aventura ofenderá os italianos.

A poesia da Itália não é arte diversa da poesia dos outros povos. Os princípios e o escopo dela são perpétuos e universais. Ela, como vimos, orienta-se a melhorar os costumes dos homens, tornar gentis suas almas, satisfazer as necessidades de sua fantasia e de seu coração, já que a tendência à poesia, assim como qualquer outro desejo, suscita em nós verdadeiras necessidades morais. Para alcançar seu intento, a poesia se vale de quatro formas elementares: a lírica, a didascálica, a épica e a dramática. Mas visto que ela, por sua natureza, tem aversão aos sistemas constritivos e as necessidades que se propõe a aplacar podem ser modificadas ao infinito, ela também tem o direito de utilizar meios modificados ao infinito. Portanto, a seu bel-prazer, ela une e confunde de mil maneiras as quatro formas elementares, do que derivam mil misturas. Se a poesia é expressão da natureza viva, ela deve ser viva como o objeto que exprime, livre como o pensamento que lhe dá movimento, ousada como o escopo ao qual mira.

As formas que assume não constituem a sua essência, mas só contribuem ocasionalmente a dar efeito às suas intenções. Porém, até que ela não se afaste de seu propósito, não existe homem algum que, por suas próprias faculdades, venha a lhe ditar restrições no que diz respeito a esse embaralhamento das formas elementares. É possível que os dois *romances* de Bürger desagradem aos italianos por seu tema e estilo. Mas que a Itália não suportaria que seus poetas escrevessem *romances* do gênero destes, porque talvez desdenhe da mistura do épico com o lírico, não creio. Objeções semelhantes não vêm à mente senão aos pedantes, que falam da poesia sem conhecer sua propriedade. Mas se meu presságio não falhar, a tirania dos pedantes

Italia. E il popolo e i poeti si consiglieranno a vicenda senza paura delle Signorie Loro, ed a vicenda si educheranno; e non andrà molto, spero.

La meditazione della filosofia riuscirà bensì a determinare, a un di presso, di quali materiali debbano i poeti giovarsi nell'esercizio dell'arte, di quali no, e fin dove possano estendere l'ardimento della imitazione. E l'esperienza dimostra che in questo l'arte della poesia soffre confini come tutte le di lei sorelle. Ma quale filosofia potrà dire in coscienza al poeta: le modificazioni delle forme sono queste, non altre? So che i pedanti si stilleranno l'intelletto per rinvenire, a modo d'esempio, la bandiera sotto cui far trottare le terzine del signor Torti sulla Passione del Salvatore. So che, nel repertorio de' titoli disceso loro da padre in figlio, non ne troveranno forse uno che torni a capello per quelle terzine. Carme no, ode no, Idillio no, Eroide forse?...

Ma intanto quella squisita poesia, con buona pace delle Signorie Loro, è già per le bocche di tutti. E l'Italia, non badando a' frontispizi, scongiura il signor Torti a non lasciarla lungamente desiderosa d'altri regali consimili. Lo stesso avverrà d'ogni altra poesia futura, quando le modificazioni delle forme siano corrispondenti all'argomento ed alla intenzione del poeta, e quando siffatta intenzione sia conforme allo scopo dell'arte ed a' bisogni dell'uomo.

Il sentimento della convenienza, che induce il poeta alla scelta di un metro piuttosto che di un altro, è contemporaneo nella mente di lui alla concezione delle idee ch'egli ha in animo di spiegare nel suo componimento ed al disegno che lo muove a poetare. Le regole generali degli scrittori di Poetiche non montano gran fatto, da che ogni caso vorrebbe regola a parte. Laonde è opinione mia che un uomo dell'arte possa bensì assisterti ogni volta con un buon consiglio; ma che se tu aspetti che te lo diano i trattatisti, non ne faremo nulla, figliuolo mio [...].

Interrogazione seconda.
Il Cacciatore feroce e l'Eleonora piaceranno in Italia?

Questo è quesito di non così facile scioglimento come il primo. Madama de Staël, nell'ingegnosa ed arguta sua opera sull'Alemagna, ha analizzati entrambi questi *Romanzi*. E come è solito dei fervidi ed alti intelletti, che hanno sortita fantasia vasta, l'aggiungere senza avvedersene qualche cosa sempre del loro alle opere altrui delle quali s'innamorano, ella

está prestes a cair na Itália. E o povo e os poetas hão de trocar conselhos, sem medo de Sua Senhoria, e reciprocamente hão de se educar; e não falta muito, espero.

A meditação da filosofia, é certo, conseguirá em breve determinar de quais materiais os poetas devem se valer no exercício da arte, de quais não, e até onde podem estender a ousadia da imitação. E a experiência demonstra que nisso a arte da poesia tolera limites como todas as suas irmãs. Mas qual filosofia poderá dizer em consciência ao poeta: as modificações das formas são estas, não outras? Sei que os pedantes espremerão o cérebro para recuperar, por exemplo, a bandeira sob a qual fazer trotar os tercetos do senhor Torti[11] sobre a Paixão do Salvador. Sei que no repertório de títulos que lhes foi legado de pai para filho não encontrarão talvez nem um que se ajuste perfeitamente a esses tercetos. Carme não, ode não, idílio não, heroide, quem sabe?[12]...

Enquanto isso, esse refinado poema, sem que ninguém se sinta ofendido, já se encontra na boca de todos. E a Itália, não se importando com rótulos, implora ao senhor Torti que não a faça esperar longamente por outros presentes semelhantes. O mesmo acontecerá a toda poesia futura, quando as modificações das formas forem correspondentes ao argumento e à intenção do poeta, e quando tal intenção for conforme ao escopo da arte e às necessidades do homem.

O sentimento da conveniência, que induz o poeta à escolha de uma métrica em vez de outra, é contemporâneo em sua mente à concepção das ideias que ele anseia por explicar em sua composição e ao desenho que o leva a poetar. As regras gerais dos escritores de poéticas não têm muita importância, dado que cada caso requer uma regra à parte. Assim, é minha opinião que um homem da arte possa certamente assisti-lo, meu filho, dando-lhe um bom conselho, mas se você esperar que sejam os tratadistas a dá-lo, então, não faremos nada [...].

Interrogação segunda
O caçador feroz e Leonor terão sucesso na Itália?

Este é quesito de não tão fácil resolução quanto o primeiro. Madame de Staël, em sua engenhosa e arguta obra sobre a Alemanha, analisou esses dois *romances*. E como é usual entre os férvidos e altos intelectos, premiados com uma vasta imaginação, sempre acrescentar, sem se dar conta, algo de próprio às obras de outrem pelas quais se apaixonam,

vi trovò bellezze forse più che non hanno e gli ammirò forse troppo. Nondimeno ella è di parere che difficile e quasi impossibile sarebbe il far gustare que' *Romanzi* in Francia; e che ciò provenga dalla difficoltà del tradurli in versi, e da questo: che in Francia *rien de bizarre n'est naturel*. In quanto alla bizzarria ed alla difficoltà di tradurre in versi, sta a' Francesi ed a madama de Staël il decidere. In quanto al poterne tentare una versione in prosa francese, io credo di non errare pensando che, se madama de Staël avesse voluto piegarsi ella stessa all'ufficio di traduttore, i francesi avrebbero accolta come eccellente la traduzione di lei. E se mai il giudizio, che ella portò sulla incompatibilità del gusto francese colla bizzarria de' pensieri, fosse meno esatto, la tanta poesia che vive in tutte le prose di madama si sarebbe trasfusa di certo anche in questa, per modo che la mancanza del metro non sarebbe stata sciagura deplorabile. L'armonia non è di così essenziale importanza da dover dipendere totalmente da essa la fortuna di un componimento.

Per riguardo all'Italia, io non saprei temere di un ostacolo dal semplice lato della bizzarria, da che l'Ariosto è l'idolo delle fantasie italiane. Però, lasciato stare il danno che a questi *Romanzi* può venire dall'andar vestiti di una poco bella traduzione per le contrade d'Italia, dico che a me sembra di ravvisare in essi una cagione più intrinseca, per la quale non saranno forse comunemente gustati tra di noi.

Entrambi questi *Romanzi* sono fondati sul maraviglioso e sul terribile, due potentissime occasioni di movimento per l'animo umano. Ma l'uomo che, per uscire del letargo che gli è incomportabile, invoca anche scosse violente all'anima sua e anela sempre di afferrare siffatte occasioni pure non se ne lascia vincere mai, se non per via della credenza. E il terribile e il maraviglioso, quando non sono creduti, riescono inoperosi e ridicoli, come la verga di Mosè in mano a un misero Levita. L'effetto dunque che produrranno i due *Romanzi* del Burger sarà proporzionato sempre alla fede che il lettore presterà agli argomenti di maraviglia e di terrore, de' quali essi riboccano. Ora, dipendendo da ciò principalmente l'esito della loro emigrazione presso gli Italiani, a me non d'a' il cuore di prognosticarla fortunata [...].

In quanto a te, se mai ti nascesse voglia di scrivere *Romanzi* in Italia sul fare di questi, va cauto, e fa di non lasciarti traviare in soggetti non verisimili, quando essi siano tolti di peso dalla fantasia tua. Che, se l'argomento ti viene prestato da una storia scritta o da una tradizione

ela encontrou ali talvez mais belezas do que elas têm e as admirou talvez em demasia. Contudo, sabe-se que seria difícil ou quase impossível fazer com que se appreciem esses *romances* na França, e que isso se deve à dificuldade de traduzi-los em versos e ao fato de que na França *rien de bizarre n'est naturel*.[13] Quanto à bizarria e à dificuldade de traduzir em versos, cabe aos franceses e a Madame de Staël decidir. Quanto à possibilidade de tentar uma versão em prosa francesa, creio não errar pensando que, se Madame de Staël tivesse querido ela mesma se dobrar ao ofício de tradutor, os franceses haveriam de acolher como excelente a sua tradução. E se o juízo que ela sustentou sobre a incompatibilidade do gosto francês com a bizarria dos pensamentos fosse menos exato, a tanta poesia que vive em todas as prosas de Madame decerto se transferiria também para esta, de modo que a ausência da métrica não seria desgraça deplorável. A harmonia não é de tão essencial importância que dela deva depender totalmente a sorte de uma composição.

No tocante à Itália, eu não temeria um obstáculo apenas por conta da bizarria, já que Ariosto é o ídolo das fantasias italianas. Porém, deixando de lado o dano que a esses *romances* pode advir do fato de desfilarem pelas ruas da Itália vestidos com uma tradução de escassa beleza, digo que creio enxergar nisso uma razão mais intrínseca pela qual, talvez, não venham eles a ser comumente apreciados entre nós.

Os dois *romances* fundam-se sobre o maravilhoso e o terrível, duas poderosíssimas ocasiões de movimento para a alma humana. Mas o homem que, para sair do letargo que lhe é insuportável, invoca até tremores violentos para a sua alma e almeja sempre por tais ocasiões, ao mesmo tempo nunca se deixa derrotar por elas, senão por meio da crença. E o terrível e o maravilhoso, se não acreditarmos neles, resultam inoperosos e ridículos, como o cajado de Moisés na mão de um mísero levita. O efeito, portanto, que produzirão os dois *romances* de Bürger será sempre proporcional à fé que o leitor prestará aos temas da maravilha e do terror que deles transbordam. Ora, dependendo principalmente disso o êxito da emigração deles para as terras italianas, não tenho coragem de prognosticá-lo como afortunado [...].

Quanto a você, se por acaso vier a sentir vontade de escrever *romances* como esses na Itália, seja cauteloso e tente não se deixar levar por assuntos não verossímeis, quando eles forem criados por sua imaginação. Se o argumento lhe for oferecido por uma história escrita ou uma tradição

che dica: il tal fatto è accaduto cosí, e tu senti che comunemente è creduto cosí, allora non istare ad angariarti il cervello per timore dinverosimiglianze, dacché tu hai le spalle al muro. Però nella scelta siati raccomandato di tenerti piú volontieri ai soggetti ricavati dalla storia, che non agli ideali. Né ti fidare molto a quelle tradizioni che non esciranno mai dal ricinto d'un sol municipio, perché la fama tua non sarebbe che municipale: del che non ti vorrei contento.

Finalmente, se i due componimenti del Burger che ti stanno ora innanzi, e che furono immaginati per la Germania e proporzionati a que' lettori, non piaceranno universalmente in Italia, bada bene a non inferire da questo che la letteratura tedesca sia tutta incompatibile col gusto nostro. Vi hanno in Germania componimenti moltissimi fondati su maniere e su geni comuni a' Tedeschi, a noi, ed al resto dell'Europa colta. E il dire che un po' piú un po' meno di lucidezza di sole, renda affatto opposte tra di loro le menti umane, ed inaccordabili onninamente le operazioni intellettuali di chi vive tre mesi fra le nebbie con quelle di chi ne vive sei, è puerilità tanto piú ripetuta, quanto ella è piú facile a dar vita ad un meschino epigramma. Se ne' Greci e ne' Latini troviamo cose ripugnanti al genio della poesia italiana, e lo confessiamo, perché infastidirci se ne' Francesi, negli Spagnuoli, negli Inglesi e ne' Tedeschi ne scopriamo parimenti, che vogliono da noi rifiutarsi? O leggere nulla, o legger tutto fa d'uopo. Però io, portando opinione che il secondo partito sia da scegliersi, credo che anche lo studio del *Cacciatore feroce* e della *Eleonora* sarà utile in Italia; perché mostra da quali fonti i valenti poeti d'una parte della Germania derivino la poesia plaudita nel loro paese. Cercarono essi con somma cura di prevalersi di tutte le passioni, di tutte le opinioni, di tutti i sentimenti de' loro compatriotti; e trovarono cosí argomenti che vincono l'animo universalmente.

Facciamo lo stesso anche noi. E la poesia italiana si arricchirà di nuove bellezze, talvolta originali molto, e sempre caratteristiche del secolo in cui viviamo. Cosí vedremo moltiplicarsi i soggetti moderni, e riescir belli e graditi quanto il *Filippo*, il *Mattino*, la *Basvilliana* e l'*Ortis*. E forse anche noi conseguiremo scrittori di Romanzi in prosa, tanto quanto i Francesi, gli Inglesi, e i Tedeschi. *Figliuolo carissimo*, se tu hai ingegno, com'ío spero, ti sarai pure accorto che fin qui la lettera mia non fu che uno scherzo. La gravità, con cui in questa tiritera di commento

que afirme "tal fato aconteceu assim", e você sentir que em geral é visto assim, então, não fique atormentando seu cérebro por temor à inverossimilhança, já que você não tem saída. Porém, na escolha, recomenda-se que se atenha com mais gosto aos temas extraídos da história, não aos ideais. Também não confie muito naquelas tradições que nunca ultrapassarão as fronteiras de um único município, pois, nesse caso, sua fama seria apenas municipal, do que eu não gostaria que você se contentasse.

Finalmente, se as duas composições de Bürger que estão agora à sua frente, e que foram imaginadas para a Alemanha e adaptadas para aqueles leitores, não agradarem universalmente na Itália, tome cuidado para não inferir disso que a literatura alemã é toda incompatível com o nosso gosto. Há na Alemanha muitíssimas composições fundadas em costumes e gênios comuns aos alemães, a nós, e ao resto da Europa culta. E dizer que um pouco mais ou um pouco menos de sol torna as mentes humanas completamente opostas, e absolutamente inconciliáveis as operações intelectuais de quem vive três meses em meio à névoa e aquelas de quem vive seis, é puerilidade tanto mais repetida quanto mais fácil a dar vida a um mesquinho epigrama. Se nos gregos e nos latinos, encontramos coisas repugnantes ao gênio da poesia italiana, e o confessamos, por que nos aborrecermos se nos franceses, espanhóis, ingleses e alemães descobrimos do mesmo modo que querem de nós se afastar? Ou nada ler, ou tudo ler faz-se mister. Eu, contudo, sendo de opinião que convenha escolher o segundo partido, creio que também o estudo de *O caçador feroz* e de *Leonor* será útil na Itália, pois mostra de que fontes os valentes poetas de uma parte da Alemanha obtêm a poesia aplaudida em seu país. Tentaram eles com sumo cuidado se valer de todas as paixões, de todas as opiniões, de todos os sentimentos de seus compatriotas, e encontraram, assim, argumentos que arrebatam a alma universalmente.

Façamos o mesmo também nós. E a poesia italiana há de se enriquecer de novas belezas, algumas vezes, muito originais, mas sempre características do século em que vivemos. Assim, veremos se multiplicarem os temas modernos, e revelarem-se belos e benquistos, como *Filippo, Mattino, Basvilliana* e *Ortis*.[14] E talvez também venhamos a produzir escritores de *romances* em prosa, tanto quanto os franceses, os ingleses e os alemães. Filho caríssimo, se você tem inteligência, como eu espero, decerto já percebeu que minha carta até aqui não foi senão brincadeira. A gravidade com que nesta ladainha de comentários amontoei tantas

ho affastellate tante stramberie, è una gravità tolta a nolo: e la costanza della ironia sbalza agli occhi di per sé. Ho voluto spassarmi a spese de' novatori. Ma con te, figliuolo, con te coscienza di padre mi grida ch'io lasci le baie, e mi metta finalmente sul serio.

Sappi dunque che fuori d'Italia gli uomini vanno carpone in materia di letteratura. Sappi che se tu, tralignando da' maestri tuoi, metterai naso ne' libri oltramontani, finirai anche tu col muso al pavimento. Questo voler dividere i lavori della poesia in due battaglioni, classico e romantico, sa dell'eretico; ed è appunto un trovato d'eretici; e non è e non può esser cosa buona; da che la Crusca non ne fa menzione, e neppure registra il vocabolo "Romantico".

Tutti sanno che in Inghilterra e in Germania non si coltiva da letterato veruno né la lingua greca né la latina, e che non si ha contezza ivi degli scrittori di Atene e Roma, se non per mezzo di traduzioni, italiane. Separa cosí quasi affatto dalla conoscenza de' capi d'opera dell'atichità, come potevano quegli infelici far Poesie, e non da in ciampanelle? Poi vollero giustificare i loro strafalcioni e congiurarono co' loro fratelli filosofi, e tentarono la metafisica e la logica, e dettarono sistemi. Ma tutti insieme i congiurati diedero in nuove ciampanelle, perché la metafisica e la logica sono piante che non allignano che in Italia.

Figurati che arrivarono fino a dire, quasi, che la Religione Cristiana ha resa piú malinconica e piú meditativa la mente dell'uorno; ch'ella gli ha insegnato delle speranze e de' timori ignoti in prima; che le passioni de' Cristiani, quantunque rivolte a oggetti esteriori, hanno pure una perpetua mischianza con qualche cosa di piú intimo che non avevano que de' Pagani; che in noi è frequente il contrasto tra 'l desiderio e 'l dovere, tra l'intolleranza delle sventure e la so messione ai decreti del cielo; che i poeti nostri, per non riescire plagiari gelati, bisogna che pongano mente a ques tinte, e dipingano oggi le passioni con tratti diversi dagli antichi; e che, e che, e cento altri che di tal fatta, e miserabilissimi tutti. E davvero a volere stramazzare quegli atleti starebbe, a modo d'esempio, instituire, come noi lo possiamo far bene e non essi, un paragone analitico tra Anacreonte Tibullo da una parte, e 'l Petrarca dall'altra; e dimostrare come i patimenti dei due primi innamorati siano gli stessi stessissimi patimenti che travagliavano l'animo al Petrarca. E chi non sente, infatti, che que' tre amori, per somiglianza tra di loro, sono proprio tre gocciole d'acqua? Alcuni cervellini d'Italia,

esquisitices é uma gravidade emprestada, e a constância da ironia salta aos olhos por si só. Quis me divertir à custa dos inovadores. Mas com você, meu filho, com você a consciência de pai me ordena que deixe de gracejos e, enfim, me comporte com seriedade.

Saiba, então, que fora da Itália os homens engatinham em matéria de literatura. Saiba que se você, desviando-se da linhagem de seus mestres, enfiar o nariz nos livros produzidos além das montanhas, também acabará de cara no chão. Pretender dividir os trabalhos de poesia em dois batalhões, clássico e romântico, soa como herético, é obra de heréticos, e não é, nem pode ser, coisa boa, já que a Crusca não faz menção, e tampouco registra o vocábulo "romântico".

Todos sabem que, na Inglaterra e na Alemanha, literato algum cultiva a língua grega nem a latina, e que lá não se tem conhecimento dos escritores de Atenas e Roma, senão por meio de traduções italianas. Separados assim, quase que por completo, do conhecimento das obras-primas da Antiguidade, como podiam esses infelizes fazer poemas, e não perder o juízo? Depois quiseram justificar seus absurdos, conspiraram com seus irmãos filósofos, e tentaram a metafísica e a lógica, e ditaram sistemas. Mas todos os conspiradores juntos produziram ainda mais absurdos, porque a metafísica e a lógica são plantas que lançam raiz apenas na Itália.

Imagine que chegaram a dizer, ou quase, que a religião cristã tornou mais melancólica e mais meditativa a mente do homem; que ela lhe ensinou esperanças e temores antes desconhecidos; que as paixões dos cristãos, apesar de voltadas a objetos exteriores, têm também uma mescla perpétua com algo de mais íntimo que não tinham as dos pagãos; que em nós é frequente o contraste entre o desejo e o dever, entre a intolerância às desventuras e a submissão aos decretos do céu; que os poetas nossos, para que não se tornem frios plagiadores, devem refletir sobre aquelas tintas, e pintar, nos dias de hoje, as paixões com traços diversos dos antigos; e que, e que, e cem outros "e que" do mesmo tipo, e tão miseráveis todos eles. E querendo realmente abater esses paladinos, caberia, por exemplo, estabelecer, como bem podemos nós, e não eles, uma comparação analítica entre Anacreonte e Tibulo de um lado, e Petrarca do outro, e demonstrar como as aflições dos dois primeiros enamorados são as mesmíssimas aflições que atormentavam a alma de Petrarca. E quem de fato não percebe que esses três amores, pela semelhança entre eles, são como três idênticas gotas d'água? Alguns cerebrozinhos da Itália, que

che non sanno né di latino né di greco, lingue per essi troppo ardue, vorrebbero menar superbia dell'avere imparate le lingue del Nord, che ognuno impara in due settimane, tanto sono facili. Però fanno ego a tutte queste fandonie estetiche, che in fine in fine non valgono né le pianelle pure di Longino, non che il suo libro *Del Sublime*, che è la maraviglia dell'umano sapere. Il quale umano sapere non è mica progressivo e perfettibile, come i fatti pertinacemente attestano; ma è sempre stato immobile, e non può di sua natura patire incremento mai, per la gran ragione che *nil sub sole novum*.

E questi cervellini battono poi le mani ad ogni frascheria che viene di lontano e corrono dietro a Shakespeare ed allo Schiller, come i bamboli alle prime farfalle in cui si abbattono, perché non sanno che ve n'ha di piú occhiute e di piú vaghe.

Ma viva Dio! quello Shakespeare è un matto senza freno; traduce sul teatro gli uomini tal quali sono; la vita umana tal quale è; lascia ch'entri in dialogo l'eroe col becchino, il principe col sicario; cose che non sono permesse che agli eroi da vero e non da scena. E invece di mandarti a fiamme l'anima con belle dissertazioni politiche, con argomenti Pro e contra a modo de' nostri avvocati, egli ti pone sott'occhio le virtú ed i vizi in azione: il che ti scema l'interesse, e ti fa tepido. Quello Schiller poi, se 'l paragoni, non dico con altri, ma col solo Seneca, ti spira miseria.

A buon conto gli stessi novatori, mentre si aguzzano alla disperata onde predicarne le lodi, sono costretti dal coltello alla gola a confessare che le opere di Shakespeare e dello Schiller; quantunque, come essi dicono, maravigliose in totale, non vanno scevre di magagne, se si guarda separatamente alle parti. E s'ha a dire bel libro di poesia, e degno di lettura quello che non può vantarsi incontaminato d'ogni menomo peccato veniale? I grandi poeti dell'antichità sono invece fiocchi sempre sempre di tutta neve immacolata.

Ed è poco misfatto rispettare l'unità d'azione, che è la meno importante, per dare un calcio poi alle unità di tempo e di luogo, che formano il cardine della nostra fede drammatica, fuori della quale non v'ha salute? E noi dovremmo sorgere ammiratori di ribaldi tanto sfrontati, noi pronipoti d'Orazio, del Vida e del Menzini? Era aforismo che nel giro di ventiquattro ore e nulla piú dovesse andare ristretta l'azione di un dramma. I meno puristi hanno spinta ora la tolleranza

não sabem nem latim nem grego, línguas para eles demasiado difíceis, gostariam de se vangloriar por terem aprendido as línguas do Norte, que todos aprendem em duas semanas, de tão fáceis que são. Porém, dão eco a todas essas gabolices estéticas, que, por fim, não chegam nem aos pés de Longino, muito menos de seu livro *Del Sublime*,[15] que é a maravilha do humano saber. Humano saber que não é progressivo nem pode ser aperfeiçoado, como os fatos atestam com pertinácia; ao contrário, sempre foi imóvel, e não pode nunca por sua própria natureza sofrer incremento, pela grande razão de que *nil sub sole novum*[16].

E esses cerebrozinhos depois batem palmas a cada tolice que vem de longe e correm atrás de Shakespeare e Schiller, como crianças atrás das primeiras borboletas que encontram, porque não sabem que existem outras mais graciosas e com olhos nas asas ainda maiores.

Mas Deus seja louvado! Esse Shakespeare é um louco varrido; traduz para o teatro os homens tal como são, a vida humana tal como é, deixa que dialoguem o herói com o coveiro, o príncipe com o sicário, coisas que são permitidas somente aos heróis de verdade, não aos de cena. E em vez de incendiar nossa alma com belas dissertações políticas, com argumentos a favor ou contra, à maneira de nossos advogados, ele nos coloca diante dos olhos as virtudes e os vícios em ação, o que diminui nosso interesse e nos torna apáticos. Esse Schiller, então, se o compararmos, não digo a outros, mas a Sêneca apenas, inspira miséria.

De toda forma, os próprios inovadores, enquanto se empenham desesperadamente em exaltar suas glórias, são forçados, com uma faca na garganta, a confessar que as obras de Shakespeare e de Schiller, apesar de, como dizem, serem maravilhosas no todo, não estão livres de imperfeições, se olharmos suas partes em separado. E deve ser chamado belo livro de poesia, e digno de leitura, aquele que não se pode afirmar incontaminado por qualquer mínimo pecado venial? Os grandes poetas da Antiguidade, ao contrário, são sempre flocos de neve totalmente imaculada.

E seria um dano menor respeitar a unidade de ação, que é a menos importante, se depois desprezamos as unidades de tempo e lugar, que constituem o eixo de nossa fé dramática, fora da qual não há salvação? E deveríamos nos revelar admiradores de trapaceiros tão desavergonhados, nós, bisnetos de Horácio, de Vida e de Menzini?[17] Era aforismo que ao desenrolar de vinte e quatro horas, e nada mais, deveria se restringir a

fino a concederne altre dodici, purché ciò non passasse in esempio di nuove larghezze; e basta cosí.

L'uomo per virtú della illusione teatrale può arrivare a tanto ch'egli persuada a sé stesso d'essere vissuto trentasei ore, quando non ne ha vissute che le poche tre, per le quali dura lo spettacolo. Ma a un minuto di più la povera mente umana non regge colla sua immaginativa. L'esattezza del computo non è da porsi in dubbio, poiché il Buon Gusto egli medesimo, armato di gesso, sedeva alla lavagna disegnando, $36 = 3$.

E la illusione teatrale noi sappiamo essere la illusione di tutte le illusioni, la magia per eccellenza; da che, come due e due fanno quattro così anche, ad onta della verità, è provato che dallo alzarsi fino al calar del siparo lo spettatore si dimentica affatto di ogni sua occcorrenza domestica, non sa piú d'esser in teatro, giura ch'egli manda occhiate proprio nel Ceramico e nel Partenone, e crede vere proprio le coltellate che si dànno gli eroi sul palco, e vero sangue quello che gronda dalle ferite [...].

Per decreto de' Romantici la mitologia antica vada tutta in perdizione. Ma, pe', gorghi Strimoni! questo ostracismo lascia egli sperare briciolo di ragionevolezza in chi l'invoca? Perché rapirci ciò che ne tocca più da vicino? E come prestar venustà alla Lirica, come vestire di verità i concetti, di splendore le immagini, senza Minerve, senza Giunoni, senza Mercuri, che pur sentiamo apparire ogni notte, in ogni ad ogni fedel cristiano? Come parlar di guerre, senza far sedere Bellona a cassetta d'un qualche *coupé*, senza metterle in mano la briglia d'un paio di morellotti d'Andalusia. E non è noto forse, per deposizione di tutti i soldati reduci, com'anche a Waterloo quella dea sia stata veduta correre su e giú pel campo, vestita di velluto nero, con due pistole nere in cintura, e con in testa un cappelletto nero all'inglese? [...]

Non è meraviglia poi se genti farnetiche, le quali mischiano psicologia fino nel parlar di canzoni, vestono oggi il sacco del missionario, ed esclamano: "Voi, Italiani, avete un bel suolo, un bel cielo, una bella lingua; ma dei tesori intellettuali, di cui va ricca oggimai tutta insieme l'Europa, voi non ne possedete quanto certi altri popoli. Voi ci foste maestri un tempo; adesso non piú. Alcuni tra voi coltivano bene le scienze fisiche e matematiche; ma di buone lettere e di scienze morali voi di presente patite penuria, avendo troppo poche persone eccellenti in questi generi".

ação de um drama. Os menos puristas afrouxaram agora a tolerância até conceder mais doze, contanto que isso não sirva de exemplo para novas medidas; e é o bastante.

O homem, graças à ilusão teatral, pode chegar ao ponto de persuadir a si mesmo de que viveu trinta e seis horas, quando não viveu mais do que as poucas três da duração do espetáculo. Mas nem um minuto a mais a pobre mente humana suporta com a sua imaginação. A exatidão do cômputo não é de se duvidar, pois o próprio bom gosto, armado de giz, sentava-se diante do quadro, desenhando: 36 = 3.

E a ilusão teatral, nós sabemos ser a ilusão de todas as ilusões, a magia por excelência; já que, como dois e dois são quatro, também foi comprovado, a despeito da verdade que, entre o abrir e o fechar da cortina, o espectador se esquece por completo de todas as suas necessidades domésticas, não sabe mais que está no teatro, jura estar dirigindo o olhar para o Golfo de Cós e para o Parthenon, e acredita verdadeiras até as facadas que os heróis se dão no palco, e verdadeiro sangue aquele que jorra das feridas. [...]

Por decreto dos românticos, que a mitologia antiga caia toda em desgraça. Mas, pelos sorvedouros do Estrímon!,[18] esse ostracismo deixa esperar migalha de racionalidade em quem o invoca? Por que arrancar com violência o que nos toca mais de perto? E como prestar veneração à lírica, como vestir de verdade os conceitos, de esplendor as imagens, sem Minervas, sem Junos, sem Mercúrios, que, entretanto, ainda sentimos aparecer todas as noites, em todo lugar e a todo fiel cristão? Como falar de guerras, sem acomodar Belona[19] na boleia de uma sege qualquer, sem colocar em suas mãos as rédeas de um par de cavalos negros da Andaluzia? E não é sabido, pois, que, pela deposição de todos os veteranos, também em Waterloo, essa deusa foi vista percorrendo os campos, vestida de veludo negro, com duas pistolas negras na cintura e, na cabeça, um chapeuzinho negro à moda inglesa? [...]

Não é surpresa, pois, se pessoas delirantes, que misturam psicologia até ao falar de canções, usem hoje a veste do missionário e exclamem: "Vocês, Italianos, possuem uma bela terra, um belo céu, uma bela língua; mas tesouros intelectuais dos quais a Europa inteira atualmente é rica vocês não possuem, como certos outros povos. Vocês foram nossos mestres um dia, agora não são mais. Alguns de vocês

Noi dunque penuriamo? Bravi davvero! Lasciamo stare che tutto quel poco che si sa fuori d'Italia è tutto dono nostro. Lasciamo stare che noi potremmo comperare mezzo il Mogol, se voi, stranieri, ci pagaste solamente un baiocco per ogni sonetto stampato da venti anni in qua in Italia, e che noi per un baiocco l'uno acconsentiremmo di vendervi. Lasciamo stare che da venti anni in qua noi abbiamo immaginati libri tali di letteratura, da potere squadernarli sul viso a qualunque detrattore, allorché ci risolveremo a comporli ed a svergognare il resto d'Europa. Lasciamo stare che in Firenze e fuori di Firenze vi hanno giornali che vegliano dí e notte alla vendetta, e che con brevi ma calzanti argomenti rovinano i paralogismi, e mandano scornata l'arroganza di chi ne minaccia assalto; e, quel che è proprio edificante, usando sempre rispetto verso le persone, decenza nei modi, e galanteria fiorita coi rivali di sesso gentile: arti tutte non praticate che in Italia, perché il *Galateo* è nato qui. Lasciamo stare che le ingiurie de' nostri nimici, non appena scorsi diciannove anni da che sono stampate, cosí calde calde noi le confutiamo: tanto è vero che in Italia non si dorme! Lasciamo stare che da qui ad altri diciannove anni saremo pronti a ripetere le osservazioni in lode dell'Italia che trovansi stampate ne' líbri di quegli stessi nemici, e non leggonsi ne' libri nostri. Lasciamo stare, dico, tutto questo. Sia pur vero l'ozio letterario, di che ne si vuole rimproverare. Ma che potete voi dire di píù lusinghiero per noi? Questo nostro far nulla per le lettere non è egli il documento piú autentico della ricchezza che n'abbiamo? Chi non ha rinomanza, stenti la sua vita per guadagnarsela. Chi non ereditò patrimonio, sudi la vita sua a ragunarne uno. La letteratura d'Italia è un pingue fedecommesso. Bella, e fatta l'hanno trasmessa a noi i padri nostri. Né ci stringe altro obbligo che di gridare ogni dí trenta volte i nomi e la memoria de' fondatori del fedecommesso, e di tramandarlo poi tal quale a' figli nostri, perché ne godano l'usufrutto e il titolo in santa pace.

Però non ti dia scandalo, figliuolo mio, se certi lilliputi nostrali, non trovando altro modo a scuotersi giú dalle spalle l'oscurità, si dànno a parteggiare nel seno della cara patria, e ripetono per le contrade della cara patria la sentenza universale d'Europa contro la cara patria nostra. Oltrediché questi degeneri figli dell'Italia oseranno anche sussurrarti altre bestemmie all'orecchio; come a dire, che la confessione de' propri difetti è indizio di generosità d'animo; che il nasconderli quando sono

cultivam bem as ciências físicas e matemáticas, mas de boas letras e de ciências morais, vocês carecem no presente, possuindo pouquíssimas pessoas excelentes nesses gêneros".

Nós, portanto, somos carentes? Bela constatação! Esqueçamos que o pouco que se conhece fora da Itália é tudo dádiva nossa. Esqueçamos que nós poderíamos comprar metade do Império Mogol, se vocês, estrangeiros, nos pagassem somente uma moeda a cada soneto publicado nos últimos vinte anos na Itália e que nós, por uma moeda cada, concordaríamos em vender. Esqueçamos que nos últimos vinte anos imaginamos livros tais de literatura que poderemos lançar na cara da qualquer difamador, quando nos decidirmos a compô-los e envergonhar o resto da Europa. Esqueçamos que em Florença e fora de Florença, há jornais que esperam dia e noite por vingança, e que com breves mas adequados argumentos arruínam os paralogismos e ridicularizam a arrogância de quem ameaça um assalto; e, o que é realmente edificante, usando sempre de respeito com as pessoas, decência nos modos, e galanteria airosa com os rivais do sexo gentil, todas artes praticadas apenas na Itália, porque o *Galateo*[20] nasceu aqui. Esqueçamos que as injúrias dos nossos inimigos, apenas dezenove anos depois de quando foram registradas[21], ainda frescas, nós as contestamos; tanto é assim que na Itália não se dorme! Esqueçamos que daqui a outros dezenove anos estaremos prontos a repetir as observações em louvor da Itália que se encontram registradas nos livros desses mesmos inimigos, e que não se leem em nossos livros. Esqueçamos, então, tudo isso. Que seja verdadeiro o ócio literário de que nos querem acusar. Mas o que podem vocês dizer de mais lisonjeiro para nós? Este nosso fazer nada para as letras não é o documento mais autêntico da riqueza que temos? Quem não tem renome que se esforce para conquistá-lo. Quem não herdou patrimônio que sue a camisa para juntar um. A literatura italiana é um testamento generoso. Bela e pronta, nossos pais a transmitiram para nós. Não temos outro dever senão gritar todos os dias, trinta vezes, os nomes e a memória dos fundadores do testamento, e legá-lo depois, tal e qual, a nossos filhos, para que gozem de seu usufruto e título em santa paz.

Porém, não se escandalize, filho meu, se certos liliputianos de nosso país, não encontrando outro modo de tirar o peso da escuridão dos ombros, põem-se a defender, no seio da querida pátria, e a repetir, pelas ruas da querida pátria, a sentença universal da Europa contra a

già palesi a tutti, è viltà ridicola; che il primo passo al far bene è il conoscere di aver fatto male; che questa conoscenza valse a' Francesi il secolo di Luigi decimoquarto, alla Germania il secolo diciottesimo; e che infine poi anche Dante, anche il Petrarca e l'Ariosto e 'l Machiavello e l'Alfieri stimarono lecito lo scagliare invettive amare contro l'Italia. Oibò! non è vero. Que' brutti passi **[8]** furono malignamente inseriti nelle opere loro dagli editori oltramontani; e la trufferia è manifesta. È egli credibile che gente italiana per la vita cadesse in tanta empietà? Chiunque ama davvero la patria sua non cerca di migliorarne la condizione. Chi tasta nel polso al fratello suo la febbre mortale, se ama lui davvero, gliela tace; non gli consiglia farmaco mai né letto, e lo lascia andar diritto al Creatore.

E tu, allorché uscirai di collegio, preparati a dichiararti nemico d'ogni novità; o il mio viso non lo vedrai sereno unquanco. "Unquanco" dico; e questo solo avverbio ti faccia fede che il vocabolario della Crusca io lo rispetto; come ché io, conciossiaché di piccola levatura uomo io mi sia, a otta a otta mal mio grado pe' triboli fuorviato avere, e per tal convenente io lui, avegna Dio che niente ne fosse, in non calere mettere parere disconsentire non ardisca.

Per l'onor tuo intanto e pel mio e per quello della patria nostra, ti scongiuro ad usar bene del tempo. Però bell'e finito mandami presto quell'idillio in cui introduci Menalca e Melibeo a cantare tutta quanta, alla distesa, la genealogia di Agamennone miceneo. La via della gloria ti sta aperta. Addio.

Il tuo Grisostomo.

querida pátria nossa. Ademais, esses degenerados filhos da Itália hão de ousar também sussurrar outras blasfêmias ao seu ouvido, como dizer que a confissão dos próprios defeitos é indício de uma alma generosa; que os esconder quando já são evidentes para todos é vileza ridícula; que o primeiro passo para fazer bem feito é reconhecer ter feito mal; que tal consciência valeu aos franceses o século de Luís XIV, à Alemanha o século XVIII; e que, enfim, até Dante, Petrarca, Ariosto, Maquiavel e Alfieri acharam lícito lançar insultos amargos contra a Itália. Mas não é verdade. Essas tristes passagens foram maldosamente inseridas em suas obras por editores das terras além dos Alpes, e a má-fé é patente. Pode-se acreditar que gente italiana ao longo da vida caísse em tamanho sacrilégio? Qualquer um que ama realmente a própria pátria não tenta melhorar sua condição. Aquele que sente no pulso do irmão a febre mortal, se o ama realmente, se cala, não lhe aconselha fármaco ou leito, e o deixa ir direto para o Criador.

E você, quando sair do internato, prepare-se para se declarar inimigo de toda novidade, ou não há de ver meu rosto sereno jamais. "Jamais" digo, e que esse advérbio sirva por si só a comprovar que respeito o vocabulário da Crusca; já que eu, sendo um homem facilmente persuasível, de quando em quando, contra minha vontade, me desviei do caminho por causa das atribulações, e em tal condição, queira Deus que eu não ouse dar mostra de não me importar em dissentir dele.[22]

Por sua honra, enquanto isso, pela minha e pela honra da pátria nossa, rogo-lhe que use bem o seu tempo. Porém, assim que terminar, envie-me logo aquele idílio em que apresenta Menalca e Melibeu[23] cantando, com detalhes, toda a genealogia de Agamenon de Micenas. O caminho da glória está aberto para você. Adeus.

Seu Grisóstomo.

---

[1] Edição de referência: Giovanni Berchet, *Lettera semiseria di Grisostomo al suo figliuolo*, organizada por Luigi Reina, Mursia: Milano, 1977.

[2] Pierre Le Tourneur (Valognes 1736-Parigi 1788), escritor e tradutor, responsável pela primeira tradução de Shakespeare para o francês.

[3] O Vocabulário da Crusca (*Vocabolario dell'Accademia della Crusca*) teve sua primeira elaboração concluída em 1612. Primeiro dicionário da língua italiana, foi realizado e publicado pela Academia da Crusca, uma instituição cultural criada em Florença, em 1583.

[4] "servo mau e preguiçoso" (Evangelho de Mateus 25,26).

[5] Na verdade essas obras são conhecidas na poesia romântica como baladas, composições poéticas de tipo épico-lendário, muito comuns entre os poetas alemães do século XIX. Berchet pretende chamá-los de Romances neste seu texto de apresentação, apesar de saber que tal escolha lexical será muito criticada, como ele mesmo comenta.

[6] Vincenzo Cuoco (Civita Campomarano, 1770-Napoli, 1823), historiador e político.

[7] "Há um Deus em nós" (Ovídio, *Fastus*,VI, 5).

[8] E todo o Israel, desde Dan até Berseba, conheceu que Samuel estava confirmado como profeta do Senhor (1 Samuel 3:20).

[9] "Satis est equitem mihi plaudere" (Horácio, Sermones 1.10.76), isto é, "Basta que me aplauda um cavaleiro", é citado por Berchet como "Satis est equitem nobis plaudere", "Basta que nos aplauda um cavaleiro".

[10] Natale Conti, humanista italiano (Milão 1520 –Veneza 1582), se dedicou à poesia (em especial à elegia latina), à história e à mitologia clássica, tendo composto toda a sua vasta obra em latim.

[11] Giovanni Torti (Milão, 1774–Gênova, 1852), poeta romântico.

[12] Formas poéticas.

[13] [nada de estranho é natural] Trata-se de uma citação da obra *De l'Allemagne* (1810), de Madame de Staël.

[14] Trata-se, respectivamente, de *Filippo* (1783), tragédia de Vittorio Alfieri; *Mattino* (1763), poema de Giuseppe Parini; *Basvilliana* (1893), poema de Vincenzo Monti, e *Ultime lettere di Jacopo Ortis* (1801), romance de Ugo Foscolo.

[15] Tratado composto provavelmente no século I por um filólogo desconhecido e erroneamente atribuído a Cassio Longino, literato e filósofo neoplatônico que viveu no século III.

[16] [nada de novo debaixo do sol]

[17] Marco Girolamo Vida (Cremona 1485 - Alba 1566), religioso e literato, cultor dos clássicos latinos; Benedetto Menzini (Florença 1646 - Roma 1704), escritor e membro da Academia da Crusca.

[18] Berchet utiliza ironicamente uma exclamação que cita o antigo nome grego – Estrímon - do rio Struma, que corre nas atuais Bulgária e Grécia.

[19] Deusa romana da guerra, Ênio para os gregos.

[20] Tratado que reúne uma série de regras universais de comportamento, composto por Giovanni Della Casa em 1558.

[21] Trata-se provavelmente de uma referência ao estudo sobre a poesia grega de Friedrich Schlegel, pai do Romantismo alemão – Über das Studium der griechischen Poesie – publicado em 1797.

[22] Nessa parte final da carta, Berchet acentua a ironia em relação ao Vocabulário da *Crusca*, que ditava as escolhas lexicais da escrita literária italiana tomando Petrarca (1304-1374) como modelo para a poesia e Boccaccio (1313-1375) como modelo para a prosa. O autor lança mão de vocábulos arcaicos, aceitos pelo renomado dicionário, e de uma sintaxe toda contorcida para evidenciar, sarcasticamente, o anacronismo e a estranheza de um parágrafo redigido segundo tais bases.

[23] Personagens das *Bucólicas*, do poeta latino Virgílio.

Biografia literária (1817)
Samuel Taylor Coleridge

Introdução

Samuel Taylor Coleridge (1772-1834) se interessou por muitos e variados assuntos, sobre os quais opinou e teorizou em inúmeras obras, o que dificulta selecionar textos ou passagens representativas do seu pensamento. Os excertos dos três capítulos escolhidos em *Biografia literária* (1817) revelam a influência do filósofo alemão Friedrich W. J. von Schelling (1775-1854), cujo *Sistema de idealismo transcendental* Coleridge traduziu e dele tomou emprestados diversos trechos. Tal apropriação foi apontada na *Blackwood Magazine,* de março de 1840 e reconhecida na edição corrigida de 1848 da própria *Biografia.* A principal ideia importada do filósofo alemão é a de que a natureza é o não eu, o objetivo; ao passo que o espírito, isto é, a soma dos processos mentais, é responsável pela atividade subjetiva – o eu. Sujeito e objeto se unem num todo para chegar à verdade. Segundo Schelling e Coleridge, a síntese do espírito e da natureza ocorre na atividade individualizadora do artista, dotado daquilo a que os românticos davam o nome de gênio.

De maneira esquemática, podem-se distinguir três focos para os quais Coleridge dirigiu sua atenção: universal e particular, símbolo e psicologia da criação.[1] Na obra de arte, o universal está no particular, e não apenas no lugar dele (por ele). Sua definição do belo como a "multiplicidade na unidade" expressa essa doutrina. Para Coleridge, a mediação entre o universal e o particular se dá no símbolo, que junta coisas díspares no pensamento e no discurso. Por fim, seu interesse pela psicologia da

---

[1] ADAMS, Hazard. Samuel Taylor Coleridge. *In*: ADAMS, Hazard. (Ed.). *Critical theory since Plato.* Rev. ed. Fort Worth: Harcourt Brace Jovanovich College, 1992. p. 468.

criação o leva a considerar a obra de arte em termos da atividade do artista. Apoiado na base epistemológica de Schelling, ele considera que o artista junta o subjetivo e o objetivo, fazendo com que o ser humano (o eu) se reconcilie com a natureza (o não eu). A arte se torna, assim, tanto um modo de conhecimento quanto um meio de retornar a um estado edênico.

A obra de arte, escreve Coleridge, deve germinar organicamente desde o seu interior: sua ordem é interna e, portanto, não deve ser imposta de fora. Ele opõe a forma orgânica, que surge da imaginação, à forma mecânica, que resulta da fantasia (*fancy*). Com isso, ele dá continuidade a uma discussão que existia já no Renascimento e culminou no Romantismo, para depois ser gradualmente abandonada. Até fins do século XVII na Inglaterra, preferia-se fantasia a imaginação, porque aquela significava jogo, criação mental, licença poética, enquanto esta parecia surgir da evidência fornecida pelos sentidos.[2] No entanto, John Dryden (1631–1700), um influente poeta, crítico, tradutor e dramaturgo, descrevia a imaginação como uma atividade mental que abarcava invenção, fantasia (que ele definia como distribuição ou desenho) e elocução. Joseph Addison (1672–1719), ensaísta, poeta e dramaturgo, usava fantasia e imaginação como sinônimos. Para William Wordsworth, elas se difeririam apenas em grau. Coleridge reclamou para si o pioneirismo, entre os ingleses, de diferenciar fantasia, uma atividade de justaposição e conexão que apela aos sentidos, de imaginação, um "poder mágico e sintético", responsável por invenção e originalidade, que dão grandeza intelectual à obra de arte.

Julio Jeha

---

[2] ENGELL, James. Imagination. *In*: Preminger, Alex; Brogan, T.V. F. (Ed.). *The new Princeton encyclopedia of poetry and poetics.* New York: MJF, 1993. p. 566.

Biographia literaria (1817)
Samuel Taylor Coleridge

Chapter 12

[...] All knowledge rests on the coincidence of an object with a subject. (My readers have been warned in a former chapter that, for their convenience as well as the writer's, the term, subject, is used by me in its scholastic sense as equivalent to mind or sentient being, and as the necessary correlative of object or quicquid objicitur menti.) For we can know that only which is true: and the truth is universally placed in the coincidence of the thought with the thing, of the representation with the object represented.

Now the sum of all that is merely OBJECTIVE, we will henceforth call NATURE, confining the term to its passive and material sense, as comprising all the phaenomena by which its existence is made known to us. On the other hand the sum of all that is SUBJECTIVE, we may comprehend in the name of the SELF or INTELLIGENCE. Both conceptions are in necessary antithesis. Intelligence is conceived of as exclusively representative, nature as exclusively represented; the one as conscious, the other as without consciousness. Now in all acts of positive knowledge there is required a reciprocal concurrence of both, namely of the conscious being, and of that which is in itself unconscious. Our problem is to explain this concurrence, its possibility and its necessity.

During the act of knowledge itself, the objective and subjective are so instantly united, that we cannot determine to which of the two

Biografia literária (1817)
Samuel Taylor Coleridge

Tradução e notas de
Julio Jeha

Capítulo XII (excerto)

Todo conhecimento repousa na coincidência de um objeto com um sujeito. (Meus leitores foram avisados num capítulo anterior que, tanto para a sua conveniência quanto para a do autor, eu uso o termo *sujeito* em seu sentido escolástico, como equivalente a mente ou ser senciente, e como um necessário correlativo a objeto ou *quicquid objicitur menti*.[1]) Pois conseguimos *conhecer* apenas o que é verdadeiro, e a verdade se encontra, universalmente, na coincidência do pensamento com a coisa, da representação com a coisa representada.

A soma de tudo que é meramente objetivo chamaremos de *natureza*, confinando o termo ao seu sentido passivo e material, como abarcando todos os fenômenos pelos quais sua existência nos é dada a conhecer. Por outro lado, a soma de tudo que é meramente subjetivo será por nós chamada de *eu* ou *inteligência*. Ambas as concepções estão necessariamente em antítese. Concebe-se a inteligência como exclusivamente representativa, a natureza como exclusivamente representada; uma como consciente, a outra como sem consciência. Em todos os atos de conhecimento positivo requer-se a concorrência recíproca de ambas, isto é, do ser consciente e daquele que é, em si mesmo, inconsciente. Nosso problema é explicar essa concorrência, sua possibilidade e sua necessidade.

Durante o ato de conhecimento em si, o objetivo e o subjetivo se unem tão instantaneamente que não conseguimos determinar qual

the priority belongs. There is here no first, and no second; both are coinstantaneous and one. While I am attempting to explain this intimate coalition, I must suppose it dissolved. I must necessarily set out from the one, to which therefore I give hypothetical antecedence, in order to arrive at the other. But as there are but two factors or elements in the problem, subject and object, and as it is left indeterminate from which of them I should commence, there are two cases equally possible.

1. Either the objective is taken as the first, and then we have to account for the supervention of the subjective, which coalesces with it.

The notion of the subjective is not contained in the notion of the objective. On the contrary they mutually exclude each other. The subjective therefore must supervene to the objective. The conception of nature does not apparently involve the co-presence of an intelligence making an ideal duplicate of it, that is, representing it. This desk for instance would (according to our natural notions) be, though there should exist no sentient being to look at it. This then is the problem of natural philosophy. It assumes the objective or unconscious nature as the first, and as therefore to explain how intelligence can supervene to it, or how itself can grow into intelligence. If it should appear, that all enlightened naturalists, without having distinctly proposed the problem to themselves, have yet constantly moved in the line of its solution, it must afford a strong presumption that the problem itself is founded in nature. For if all knowledge has, as it were, two poles reciprocally required and presupposed, all sciences must proceed from the one or the other, and must tend toward the opposite as far as the equatorial point in which both are reconciled and become identical. The necessary tendency therefore of all natural philosophy is from nature to intelligence; and this, and no other is the true ground and occasion of the instinctive striving to introduce theory into our views of natural phaenomena. The highest perfection of natural philosophy would consist in the perfect spiritualization of all the laws of nature into laws of intuition and intellect. The phaenomena (the material) most wholly disappear, and the laws alone (the formal) must remain. Thence it comes, that in nature itself the more the principle of law breaks forth, the more does the husk drop off, the phaenomena themselves become

dos dois tem prioridade. Não há aqui nem primeiro nem segundo, ambos são coinstantâneos e unos. Enquanto tento explicar essa coalisão íntima, devo supô-la dissolvida. Devo, por necessidade, partir de um, ao qual, portanto, dou uma antecedência hipotética, para chegar ao outro. Mas como existem apenas dois fatores, ou elementos, no problema, sujeito e objeto, e como permanece indeterminado a partir de qual devo começar, há dois casos igualmente possíveis.

1. Ou toma-se o objetivo como primeiro e, então, devemos explicar a supervenção do subjetivo, que coalesce com ele.

A noção do subjetivo não está contida na noção do objetivo. Ao contrário, eles se excluem mutuamente. O subjetivo, portanto, deve sobrevir ao objetivo. A concepção de natureza aparentemente não envolve a presença conjunta de uma inteligência que a duplicasse de maneira ideal, isto é, que a representasse. Esta mesa, por exemplo, existiria (de acordo com as nossas noções naturais), ainda que não houvesse um ser senciente para vê-la. Esse, então, é o problema da filosofia natural.[2] Ele pressupõe o objetivo ou a natureza inconsciente como primeiro e tem, portanto, que explicar como a inteligência pode sobrevir a ele, ou como ele próprio pode se tornar inteligência. Se parecer que todos os naturalistas iluministas, sem terem proposto de maneira distinta o problema para si mesmos, tenham, no entanto, caminhado rumo à sua solução, é muito possível supor que o problema tenha fundamentos na natureza. Pois se todo conhecimento tem, por assim dizer, dois polos que se requerem e se pressupõem reciprocamente, todas as ciências devem proceder de um ou de outro, e devem tender para o oposto, até o ponto equatorial em que ambos se reconciliam e se tornam idênticos. A tendência natural, portanto, de toda filosofia natural é da natureza para a inteligência, e isso, e não outra coisa, é a verdadeira base e ocasião da peleja instintiva para introduzir teoria em nossas visões de fenômenos naturais. A mais alta perfeição da filosofia natural consistiria na espiritualização perfeita de todas as leis da natureza em leis de intuição e intelecto.[3] Os fenômenos (*o material*) devem desaparecer completamente e apenas as leis (*o formal*) devem permanecer. Vem daí que, na própria natureza, quanto mais o princípio da lei aparece, tanto mais a *casca* desaparece, os próprios fenômenos se tornam mais espirituais e, por

more spiritual and at length cease altogether in our consciousness. The optical phaenomena are but a geometry, the lines of which are drawn by light, and the materiality of this light itself has already become matter of doubt. In the appearances of magnetism all trace of matter is lost, and of the phaenomena of gravitation, which not a few among the most illustrious Newtonians have declared no otherwise comprehensible than as an immediate spiritual influence, there remains nothing but its law, the execution of which on a vast scale is the mechanism of the heavenly motions. The theory of natural philosophy would then be completed, when all nature was demonstrated to be identical in essence with that, which in its highest known power exists in man as intelligence and self-consciousness; when the heavens and the earth shall declare not only the power of their maker, but the glory and the presence of their God, even as he appeared to the great prophet during the vision of the mount in the skirts of his divinity.

This may suffice to show, that even natural science, which commences with the material phaenomenon as the reality and substance of things existing, does yet by the necessity of theorizing unconsciously, and as it were instinctively, end in nature as an intelligence; and by this tendency the science of nature becomes finally natural philosophy, the one of the two poles of fundamental science.

2. Or the subjective is taken as the first, and the problem then is, how there supervenes to it a coincident objective.

In the pursuit of these sciences, our success in each, depends on an austere and faithful adherence to its own principles, with a careful separation and exclusion of those, which appertain to the opposite science. As the natural philosopher, who directs his views to the objective, avoids above all things the intermixture of the subjective in his knowledge, as for instance, arbitrary suppositions or rather sufluctions, occult qualities, spiritual agents, and the substitution of final for efficient causes; so on the other hand, the transcendental or intelligential philosopher is equally anxious to preclude all interpellation of the objective into the subjective principles of his science, as for instance the assumption of impresses or configurations in the brain, correspondent to miniature pictures on the retina painted by rays of light from supposed originals, which are not the immediate and real objects of vision, but deductions

fim, desaparecem da nossa consciência. Os fenômenos óticos nada mais são que uma geometria cujas linhas são desenhadas pela luz, e a própria materialidade dessa luz já se tornou matéria de dúvida. Nas aparências do magnetismo, todo traço de matéria se perde e os fenômenos da gravitação, que não poucos newtonianos declararam não serem compreensíveis senão como uma influência espiritual imediata, nada resta, a não ser sua lei, cuja execução em larga escala é o mecanismo do mecanismo celeste. A teoria da filosofia natural estaria, assim, completada quando se demonstrasse que toda natureza é idêntica em essência àquilo que, em sua potência mais alta, existe no homem como inteligência e autoconsciência; quando os céus e a terra declararão não apenas o poder do seu Criador mas também a glória e a presença do seu Deus, assim como ele apareceu ao grande profeta durante a visão no monte nas vestes da sua divindade.[4]

Isso deve bastar para mostrar que mesmo a ciência natural, que começa por tomar os fenômenos materiais como a realidade e substância das coisas existentes, no entanto, pela necessidade de teorizar inconscientemente e, por assim dizer, institivamente, termina na natureza como uma inteligência. Por essa tendência, a ciência da natureza finalmente se torna filosofia natural, um dos dois polos da ciência fundamental.

2. Ou toma-se o subjetivo como primeiro, e o problema, então, é como sobrevém a ele um objetivo coincidente.

Na busca dessas ciências, nosso sucesso em cada uma delas depende de uma adesão austera e fiel aos seus próprios princípios, com cuidadosa separação e exclusão daqueles que pertencem à ciência oposta. Como o filósofo natural, que volta seus olhos para o objetivo, evita, sobretudo, a mistura do subjetivo em seu conhecimento, como, por exemplo, suposições arbitrárias ou, antes, *suficção*,[5] qualidades ocultas, agentes espirituais e a substituição de causas eficientes por causas finais. Assim, por outro lado, o filósofo transcendental ou *inteligencial* deseja igualmente evitar toda interpolação dos princípios objetivos nos princípios subjetivos da sua ciência, como, por exemplo, a aceitação de impressões ou configurações no cérebro, correspondentes a miniaturas de figuras na retina pintadas por raios de luz vindos de supostos originais, que são não os objetos imediatos e reais da visão mas deduções dela para propósitos de explicação. Essa purificação da mente se efetua por um

from it for the purposes of explanation. This purification of the mind is effected by an absolute and scientific scepticism, to which the mind voluntarily determines itself for the specific purpose of future certainty. Des Cartes who (in his meditations) himself first, at least of the moderns, gave a beautiful example of this voluntary doubt, this self-determined indetermination, happily expresses its utter difference from the scepticism of vanity or irreligion: Nec tamen in Scepticos imitabar, qui dubitant tantum ut dubitent, et praeter incertitudinem ipsam nihil quaerunt. Nam contra totus in eo eram ut aliquid certi reperirem [51]. Nor is it less distinct in its motives and final aim, than in its proper objects, which are not as in ordinary scepticism the prejudices of education and circumstance, but those original and innate prejudices which nature herself has planted in all men, and which to all but the philosopher are the first principles of knowledge, and the final test of truth.

Now these essential prejudices are all reducible to the one fundamental presumption, THAT THERE EXIST THINGS WITHOUT US. As this on the one hand originates, neither in grounds nor arguments, and yet on the other hand remains proof against all attempts to remove it by grounds or arguments (naturam furca expellas tamen usque redibit;) on the one hand lays claim to IMMEDIATE certainty as a position at once indemonstrable and irresistible, and yet on the other hand, inasmuch as it refers to something essentially different from ourselves, nay even in opposition to ourselves, leaves it inconceivable how it could possibly become a part of our immediate consciousness; (in other words how that, which ex hypothesi is and continues to be extrinsic and alien to our being, should become a modification of our being) the philosopher therefore compels himself to treat this faith as nothing more than a prejudice, innate indeed and connatural, but still a prejudice.

The other position, which not only claims but necessitates the admission of its immediate certainty, equally for the scientific reason of the philosopher as for the common sense of mankind at large, namely, I AM, cannot so properly be entitled a prejudice. It is groundless indeed; but then in the very idea it precludes all ground, and separated from the immediate consciousness loses its whole sense and import. It is groundless; but only because it is itself the ground of all other certainty. Now the apparent contradiction, that the former position, namely, the existence of

ceticismo absoluto e científico, ao qual a mente se determina voluntariamente para o propósito específico de certeza futura. Descartes, que (em suas meditações) foi o primeiro, pelo menos entre os modernos, a dar um belo exemplo dessa dúvida voluntária, essa indeterminação autodeterminada, expressa com felicidade sua completa diferença do ceticismo de vaidade ou irreligião:"Nec tamen in eo scepticos imitabar, qui dubitant tantum ut dubitent, et praeter incertitudinem ipsam nihil quaerunt. Nam contra totus in eo eram ut aliquid certi reperirem".[6] Tampouco ela se distingue menos em seus motivos e sua finalidade do que nos objetos que lhe são próprios, que não são, como no ceticismo comum, os preconceitos de educação e circunstância, mas aqueles preconceitos natos e originais que a própria natureza plantou em todos os homens que para todos, menos o filósofo, são os primeiros princípios do conhecimento e o teste final da verdade.

Esses preconceitos essenciais são todos redutíveis a uma presunção fundamental, a de que existem coisas sem nós. Como isso, por um lado, não se origina nem em bases nem em argumentos, e, no entanto, por outro lado, permanece como prova contra todas as tentativas de removê-la por bases ou argumentos ("naturam furca expellas tamen usque redibit"[7]). De um lado defende a certeza imediata como uma posição tanto indemonstrável quanto irresistível; de outro, até o ponto em que se refere a algo essencialmente diferente de nós mesmos, ou até em oposição a nós mesmos, deixa inconcebível como esse algo poderia se tornar parte da nossa consciência imediata (em outras palavras, como aquilo que, *ex hypothesi*, é e continua a ser extrínseco e estranho ao nosso ser torna-se uma modificação do nosso ser). O filósofo, desse modo, se força a tratar essa fé como nada mais que um preconceito, nato e conatural, mas ainda assim, preconceito.[8]

A outra posição, que não só pede mas necessita a admissão de sua certeza imediata, igualmente para a razão científica do filósofo e para o senso comum da humanidade em geral, a saber, *eu sou*, não pode, propriamente, ser considerada um preconceito. Ela não tem base, é verdade, mas na ideia ela impede toda base e, separada da consciência imediata, perde todo sentido e importância. Ela não tem base, mas apenas porque ela própria é a base de toda outra certeza. A contradição aparente, que a posição anterior, a saber, a existência de coisas sem nós, das quais, por sua natureza, não pode haver certeza imediata, deve ser recebida

things without us, which from its nature cannot be immediately certain, should be received as blindly and as independently of all grounds as the existence of our own being, the Transcendental philosopher can solve only by the supposition, that the former is unconsciously involved in the latter; that it is not only coherent but identical, and one and the same thing with our own immediate self consciousness. To demonstrate this identity is the office and object of his philosophy.

If it be said, that this is idealism, let it be remembered that it is only so far idealism, as it is at the same time, and on that very account, the truest and most binding realism. For wherein does the realism of mankind properly consist? In the assertion that there exists a something without them, what, or how, or where they know not, which occasions the objects of their perception? Oh no! This is neither connatural nor universal. It is what a few have taught and learned in the schools, and which the many repeat without asking themselves concerning their own meaning. The realism common to all mankind is far elder and lies infinitely deeper than this hypothetical explanation of the origin of our perceptions, an explanation skimmed from the mere surface of mechanical philosophy. It is the table itself, which the man of common sense believes himself to see, not the phantom of a table, from which he may argumentatively deduce the reality of a table, which he does not see. If to destroy the reality of all, that we actually behold, be idealism, what can be more egregiously so, than the system of modern metaphysics, which banishes us to a land of shadows, surrounds us with apparitions, and distinguishes truth from illusion only by the majority of those who dream the same dream? "I asserted that the world was mad," exclaimed poor Lee, "and the world said, that I was mad, and confound them, they outvoted me."

It is to the true and original realism, that I would direct the attention. This believes and requires neither more nor less, than the object which it beholds or presents to itself, is the real and very object. In this sense, however much we may strive against it, we are all collectively born idealists, and therefore and only therefore are we at the same time realists. But of this the philosophers of the schools know nothing, or despise the faith as the prejudice of the ignorant vulgar, because they live and move in a crowd of phrases and notions from which human nature has long ago vanished. Oh, ye that reverence yourselves, and

tão cega e independentemente de todas as bases quanto a existência do nosso próprio ser, o filósofo transcendental pode resolver apenas pela suposição de que a primeira está inconscientemente envolvida na segunda, e que isso é tanto coerente com a nossa autoconsciência imediata quanto idêntica a ela. Demonstrar tal identidade é o seu trabalho e o objeto da sua filosofia.

Se se disser que isso é idealismo, lembre-se de que isso apenas é idealismo enquanto é também, e da mesma maneira, o realismo mais verdadeiro e obrigatório. Pois no que consiste propriamente o realismo da humanidade? Na afirmação de que algo existe independentemente dos homens, o que, como e onde, eles não sabem, que ocasiona os objetos de sua percepção? Ah, não! Isso não é nem conatural nem universal. É o que uns poucos têm ensinado e aprendido nas escolas, e que muitos repetem sem se perguntar o que significa. O realismo comum a toda humanidade é muito mais antigo e muito mais profundo do que essa explicação hipotética da origem de nossas percepções, uma explicação raspada da mera superfície da filosofia mecânica. É a mesa em si, que o homem de senso comum acredita ver, não o fantasma de uma mesa, do qual ele pode, por meio de argumentos, deduzir a realidade de uma mesa que ele não vê. Se destruir a realidade de tudo que realmente vemos for idealismo, o que pode ser mais flagrantemente idealista do que o sistema da metafísica moderna, que nos bane para uma terra de sombras, nos rodeia com aparições e distingue a verdade da ficção apenas pela maioria daqueles que sonham o mesmo sonho? "*Eu* afirmei que o mundo estava louco", exclamou o coitado do Lee, "e o mundo disse que eu era louco, e, malditos sejam, eles tiveram mais votos do que eu".[9]

É para o realismo verdadeiro e original que eu gostaria de voltar a atenção. Este acredita e requer nem mais nem menos que o objeto que ele contempla ou apresenta a si mesmo é o próprio objeto real. Nesse sentido, não importa quanto neguemos, somos todos, coletivamente, idealistas natos e, por isso e apenas por isso, somos, ao mesmo tempo, realistas. Mas os filósofos das escolas não sabem nada disso ou desprezam a fé como o preconceito do vulgo ignorante, porque se movem e vivem numa nuvem de frases e noções de onde a natureza humana desapareceu há muito. Ah, vós que reverenciais vós mesmos e caminhais humildemente com a divindade em vossos corações, vós mereceis uma

walk humbly with the divinity in your own hearts, ye are worthy of a better philosophy! Let the dead bury the dead, but do you preserve your human nature, the depth of which was never yet fathomed by a philosophy made up of notions and mere logical entities [...].

Chapter 13

[...] The Imagination then I consider either as primary, or secondary. The primary Imagination I hold to be the living power and prime agent of all human perception, and as a repetition in the finite mind of the eternal act of creation in the infinite I AM. The secondary Imagination I consider as an echo of the former, co-existing with the conscious will, yet still as identical with the primary in the kind of its agency, and differing only in degree, and in the mode of its operation. It dissolves, diffuses, dissipates, in order to recreate: or where this process is rendered impossible, yet still at all events it struggles to idealize and to unify. It is essentially vital, even as all objects (as objects) are essentially fixed and dead.

FANCY, on the contrary, has no other counters to play with, but fixities and definites. The fancy is indeed no other than a mode of memory emancipated from the order of time and space; while it is blended with, and modified by that empirical phaenomenon of the will, which we express by the word Choice. But equally with the ordinary memory the Fancy must receive all its materials ready made from the law of association.

Chapter 14

[...] During the first year that Mr. Wordsworth and I were neighbours, our conversations turned frequently on the two cardinal points of poetry, the power of exciting the sympathy of the reader by a faithful adherence to the truth of nature, and the power of giving the interest of novelty by the modifying colours of imagination. The sudden charm, which accidents of light and shade, which moon-light or sunset diffused over a known and familiar landscape, appeared to represent the practicability of combining both. These are the poetry of nature. The thought suggested itself--(to which of us I do not recollect)--that a series of poems might be composed of two sorts. In the one, the

filosofia melhor. Que os mortos enterrem os mortos, mas vocês preservem sua natureza humana, cuja profundidade ainda não tinha sido medida por uma filosofia feita de noções e meras entidades lógicas.

Capítulo XIII (excerto)

A imaginação, assim, eu considero como primária ou secundária. A imaginação primária, como a entendo, é o poder vivo e o agente primário da percepção humana, e como uma repetição na mente infinita do eterno ato de criação no infinito Eu Sou. A imaginação secundária eu considero como um eco da primeira, coexistente com a vontade consciente e, no entanto, ainda idêntica à primária no tipo de sua agência e diferindo apenas em grau e no modo da sua operação. Ela dissolve, difunde e dissipa para recriar, ou, onde esse processo é impossível, mesmo assim, ela sempre luta para idealizar e unificar. Ela é essencialmente vital, mesmo que todos os objetos (como objetos) sejam essencialmente fixos e mortos.

A fantasia, ao contrário, não tem adversários com quem jogar, apenas coisas fixas e definidas. A fantasia nada mais é que um modo de memória emancipada da ordem do tempo e do espaço, enquanto se mistura ao fenômeno empírico da vontade (e é por ele modificado) a que damos o nome de escolha. Mas tal qual acontece com a memória ordinária, a fantasia deve receber, da lei de associação, todo seu material já pronto.

Capítulo XIV (excerto)

Durante o primeiro ano em que o senhor Wordsworth e eu fomos vizinhos, nossas conversas frequentemente giravam em torno dos dois pontos cardeais da poesia: o poder de excitar a simpatia do leitor por uma aderência fiel à verdade da natureza e o poder de dar o interesse de novidade pelas cores modificadoras da imaginação. O encanto súbito que acidentes de luz e sombra que o luar ou a luz do poente esparramaram sobre uma paisagem conhecida e familiar parecia representar a praticidade de combinar ambos. Esses são a poesia da natureza. Surgiu a ideia (para qual de nós, eu não consigo lembrar) de que uma série de poemas poderia ser composta de duas maneiras. Em uma delas, os incidentes e agentes deveriam ser, pelo menos em

incidents and agents were to be, in part at least, supernatural; and the excellence aimed at was to consist in the interesting of the affections by the dramatic truth of such emotions, as would naturally accompany such situations, supposing them real. And real in this sense they have been to every human being who, from whatever source of delusion, has at any time believed himself under supernatural agency. For the second class, subjects were to be chosen from ordinary life; the characters and incidents were to be such as will be found in every village and its vicinity, where there is a meditative and feeling mind to seek after them, or to notice them, when they present themselves.

In this idea originated the plan of the LYRICAL BALLADS; in which it was agreed, that my endeavours should be directed to persons and characters supernatural, or at least romantic; yet so as to transfer from our inward nature a human interest and a semblance of truth sufficient to procure for these shadows of imagination that willing suspension of disbelief for the moment, which constitutes poetic faith. Mr. Wordsworth, on the other hand, was to propose to himself as his object, to give the charm of novelty to things of every day, and to excite a feeling analogous to the supernatural, by awakening the mind's attention to the lethargy of custom, and directing it to the loveliness and the wonders of the world before us; an inexhaustible treasure, but for which, in consequence of the film of familiarity and selfish solicitude, we have eyes, yet see not, ears that hear not, and hearts that neither feel nor understand.

With this view I wrote THE ANCIENT MARINER, and was preparing among other poems, THE DARK LADIE, and the CHRIS-TABEL, in which I should have more nearly realized my ideal, than I had done in my first attempt. But Mr. Wordsworth's industry had proved so much more successful, and the number of his poems so much greater, that my compositions, instead of forming a balance, appeared rather an interpolation of heterogeneous matter. Mr. Wordsworth added two or three poems written in his own character, in the impassioned, lofty, and sustained diction, which is characteristic of his genius. In this form the LYRICAL BALLADS were published; and were presented by him, as an experiment, whether subjects, which from their nature rejected the usual ornaments and extra-colloquial style of poems in general, might not be so managed in the language of ordinary life as

parte, sobrenaturais, e a excelência que se almejaria deveria consistir no interesse das afeições pela verdade dramática dessas emoções, como naturalmente ocorreria nessas situações, supondo-se que fossem reais. E reais, *nesse* sentido, elas têm sido para todo ser humano que, qualquer que seja a fonte da ilusão, já se sentiu à mercê do sobrenatural. Para o segundo tipo, os assuntos deveriam ser escolhidos na vida comum; as personagens e os incidentes deveriam ser tais como se encontram em todas as vilas e em sua vizinhança, onde há uma mente meditativa e sensível que os procure, ou os note, quando eles se apresentam.

Surgiu daí o plano de *Lyrical Ballads*, em que foi acordado que os meus esforços deveriam se dirigir a pessoas e personagens sobrenaturais ou, ao menos, românticas. No entanto, para transferir, de nossa natureza íntima, um interesse humano e uma aparência de verdade suficiente que produzisse para essas sombras da imaginação aquela suspensão voluntária da descrença momentaneamente, que constitui a fé poética. O senhor Wordsworth, por outro lado, propôs para si, como seu objeto, dar o encanto de novidade às coisas do dia a dia e excitar um sentimento análogo ao sobrenatural, despertando a atenção da mente para a letargia do costume e dirigindo-a para o caráter agradável e maravilhoso do mundo diante de nós: um tesouro inexaurível, mas que, em consequência da película de familiaridade e da atenção egoísta, temos olhos, mas não enxergamos, temos ouvidos que não escutam e temos corações que nem sentem, nem compreendem.

Com essa perspectiva, escrevi "The ancient mariner" e estava preparando, entre outros poemas, "The dark ladie" e "Christabel", em que eu teria realizado mais do meu ideal do que tinha conseguido na primeira tentativa.[10] Mas o empenho do senhor Wordsworth mostrou-se muito mais bem-sucedido, e o número dos seus poemas tão maior que as minhas composições, em vez de formar um balanço, pareciam mais uma interpolação de matéria heterogênea. O senhor Wordsworth adicionou dois ou três poemas escritos de acordo com a sua natureza, no estilo apaixonado, elevado e contínuo. Dessa forma, *Lyrical Ballads* foi publicado e foi apresentado por ele como um experimento sobre a possibilidade de assuntos que, por sua natureza, rejeitavam os ornamentos usuais e o estilo extracoloquial dos poemas em geral, não poderiam ser trabalhados na linguagem da vida cotidiana de modo a produzir o interesse prazeroso que é o objetivo particular da poesia produzir. À

to produce the pleasurable interest, which it is the peculiar business of poetry to impart. To the second edition he added a preface of considerable length; in which, notwithstanding some passages of apparently a contrary import, he was understood to contend for the extension of this style to poetry of all kinds, and to reject as vicious and indefensible all phrases and forms of speech that were not included in what he (unfortunately, I think, adopting an equivocal expression) called the language of real life. From this preface, prefixed to poems in which it was impossible to deny the presence of original genius, however mistaken its direction might be deemed, arose the whole long- continued controversy. For from the conjunction of perceived power with supposed heresy I explain the inveteracy and in some instances, I grieve to say, the acrimonious passions, with which the controversy has been conducted by the assailants.

Had Mr. Wordsworth's poems been the silly, the childish things, which they were for a long time described as being had they been really distinguished from the compositions of other poets merely by meanness of language and inanity of thought; had they indeed contained nothing more than what is found in the parodies and pretended imitations of them; they must have sunk at once, a dead weight, into the slough of oblivion, and have dragged the preface along with them. But year after year increased the number of Mr. Wordsworth's admirers. They were found too not in the lower classes of the reading public, but chiefly among young men of strong sensibility and meditative minds; and their admiration (inflamed perhaps in some degree by opposition) was distinguished by its intensity, I might almost say, by its religious fervour. These facts, and the intellectual energy of the author, which was more or less consciously felt, where it was outwardly and even boisterously denied, meeting with sentiments of aversion to his opinions, and of alarm at their consequences, produced an eddy of criticism, which would of itself have borne up the poems by the violence with which it whirled them round and round.

With many parts of this preface in the sense attributed to them and which the words undoubtedly seem to authorize, I never concurred; but on the contrary objected to them as erroneous in principle, and as contradictory (in appearance at least) both to other parts of the same preface, and to the author's own practice in the greater part of

segunda edição ele adicionou um prefácio de tamanho considerável, no qual, apesar de algumas passagens com um significado aparentemente contrário, ele foi interpretado como defendendo a extensão desse estilo a todo tipo de poesia e rejeitando, como nocivas e indefensáveis, todas as frases e normas de discurso que não estivessem incluídas no que ele (desafortunadamente, penso eu, ao adotar uma expressão equívoca) chamou de linguagem da vida real. Desse prefácio, prefixado a poemas em que é impossível negar a presença de genialidade original, não importa quão errada possa ser considerada a sua direção, surgiu a duradoura controvérsia. Pois, a partir da conjunção de poder percebido com suposta heresia, explico as paixões hostis e, em alguns casos, me dá pena dizer, acrimoniosas, com que a controvérsia foi conduzida pelos atacantes.

Se os poemas do senhor Wordsworth fossem coisas bobas, infantis como eles foram descritos por um longo tempo, se eles realmente se distinguissem das composições de outros poetas apenas por pobreza de linguagem e vacuidade de pensamento, se eles deveras não contivessem nada além do que se encontra em suas paródias e pretensas imitações, eles já teriam afundado de uma vez, um peso morto, no atoleiro do esquecimento, e teriam arrastado o prefácio com eles. Mas ano após ano, o número de admiradores do senhor Wordsworth aumentou. Eles se encontram não nas classes baixas do público leitor, mas principalmente entre jovens homens de sensibilidade forte e mentes pensadoras, e a sua admiração (talvez um pouco inflamada pela oposição) se distinguia por sua intensidade, eu quase diria, por seu fervor religioso. Tais fatos e a energia intelectual do autor, que era sentida de maneira mais ou menos consciente, onde era negada, sendo recebido com sentimentos de aversão por suas opiniões e de alarme por suas consequências, produziram uma corrente de críticas que teria, por si só, levado os poemas pela violência com a qual ela os fazia girar e girar.

Com muitas partes desse prefácio, no sentido atribuído a elas e que as palavras parecem autorizar, eu jamais concordei; ao contrário, objetei contra elas que eram errôneas em princípio e contradiziam (pelo menos em aparência) tanto outras partes do mesmo prefácio quanto a prática do próprio autor na maior parte dos poemas. O senhor Wordsworth, em sua recente coleção, parece-me, relegou essa discussão prefacial para o fim do segundo volume, para ser lida ou não, de acordo com a vontade do leitor. Mas, até onde consegui descobrir, ele não anunciou nenhuma alteração no seu credo poético. De toda maneira, considerando-o a origem

the poems themselves. Mr. Wordsworth in his recent collection has, I find, degraded this prefatory disquisition to the end of his second volume, to be read or not at the reader's choice. But he has not, as far as I can discover, announced any change in his poetic creed. At all events, considering it as the source of a controversy, in which I have been honoured more than I deserve by the frequent conjunction of my name with his, I think it expedient to declare once for all, in what points I coincide with the opinions supported in that preface, and in what points I altogether differ. But in order to render myself intelligible I must previously, in as few words as possible, explain my views, first, of a Poem; and secondly, of Poetry itself, in kind, and in essence.

The office of philosophical disquisition consists in just distinction; while it is the privilege of the philosopher to preserve himself constantly aware, that distinction is not division. In order to obtain adequate notions of any truth, we must intellectually separate its distinguishable parts; and this is the technical process of philosophy. But having so done, we must then restore them in our conceptions to the unity, in which they actually co-exist; and this is the result of philosophy. A poem contains the same elements as a prose composition; the difference therefore must consist in a different combination of them, in consequence of a different object being proposed. According to the difference of the object will be the difference of the combination. It is possible, that the object may be merely to facilitate the recollection of any given facts or observations by artificial arrangement; and the composition will be a poem, merely because it is distinguished from prose by metre, or by rhyme, or by both conjointly. In this, the lowest sense, a man might attribute the name of a poem to the well-known enumeration of the days in the several months;

"Thirty days hath September,
    April, June, and November", etc.

and others of the same class and purpose. And as a particular pleasure is found in anticipating the recurrence of sounds and quantities, all compositions that have this charm super-added, whatever be their contents, may be entitled poems.

So much for the superficial form. A difference of object and contents supplies an additional ground of distinction. The immediate purpose may be the communication of truths; either of truth absolute

da controvérsia, na qual fui honrado mais do que mereço pela frequente conjunção do meu nome com o dele, penso ser conveniente declarar, de uma vez por todas, em quais pontos concordo com as opiniões defendidas naquele prefácio e em quais pontos discordo completamente. Mas para me fazer compreender, devo primeiramente, com um mínimo possível de palavras, explicar os meus pontos de vista, primeiro de um poema, e segundo da própria poesia, em *tipo* e em *essência*.

O trabalho da *discussão* filosófica consiste na justa *distinção*, ao passo que é privilégio do filósofo manter-se constantemente atento, aquela distinção não é divisão. Para obter noções adequadas da verdade, devemos separar intelectualmente suas partes distinguíveis, e esse é o *processo* técnico da filosofia. Mas tendo feito isso, devemos então restaurá-las em nossa concepção da unidade, na qual elas coexistem de fato, e isso é o *resultado* da filosofia. Um poema contém os mesmos elementos de uma composição em prosa; a diferença, portanto, deve consistir numa combinação diferente deles, em consequência de um objeto diferente ser proposto. De acordo com a diferença do objeto será a diferença da combinação. É possível que o objeto seja meramente facilitar a lembrança de quaisquer fatos ou observações por arranjo artificial, e a composição será um poema, meramente porque ele se distingue da prosa por metro ou por rima ou por ambos. Nesse sentido rasteiro, poder-se-ia atribuir o nome de poema à conhecida enumeração dos dias dos meses: "Trinta dias tem setembro, / Abril, junho e novembro", etc., e outras da mesma classe e propósito. E como um prazer especial é dado pela antecipação da recorrência de sons e quantidades, todas as composições que têm esse encanto adicional, quaisquer que sejam os seus conteúdos, *podem* ser intituladas poemas.

Isso basta para a *forma* superficial. Uma diferença de objeto e conteúdos fornece uma base adicional de distinção. O propósito imediato pode ser a comunicação de verdades, quer seja de verdade absoluta e demonstrável, como nos trabalhos científicos, ou de fatos vividos e registrados, como na história. Pode *resultar* prazer, e do tipo mais elevado e permanente, da *consecução* de um fim, mas ele não é o fim imediato. Em outros trabalhos, a comunicação do prazer pode ser o propósito imediato e, embora a verdade, seja moral ou intelectual, deve ser o fim *último*, e, isso vai distinguir o caráter do autor, não a classe à qual o trabalho pertence. Bendito, realmente, é o estado da sociedade em que o propósito

and demonstrable, as in works of science; or of facts experienced and recorded, as in history. Pleasure, and that of the highest and most permanent kind, may result from the attainment of the end; but it is not itself the immediate end. In other works the communication of pleasure may be the immediate purpose; and though truth, either moral or intellectual, ought to be the ultimate end, yet this will distinguish the character of the author, not the class to which the work belongs. Blest indeed is that state of society, in which the immediate purpose would be baffled by the perversion of the proper ultimate end; in which no charm of diction or imagery could exempt the BATHYLLUS even of an Anacreon, or the ALEXIS of Virgil, from disgust and aversion!

But the communication of pleasure may be the immediate object of a work not metrically composed; and that object may have been in a high degree attained, as in novels and romances. Would then the mere superaddition of metre, with or without rhyme, entitle these to the name of poems? The answer is, that nothing can permanently please, which does not contain in itself the reason why it is so, and not otherwise. If metre be superadded, all other parts must be made consonant with it. They must be such, as to justify the perpetual and distinct attention to each part, which an exact correspondent recurrence of accent and sound are calculated to excite. The final definition then, so deduced, may be thus worded. A poem is that species of composition, which is opposed to works of science, by proposing for its immediate object pleasure, not truth; and from all other species--(having this object in common with it)--it is discriminated by proposing to itself such delight from the whole, as is compatible with a distinct gratification from each component part.

Controversy is not seldom excited in consequence of the disputants attaching each a different meaning to the same word; and in few instances has this been more striking, than in disputes concerning the present subject. If a man chooses to call every composition a poem, which is rhyme, or measure, or both, I must leave his opinion uncontroverted. The distinction is at least competent to characterize the writer's intention. If it were subjoined, that the whole is likewise entertaining or affecting, as a tale, or as a series of interesting reflections; I of course admit this as another fit ingredient of a poem, and an additional merit. But if the definition sought for be that of a legitimate poem, I answer, it must be one, the parts of which mutually support

imediato seria ofuscado pela perversão do fim último próprio, na qual nenhum encanto de dicção ou imagens poderia livrar Batilo, mesmo sendo de um Anacreonte, ou Alexis, de Virgílio, da repulsa e da aversão![11]

Mas a comunicação de prazer pode ser o objetivo imediato de um trabalho que não tenha sido composto metricamente, e esse objetivo pode ter sido alcançado em alto grau, como em romances e novelas. Será, então, que a mera adição de metro, com ou sem rima, daria direito a *eles* de terem o nome de poemas? A resposta é que nada consegue agradar permanentemente, se não contiver em si a razão por ser assim, e não de outra maneira. Se o metro for adicionado, todas as outras partes devem ser consoantes a ele. Elas devem ser de tal maneira que justifique a atenção perpétua e distinta dada a cada parte, em resposta a uma calculada e exata recorrência correspondente de tonicidade e sonoridade. A definição final, então, deduzida dessa maneira, pode ser colocada nas seguintes palavras. Um poema é aquela espécie de composição que se opõe a obras científicas ao propor como seu objetivo *imediato* o prazer, e não a verdade, e de todas as outras espécies (tendo *esse* objetivo em comum com elas), ele se diferencia ao propor para si tal deleite com o *todo* que seja compatível com uma distinta gratificação de cada *parte* componente.

Não poucas vezes levanta-se uma controvérsia em consequência de os querelantes atribuírem, cada um, um sentido diferente à mesma palavra, e, em poucos casos isso foi mais surpreendente do que em discussões sobre o assunto em si. Se alguém escolhe chamar cada composição que tenha rima ou metro ou ambos de poema, não discutirei a sua opinião. A distinção é competente para caracterizar a intenção do escritor. Se for subordinado que o todo seja tão cativante ou tocante como um conto ou como uma série de reflexões interessantes, eu, claro, admitiria que isso fosse outro ingrediente apropriado a um poema, e um mérito adicional. Mas se a definição buscada é a de um poema *legítimo*, respondo, ela deve ser tal que suas partes se apoiem e se expliquem mutuamente, todas harmonizadas proporcionalmente com o propósito e as influências conhecidas do arranjo métrico, assim como lhes dando apoio. Os críticos filosóficos de todas as épocas coincidem com o julgamento último de todos os países em negar igualmente os louvores de um poema justo, por um lado, a uma série de linhas ou dísticos surpreendentes, cada qual, ao absorver toda atenção do leitor para si, se desconecta do seu contexto e forma um todo separado, em vez de

and explain each other; all in their proportion harmonizing with, and supporting the purpose and known influences of metrical arrangement. The philosophic critics of all ages coincide with the ultimate judgment of all countries, in equally denying the praises of a just poem, on the one hand, to a series of striking lines or distiches, each of which, absorbing the whole attention of the reader to itself, becomes disjoined from its context, and forms a separate whole, instead of a harmonizing part; and on the other hand, to an unsustained composition, from which the reader collects rapidly the general result unattracted by the component parts. The reader should be carried forward, not merely or chiefly by the mechanical impulse of curiosity, or by a restless desire to arrive at the final solution; but by the pleasureable activity of mind excited by the attractions of the journey itself. Like the motion of a serpent, which the Egyptians made the emblem of intellectual power; or like the path of sound through the air;--at every step he pauses and half recedes; and from the retrogressive movement collects the force which again carries him onward. Praecipitandus est liber spiritus, says Petronius most happily. The epithet, liber, here balances the preceding verb; and it is not easy to conceive more meaning condensed in fewer words.

But if this should be admitted as a satisfactory character of a poem, we have still to seek for a definition of poetry. The writings of Plato, and Jeremy Taylor, and Burnet's Theory of the Earth, furnish undeniable proofs that poetry of the highest kind may exist without metre, and even without the contradistringuishing objects of a poem. The first chapter of Isaiah--(indeed a very large portion of the whole book)--is poetry in the most emphatic sense; yet it would be not less irrational than strange to assert, that pleasure, and not truth was the immediate object of the prophet. In short, whatever specific import we attach to the word, Poetry, there will be found involved in it, as a necessary consequence, that a poem of any length neither can be, nor ought to be, all poetry. Yet if an harmonious whole is to be produced, the remaining parts must be preserved in keeping with the poetry; and this can be no otherwise effected than by such a studied selection and artificial arrangement, as will partake of one, though not a peculiar property of poetry. And this again can be no other than the property of exciting a more continuous and equal attention than the language of prose aims at, whether colloquial or written [...].

uma parte harmonizadora, e, por outro lado, a uma composição que não se sustenta, da qual o leitor recolhe rapidamente o resultado geral, sem ser atraído pelas partes componentes. O leitor deve ser arrebatado, não meramente ou principalmente pelo impulso mecânico da curiosidade, ou por um desejo irrequieto de chegar à solução final, mas pela atividade agradável da mente excitada pelas atrações da própria jornada. Como o movimento de uma serpente, que os egípcios usavam para simbolizar o poder intelectual, ou como o percurso do som pelo ar, a cada passo ele pausa e retrocede um pouco, e, do movimento progressivo, colhe a força que, de novo, o leva adiante. *Praeciptandus est liber spiritus*, diz Petrônio, com muita felicidade.[12] O epíteto *liber* equilibra o verbo que o precede, e não é fácil conceber mais sentido condensado em menos palavras.

Mesmo que isso seja admitido como uma característica satisfatória de um poema, ainda temos de buscar uma definição de poesia. Os escritos de Platão e Jeremy Taylor, e *Teoria da Terra*, de Burnet, fornecem provas inegáveis de que poesia da mais alta espécie pode existir sem metro e mesmo sem os objetos que contradistinguem um poema.[13] O primeiro capítulo de Isaías – na verdade, uma grande parte do seu livro – é poesia no sentido mais enfático; no entanto, seria não menos irracional do que estranho afirmar que o prazer, e não a verdade, era o objetivo imediato do profeta. Em resumo, qualquer que seja o sentido específico que atribuirmos à palavra "poesia", ele terá envolvido, como uma consequência necessária, que um poema de qualquer comprimento não pode, nem deve, ser todo poesia. Entretanto, se um todo harmonioso é o produto desejado, as partes restantes devem ser mantidas em harmonia com a poesia, e isso não pode ser feito de outra maneira a não ser por uma seleção estudada e um arranjo artificial que compartilharão de uma propriedade, ainda que não peculiar, de poesia. E essa, de novo, não pode ser outra que não a propriedade de excitar uma atenção mais contínua e por igual do que a linguagem da prosa almeja, quer seja coloquial, quer seja escrita.

Minhas próprias conclusões sobre a natureza da poesia, no uso mais estrito da palavra, foram antecipadas, em parte, em alguns dos comentários sobre a fantasia e a imaginação na parte inicial desta obra. O que é poesia? é uma pergunta semelhante a o que é um poeta? que a resposta para uma está envolvida na solução da outra. Pois é uma distinção resultante do gênio poético em si, que sustenta e modifica as imagens, pensamentos e emoções da própria mente do poeta [...].

The poet, described in ideal perfection, brings the whole soul of man into activity, with the subordination of its faculties to each other according to their relative worth and dignity. He diffuses a tone and spirit of unity, that blends, and (as it were) fuses, each into each, by that synthetic and magical power, to which I would exclusively appropriate the name of Imagination. This power, first put in action by the will and understanding, and retained under their irremissive, though gentle and unnoticed, control, laxis effertur habenis, reveals "itself in the balance or reconcilement of opposite or discordant" qualities: of sameness, with difference; of the general with the concrete; the idea with the image; the individual with the representative; the sense of novelty and freshness with old and familiar objects; a more than usual state of emotion with more than usual order; judgment ever awake and steady self-possession with enthusiasm and feeling profound or vehement; and while it blends and harmonizes the natural and the artificial, still subordinates art to nature; the manner to the matter; and our admiration of the poet to our sympathy with the poetry. Doubtless, as Sir John Davies observes of the soul–(and his words may with slight alteration be applied, and even more appropriately, to the poetic Imagination)–

> Doubtless this could not be, but that she turns
> Bodies to spirit by sublimation strange,
> As fire converts to fire the things it burns,
> As we our food into our nature change.
> From their gross matter she abstracts their forms,
> And draws a kind of quintessence from things;
> Which to her proper nature she transforms
> To bear them light on her celestial wings.
> Thus does she, when from individual states
> She doth abstract the universal kinds;
> Which then re-clothed in divers names and fates
> Steal access through the senses to our minds.

Finally, Good Sense is the Body of poetic genius, Fancy its Drapery, Motion its Life, and Imagination the Soul that is everywhere, and in each; and forms all into one graceful and intelligent whole.

O poeta, descrito com perfeição ideal, faz agir a alma toda do homem, com a subordinação das suas faculdades, umas às outras, de acordo com o seu valor e a sua dignidade relativos. Ele difunde um tom e uma unidade de espírito que mistura e (por assim dizer) *funde* umas às outras, por meio daquele poder sintético e mágico, ao qual eu daria exclusivamente o nome de imaginação. Esse poder, posto em ação primeiro pela vontade e pela compreensão, e mantido sob o controle implacável, embora gentil e despercebido, *laxis effertur habenis*,[14] delas, revela-se "a si mesmo no equilíbrio ou na reconciliação de [qualidades] opostas ou discordantes": de semelhança com diferença; do geral com o concreto; a ideia com a imagem; o indivíduo com o representativo; a sensação de novidade e frescor com objetos velhos e familiares; um estado de emoção mais que usual com uma ordem mais que usual; julgamento sempre alerta e autocontrole firme com entusiasmo e sentimento profundo ou veemente; e, enquanto ela mistura e harmoniza o natural e o artificial, ainda subordina a arte à natureza; a maneira à matéria, e nossa admiração pelo poeta à nossa simpatia pela poesia. "Sem dúvida", como sir John Davies comenta sobre a alma – e suas palavras podem, com uma pequena alteração, serem aplicadas, e ainda mais apropriadamente, à imaginação poética:

> Doubtless this could not be, but that she turns
> Bodies to spirit by sublimation strange,
> As fire converts to fire the things it burns,
> As we our food into our nature change.
>
> From their gross matter she abstracts their forms,
> And draws a kind of quintessence from things;
> Which to her proper nature she transforms
> To bear them light on her celestial wings.
>
> Thus does she, when from individual states
> She doth abstract the universal kinds;
> Which then re-clothed in divers names and fates
> Steal access through the senses to our minds.[16]

Por fim, bom senso é o corpo do gênio poético, fantasia os seus adornos, movimento a sua vida, e imaginação a alma que está por toda parte e em cada parte, e que junta tudo em um todo gracioso e inteligente.

[1] "O que quer que esteja diante da (colocado para a) mente"

[2] Filosofia natural ou da natureza era o nome que se dava ao estudo dos fenômenos físicos antes do surgimento da ciência moderna no século 19.

[3] Para Coleridge, espírito referia-se àquilo que se relaciona ou provém do intelecto, em contraste com as funções animais. Assim, por espiritualização entenda-se o processo de entender e não de espiritualizar (-se) no sentido moderno.

[4] Referência ao episódio bíblico em que Moisés sobe o monte Sinai para receber os mandamentos diretamente do Deus judeu-cristão (Ex 24,12-18).

[5] Coleridge criou esse neologismo para caracterizar uma teoria que se baseia na ficção e não em fatos.

[6] "Mas eu, nesse assunto, não imitei os céticos, que duvidam apenas por duvidar e que buscam nada além da própria incerteza. Ao contrário, devotei-me completamente a encontrar algo que pudesse ser certo" (*Discurso sobre o método*, parte 3).

[7] "Se você enxotar a natureza com um forcado, ela logo estará de volta" (Horácio. *Epístolas*, epístola X, v. 24).

[8] Até aqui, Coleridge traduz passagens de *Sistema de idealismo transcendental*, de Schelling, com alguns acréscimos.

[9] Nathaniel Lee (1653–1692): dramaturgo internado por cinco anos no manicômio de Bedlam, em Londres.

[10] Em "The rime of the ancient mariner" (A balada do velho marinheiro), um dos poemas de *Lyrical ballads*, um marinheiro narra os eventos sobrenaturais que presenciou durante uma viagem de navio. É tido como um marco do início do romantismo inglês. "Ballad of the dark ladie" (Balada da dama sombria) ficou inacabado, assim como o longo "Christabel". Ambos têm elementos góticos.

[11] Bátilo, de Samos, amado por Anacreonte (Ode 29/17) e Aléxis, o jovem amado por Córidon, na segunda *Bucólica*, de Virgílio.

[12] "O espírito livre deve ser impelido ao movimento".

[13] Jeremy Taylor (1613–1667) era conhecido como o Shakespeare dos teólogos, por seu estilo poético. Thomas Burnet (1635–1715) publicou *A sacra teoria da Terra* em 1681.

[14] "Conduzido com rédeas frouxas".

[15] Sem dúvida, isso não poderia acontecer, mas ela transforma / Corpos em espírito por estranha sublimação / Como fogo converte em fogo as coisas que queima / Como nós nossa comida em nossa natureza mudamos. // Da matéria grosseira, ela extrai as formas / E obtém uma espécie de quintessência das coisas, / Que, de acordo com sua natureza, ela transforma / Para carregá-las, leves, em suas asas celestiais. // Assim ela procede, quando de estados individuais / Ela extrai as espécies universais, / Que, então vestidas com novos nomes e destinos diversos / Se infiltram, através dos sentidos, em nossas mentes.

Zibaldone di pensieri: autográfos 16-18[1]

Giacomo Leopardi

Introdução

O escritor italiano Giacomo Leopardi (1798-1837) participou ativamente da polêmica discussão entre românticos e classicistas que foi instituída, principalmente na Itália, pelo artigo de Mme de Staël, "Sobre a maneira e a utilidade das traduções", de 1816, no qual a autora incitava os italianos a abandonar sua tradição literária e seguir as ideias românticas que despontavam na Alemanha e já eram adotadas em outros países europeus. Muitos literatos se colocaram a favor da opinião da escritora, como Ludovico di Breme, e outros contra, entre eles, Giacomo Leopardi que, no fragmento abaixo, extraído do *Zibaldone di Pensieri* (1817-1832) e aprofundado no *Discorso di un italiano intorno alla poesia romantica* (1818), critica os românticos e defende veementemente a literatura dos clássicos/antigos.[2] Os autógrafos aqui selecionados antecipam a discussão/resposta ao artigo de Ludovico di Breme intitulado "Osservazioni del cavalier di Breme sulla poesia moderna", publicado na revista *Spettatore italiano* de Milão, em 1818. Nesses autógrafos são retomados e reelaborados o culto aos grandes escritores clássicos, principalmente os poetas da divina simplicidade, o estilo regido pelo gosto purístico, a fidelidade a um método filologicamente rigoroso, moderno e próprio. Isso produziu uma reflexão sobre a arte da poesia, na qual Leopardi faz um paralelo entre a tradição clássica e a nova escola romântica, assumindo uma posição em defesa do classicismo. Além disso, Leopardi discute sobre a função da poesia e os aspectos a ela relacionados, como a imitação.

Andréia Guerini

---

[1] Extraídos da edição de Giuseppe Pacella, V. I, II e III. Milano: Garzanti, 1991, 5473 p.

[2] Cabe aqui ressaltar o que já foi dito na introdução desta antologia. A presença de Leopardi neste volume é plenamente justificada pela excepcional clareza com que o autor delineia o Romantismo em terras italianas através de sua crítica. (N.O.)

Zibaldone di pensieri: autografi 16-18

Giacomo Leopardi

Finisco in questo punto di leggere nello *Spettatore* n. 91, le Osservaz. di Lod. di Breme sopra la poesia moderna o romantica che la vogliamo chiamare, e perchè ci ho veduto una serie di ragionamenti che può imbrogliare e inquietare, e io per mia natura non sono lontano dal dubbio anche sopra le cose credute indubitabili, però avendo nella mente le risposte che a quei ragionamenti si possono e debbono fare, per mia quiete le scrivo. Vuole lo scrittore (come tutti i romantici) che la poesia moderna sia fondata sull'ideale che egli chiama patetico e più comunemente si dice sentimentale, e distingue con ragione il patetico dal malinconico, essendo il patetico, com'egli dice, quella profondità di sentimento che si prova dai cuori sensitivi, col mezzo dell'impressione che fa sui sensi qualche cosa della natura, p.e. la campana del luogo natìo, (così dic'egli) e io aggiungo la vista di una campagna, di una torre diroccata ec. ec. Questa è insomma la differenza che egli vuol che sia tra la poesia moderna e l'antica, chè gli antichi non provavano questi sentimenti, o molto meno di noi; onde noi secondo lui siamo *in questo* superiori agli antichi, e siccome *in questo*, secondo lui consiste veramente la poesia, però noi siamo più poeti infinitamente che gli antichi. (E questa è la poesia dello Chateaubriand del Delille del Saint-Pierre ec. ec. per non parlare dei romantici, che forse anche in qualche cosa differiscono ec. E questo patetico è quello che i francesi chiamano *sensibilité* e noi potremmo chiamare sensitività). Or dunque bisogna eccitare questo patetico, questa profondità di sentimento nei

Zibaldone di pensieri: autógrafos 16-18[1]

Giacomo Leopardi

Tradução e notas de
Andréia Guerini, Anna Palma e
Tânia Mara Moysés

Acabo de ler no *Spettatore* n. 91, as observações de [Ludovico] di Breme sobre a poesia moderna ou romântica, se assim se prefere chamá-la, e, como encontrei uma série de argumentos que pode confundir e inquietar, e como eu, por natureza, não me afasto da dúvida, inclusive sobre as coisas consideradas indubitáveis, e tendo em mente as respostas que aos argumentos se possam e devam dar, para minha tranquilidade as escrevo. Quer o escritor (como todos os românticos) que a poesia moderna seja fundamentada no ideal que ele chama patético e se diz, mais comumente, sentimental, e distingue, com razão, o patético do melancólico, sendo o patético, como ele diz, a profundidade de sentimento que experimentam os corações sensíveis por meio da impressão que causa nos sentidos algo da natureza, p. ex., o sino do lugar nativo (assim diz ele), e eu acrescento a visão de um campo, de uma torre derrocada, etc., etc. Essa é, em suma, a diferença que ele quer que exista entre a poesia moderna e a antiga, porque os antigos não experimentavam esses sentimentos ou os experimentavam muito menos que nós; razão pela qual, segundo ele, somos *nisso* superiores aos antigos, já que *nisso*, segundo ele, consiste verdadeiramente a poesia, portanto, somos infinitamente mais poetas que os antigos. (E essa é a poesia de [François-Auguste] Chateaubriand, [Jacques] Delille, [Bernardin Jacques-Henry de] Saint-Pierre, etc., etc., para não falar dos românticos, que talvez em algo, até se distingam, etc. Esse patético é o que os franceses chamam *sensibilité*, e nós poderíamos chamar sensitividade). Ora, é preciso então suscitar o

cuori: e qui, com'è naturale, consisterà la somma arte del poeta. E qui è dove il Breme e tutti quanti i romantici e i Chateaubriandisti ec. ec. scappano di strada. Che cosa è che eccita questi sentimenti negli uomini? La natura, purissima, tal qual'è, tal quale la vedevano gli antichi: le circostanze, naturali, non proccurate mica a bella posta, ma venute spontaneamente: quell'albero, quell'uccello, quel canto, quell'edifizio, quella selva, quel monte, **[16]** tutto da per se, senz'artifizio, e senza che questo monte sappia in nessunissimo modo di dover eccitare questi sentimenti, nè ch'altri ci aggiunga perchè li possa eccitare, nessun'arte ec. ec. In somma questi oggetti, insomma la natura da per se e per propria forza insita in lei, e non tolta in prestito da nessuna cosa, sveglia questi sentimenti. Ora che faceano gli antichi? dipingevano così semplicissimamente la natura, e quegli oggetti e quelle circostanze che svegliano per propria forza questi sentimenti, e li sapevano dipingere e imitare in maniera che noi li vediamo questi stessi oggetti nei versi loro, cioè ci pare di vederli, per quanto è possibile, quali sono in natura, e perchè in natura ci destano quei sentimenti, anche dipinti e imitati con tanta perfezione ce li destano egualmente, tanto più che il poeta ha scelti gli oggetti, gli ha posti nel loro vero lume, e coll'arte sua ci ha preparati a riceverne quell'impressione, dovechè in natura, e gli oggetti di qualunque specie sono confusi insieme, e in vederli spessissimo non ci si bada, (qui cade la gran facoltà delle arti imitative di fare per lo straordinario modo in cui presentano gli oggetti comuni, vale a dire così imitati, che si considerino nella poesia, dovechè nella realtà non si consideravano, e se ne traggano quelle riflessioni ec. ec. che nella realtà per esser comuni non somministravano ec. ec. come il Gravina nella *Ragion poet.*) e bisogna poi perchè producano quei tali sentimenti andarli a prendere pel loro verso:

ed ecco ottenuto dagli antichi il grand'effetto, che domandano i romantici, ed ottenuto in modo che ci rapiscono e ci sublimano e c'immergono in un mare di dolcezza, e tutte le età e tutti i secoli, e tutti i grandi uomini e poeti che son venuti dopo di loro, ne sono testimoni. Ma che? quando questi poeti, imitavano così la natura, e preparavano questa piena di sentimenti ai lettori, essi stessi o non la provavano, o non dicevano di provarla; semplicissimamente, come pastorelli, descrivevano quel che vedevano, e non ci aggiugnevano niente del loro; ecco il gran peccato della poesia antica, per cui, non è più poesia, e i moderni vincono

patético, essa profundidade de sentimento nos corações, e nisso, como é natural, consistirá a suma arte do poeta. E é aqui que Breme e todos os românticos e os chateaubrianistas, etc., etc. fogem do rumo. O que suscita esses sentimentos nos homens? A natureza, puríssima, tal como é, tal como a viam os antigos: as circunstâncias, naturais, e não buscadas de propósito, mas vindas espontaneamente: aquela árvore, aquele pássaro, aquele canto, aquele edifício, aquela selva, aquele monte, [16] tudo por si, sem artifício, e sem que o monte saiba, de modo algum, que deva suscitar esses sentimentos, e sem que outros acrescentem algo para que possa suscitá-los, nenhuma arte, etc., etc. Em suma, esses objetos; em suma, a natureza por si e pela própria força, que lhe é ínsita, e não tomada em empréstimo de coisa alguma, despertam esses sentimentos. Ora, o que faziam os antigos? Descreviam tão simplicissimamente a natureza e os objetos e as circunstâncias que despertam pela própria força esses sentimentos, e sabiam descrevê-los e imitá-los, de modo que vemos esses mesmos objetos nos seus versos, isto é, parece-nos vê-los, dentro do possível, assim como são na natureza; e porque, na natureza, despertam-nos aqueles sentimentos, também descritos e imitados com tanta perfeição, despertam igualmente em nós, ainda mais porque o poeta escolheu os objetos, colocou-os em sua verdadeira luz, e com a arte sua nos preparou para recebê-los com aquela impressão, já que na natureza os objetos de qualquer espécie se confundem entre si e, aos vê-los, muitas vezes não se presta atenção neles (nisso recai a grande faculdade das artes imitativas em fazer, pelo extraordinário modo como se apresentam os objetos comuns, ou seja, assim imitados, que se considerem na poesia, quando na realidade não se consideravam, e deles se tragam aquelas reflexões, etc., etc. que na realidade, por serem comuns, não subministravam, etc., etc. como [Gian Vincenzo] Gravina em [*Della*] *ragion poetica*), e é preciso então, para que produzam os tais sentimentos, buscar aceitá-los de bom grado: e eis que os antigos obtêm o grande efeito que pedem os românticos, e o obtêm de tal maneira que nos arrebatam e sublimam e nos imergem em um mar de doçura, e todas as eras e todos os séculos, e todos os grandes homens e poetas que vieram depois deles testemunham isso. E então? Quando esses poetas imitavam assim a natureza e preparavam essa inundação de sentimentos aos leitores, eles mesmos não a experimentavam, ou não diziam tê-la experimentado; muito simplesmente, como pastorzinhos, descreviam o que viam e nada acrescentavam

a cento doppi gli antichi ec. ec. E non si avvedono i romantici, che se questi sentimenti son prodotti dalla *nuda* natura, per destarli bisogna imitare la *nuda* natura, e quei semplici e innocenti oggetti, che *per loro propria forza, inconsapevoli* producono nel nostro animo quegli effetti, bisogna trasportarli come sono nè più nè meno nella poesia, e che così bene e divinamente imitati, aggiuntaci la maraviglia e l'attenzione alle minute parti loro che nella realtà non si notavano, e nella imitazione si notano, è forza che destino in noi questi stessissimi sentimenti che costoro vanno cercando, questi sentimenti che costoro non ci sanno di grandissima lunga destare; e che il poeta quanto più parla in persona propria e quanto più aggiunge di suo, tanto meno imita, (cosa già notata da Aristotele, al quale volendo o non volendo senz'avvedersene si ritorna) e che il sentimentale non è prodotto dal sentimentale, ma dalla natura, *qual ella è*, e la natura *qual ella è* bisogna imitare, ed hanno imitata gli antichi, onde una similitudine d'Omero semplicissima senza spasimi e senza svenimenti, e un'ode d'Anacreonte, vi destano una folla di fantasie, e vi riempiono la mente e il cuore senza paragone più che cento mila versi sentimentali; perchè quivi parla la natura, e qui parla il poeta: e non si **[17]** avvedono che appunto questo grand'ideale dei tempi nostri, questo conoscere così intimamente il cuor nostro, questo analizzarne, prevederne, distinguerne ad uno ad uno tutti i più minuti affetti, quest'arte insomma psicologica, distrugge l'illusione senza cui non ci sarà poesia in sempiterno, distrugge la grandezza dell'animo e delle azioni; (v. quel che ho detto in altro pensiero) e che mentre l'uomo (preso in grande) si allontana da quella puerizia, in cui tutto è singolare e maraviglioso, in cui l'immaginazione par che non abbia confini, da quella puerizia che così era propria del mondo a tempo degli antichi, come è propria di ciascun uomo al suo tempo, perde la capacità di esser sedotto, diventa artificioso e malizioso, non sa più palpitare per una cosa che conosce vana, cade tra le branche della ragione, e se anche palpita (*perchè il cuor nostro non è cangiato ma la mente sola*), questa benedetta mente gli va a ricercare tutti i secreti di questo palpito, e svanisce ogn'ispirazione, svanisce ogni poesia; e non si avvedono che s'è perduto il linguaggio della natura, e che questo sentimentale non è altro che l'invecchiamento dell'animo nostro, e non ci permette più di parlare se non con arte, e che quella santa semplicità, che dalla natura non può sparire perchè la natura coll'uomo non invecchia, e la qual

de seu; eis o grande pecado da poesia antiga, que por isso não é mais poesia e os modernos vencem muitas vezes mais os antigos, etc., etc. E não se apercebem os românticos de que, se esses sentimentos são produzidos pela *nua* natureza, para despertá-los é preciso imitar a *nua* natureza, e aqueles simples e inocentes objetos, que *por sua própria força, inconscientemente* produzem em nosso espírito aqueles efeitos, é preciso transportá-los à poesia assim como são, nem mais nem menos, tão bem e divinamente imitados e, uma vez acrescentada a eles a surpresa e a atenção às suas diminutas partes que, na realidade, não se notavam, e na imitação se notam, é forçoso que despertem em nós esses mesmos sentimentos que os poetas modernos vão buscando, esses sentimentos que não sabem despertar muito em nós; e que o poeta, quanto mais fala por si, e quanto mais acrescenta de seu, menos imita (coisa já observada por Aristóteles, ao qual, querendo ou não, sem percebê-lo, retorna-se) e que o sentimental não é produzido pelo sentimental, mas pela natureza *tal como é*, e é preciso imitar a natureza *tal como é*, e como a imitaram os antigos, razão pela qual uma similitude de Homero, simplicíssima, sem espasmos e sem desmaios, e uma ode de Anacreonte despertam uma profusão de fantasias e preenchem a mente e o coração sem paralelo, mais do que cem mil versos sentimentais; porque ali fala a natureza e aqui fala o poeta: e os românticos não se **[17]** apercebem de que justamente o grande ideal de nossos tempos, conhecer tão intimamente o coração nosso, analisar, prevenir, distinguir um a um todos os seus mais diminutos afetos, essa arte, em suma, psicológica, destrói a ilusão sem a qual não existirá poesia em sempiterno, destrói a grandeza de ânimo e das ações (ver o que eu disse em outro pensamento) e que, enquanto o homem (visto em abrangência) se distancia da infância, em que tudo é singular e maravilhoso, em que a imaginação parece não ter confins, da infância que assim era própria do mundo no tempo dos antigos, como é própria de cada homem em seu tempo, perde a capacidade de ser seduzido, torna-se artificioso e malicioso, não sabe mais palpitar por uma coisa que entende vã, cai nas garras da razão, e se ainda palpita (*porque o coração nosso não mudou, apenas a mente*), essa bendita mente vai à procura de todos os segredos desse palpitar e desvanece toda inspiração, desvanece toda poesia; e não se apercebem de que se perdeu a linguagem da natureza e que o sentimental não é senão o envelhecimento do espírito nosso e não nos permite mais falar senão com arte, e que aquela santa simplicidade que não pode desaparecer da natureza, porque a natureza

sola ci può destare quei veri e dolci sentimenti che andiamo cercando, non è più propria di noi come era propria degli antichi, e che però per parlare come questa semplicità parla, e come insegna la natura, e destare quei sentimenti che la sola natura può destare, è forza in questo tristissimo secolo di ragione e di lume, che fuggiamo da noi stessi, e vediamo come parlavano gli antichi che erano ancora fanciulli, e con occhi non maliziosi nè curiosacci ma ingenui e purissimi vedevano la santa natura e la dipingevano: e insomma non si avvedono che essi amici della natura sola, vengono in effetto a predicar l'arte, e noi amici dell'arte veniamo verissimamente a predicar la natura. Qui cadrebbe in acconcio il discorrere dell'affettazione che è il vizio generale nelle arti belle e abbraccia quasi tutti i vizi, e come il sentimentale sia facilissimamente pura affettazione, e come spessissimo invece di destare quei sentimenti che vorrebbe, gli spenga, quando forse quel tale oggetto naturale o veduto o descritto li veniva destando, e come questi sentimenti sieno d'infinita verecondia ec. ec. Ma quel ridurre che fa il Breme la poesia moderna al solo patetico (distinguetelo pur quanto volete dal malinconico come di sopra ho detto), quasi che il sublime, l'impetuoso, l'esultante, il giubilante (so bene che anche la gioja può esser patetica, ma non nei casi ch'io dico) il grazioso disinvolto e insomma quasi tutta la poesia degli antichi, l'epopea, la lirica quando non è sentimentale, i cantici di trionfo, le descrizioni delle battaglie, i salmi di Davidde le odi di Anacreonte ec. ec. ec. non fosse poesia, o almeno ai moderni non paresse più tale, o almeno (non si sa poi perchè, quando non si ammettano le due cose precedenti) dai moderni non dovesse più esser coltivata; come non deve parere una pazzia difficile a credere che sia caduta in testa d'un uomo savio? Dunque Virgilio non è poeta altro che nel quarto dell'*Eneide*, e nell'episodio di Niso ed Eurialo, e che so io? dunque **[18]** non ci sarà più altro che un solo genere di poesia? e in uno stesso componimento non si dovrà più tenere altro che un tuono solo? (E dopo tutto questo ci rinfacciano la monotonia delle favole antiche.) Ma che? abbiamo mutato natura affatto? non c'è più gioja se non mezzo malinconica, non c'è più ira, non c'è più grandezza e altezza di pensieri, senza quel condimento di patetico ec. ec.? (E se la poesia è arte imitativa e il suo fine è il dilettare, nè deve imitare una cosa sola, nè una sola cosa diletta ec. E in genere non pare che il Breme faccia gran caso della natura e del fine della poesia che

não envelhece com o homem, e somente ela nos pode despertar aqueles verdadeiros e doces sentimentos que andamos buscando, não é mais própria de nós como era própria dos antigos, e que por isso, para falar como essa simplicidade fala, e como ensina a natureza, e despertar os sentimentos que somente a natureza pode despertar, é forçoso, neste tristíssimo século de razão e de luz, que fujamos de nós mesmos e vejamos como falavam os antigos que eram ainda como as crianças, com olhos, nem maliciosos nem curiosos, mas ingênuos e puríssimos, viam a santa natureza e a descreviam: e, em suma, não se apercebem de que eles, amigos somente da natureza, vêm com efeito pregar a arte, e nós, amigos da arte, vimos verdadeiramente pregar a natureza. Aqui seria oportuno discorrer sobre a afetação que é o vício geral nas artes belas e abraça quase todos os vícios, e como o sentimental é facilmente pura afetação, e como muitas vezes, em vez de despertar os sentimentos de que gostaria, apaga-os, quando talvez esse objeto natural, ou visto ou descrito, vinha despertando-os, e como esses sentimentos são de infinita verecúndia, etc., etc. Mas, como faz Breme, reduzir a poesia moderna apenas ao patético (distingam-no até quanto quiserem do melancólico, como falei acima), quase que o sublime, o impetuoso, o exultante, o jubiloso (sei bem que até a alegria pode ser patética, mas não nos casos de que falo), o gracioso, o desenvolto e, em suma, quase toda a poesia dos antigos – a epopeia, a lírica quando não é sentimental, os cânticos de triunfo, as descrições de batalhas, os salmos de David, as odes de Anacreonte, etc., etc. – não fosse poesia, ou, pelo menos, assim não mais parecesse aos modernos, ou, pelo menos (pois, não se sabe por que, quando não se admitem as duas coisas precedentes) não devesse mais ser cultivada pelos modernos; como não deve parecer uma loucura difícil de acreditar que tenha passado na mente de um homem sábio? Então Virgílio não é poeta a não ser no livro IV da *Eneida* e no episódio de Niso e Euríalo e coisas do gênero? Então **[18]** não existirá mais do que um gênero de poesia? E em uma mesma composição não se deverá ter mais que um único tom? (E, depois disso tudo, criticam-nos a monotonia das fábulas antigas).

E então? Mudamos completamente de natureza? Não há mais alegria senão meio melancólica, não há mais ira, não há mais grandeza e elevação de pensamentos, sem o condimento do patético, etc., etc.? (E se a poesia é arte imitativa, e o seu fim é o deleitar, não deve imitar uma coisa só, nem uma só coisa agrada, etc. E, em geral, não parece que

consiste in dilettare col mezzo della maraviglia prodotta dall'imitazione ec.) Ma queste son follie, di cui è soverchio parlare. A tener dietro con diligenza ai ragionamenti del Breme ci si scopre una contraddizione nascosta, ma realissima e fondamentale così del suo sistema come del romantico. Da principio dice che gli antichi credevano tutto e si persuadevano di mille pazzie, che l'ignoranza il timore i pregiudizi e somministravano allora gran materia alla loro poesia, e non possono più somministrarne ai tempi nostri; insomma evidentemente par che venga a conchiudere, che la poesia nostra bisogna che sia ragionevole, e in proporzione coi lumi dell'età nostra, e in fatti dice che ce la debbono somministrare la religione, la filosofia, le leggi di società ec. ec. E così dicono i romantici.

Breme se importe com a natureza e com o fim da poesia, que consiste em deleitar por meio da surpresa produzida pela imitação, etc.). Mas essas são loucuras das quais é inútil falar. Seguindo com atenção as reflexões de Breme, descobre-se uma contradição oculta mas realíssima e fundamental tanto do seu sistema quanto do romântico. A princípio, ele diz que os antigos acreditavam em tudo e se persuadiam de mil loucuras, que a ignorância, o temor, os preconceitos subministravam então grande matéria à sua poesia, e eles não podem mais subministrar matéria nos tempos nossos; em suma, evidentemente parece concluir que a poesia nossa necessita ser racional e adequada aos lumes da época nossa, e de fato diz que devem subministrá-la a religião, a filosofia, as leis da sociedade, etc., etc. E assim dizem os românticos [...].

[1] Extraídos da edição de Giuseppe Pacella, V. I, II e III. Milano: Garzanti, 1991, 5473 p.

A confissão de um filho do século
Alfred de Musset

Introdução

Alfred de Musset nasceu em 1810, no seio de uma família da pequena nobreza, amorosa e culta. Ainda muito jovem, começa a frequentar os cenáculos[1] românticos – primeiro o de Charles Nodier, em seguida, o de Victor Hugo. Em 1829, seus poemas *Contes d'Espagne et d'Italie* causam profunda impressão, pelo virtuosismo e a impertinência dos versos. Além de poeta, foi dramaturgo e romancista. Morreu em maio de 1857.

O extrato a seguir é composto dos dois primeiros capítulos do romance *A confissão de um filho do século*, que Musset publica pela primeira vez em 1836. A escolha desse entrecho como representante romântico da literatura francesa oitocentista merece algumas explicações. Certamente ele não pode ser considerado uma das atas de nascimento do Romantismo francês, título que pertence ou bem a *Le génie du christianisme* de Chateaubriand ou ainda aos títulos de Madame de Staël *De la littérature* e *De l'Allemagne*.[2] Tampouco seu autor seria um perfeito exemplar dessa escola na França – como seria o caso de um Hugo, de um Vigny ou de Gautier –, já que Musset, malgrado o potencial romanesco de sua biografia (talento precoce, vida boêmia, amores ferozes, morte prematura) e embora se aproxime da *Jeune France*, rapidamente dela se afasta, preferindo sua independência à arregimentação.[3]

---

[1] Assim eram chamadas as reuniões de artistas na França oitocentista, em particular aqueles de sensibilidade romântica. Dois cenáculos tiveram papel de destaque na difusão do Romantismo: o de Charles Nodier e o de Victor Hugo. Musset frequentou, por algum tempo, ambos os grupos.

[2] Trechos das três obras foram recentemente publicados em português, em SOUZA, Roberto Acízelo de (Org). *Uma ideia moderna de literatura: textos seminais para os estudos literários (1688-1922)*. Chapecó: Argos, 2011. Essa obra faz referência a uma tradução de *O gênio do cristianismo*, assinada por Camilo Castelo Branco (Porto: Lello & Irmão, 1897), mas não repertoria qualquer tradução em português dos títulos de Madame de Staël, além dessas assinadas por Roberto Acízelo.

[3] *Jeune France* (Jovem França) ou ainda *Petit Cénacle* (Pequeno cenáculo) são termos pelos quais se designava um grupo de jovens artistas românticos que, em meados de 1830, se organizaram em torno de Victor Hugo. Sobre o assunto, o leitor pode se reportar ao texto memorialístico de um de seus participantes, Théophile Gautier, *Histoire du Romantisme*.

A aparente arbitrariedade dessa escolha se desfaz, porém, face ao modo como esse autor e esse texto se relacionam com o Romantismo. De maneira ampla, a vertente francesa do movimento não se distingue de suas congêneres, antes se identificando a elas, que mais não seja pela forte influência que sofreu, sobretudo do movimento alemão e inglês. Assim, quando se considera o Romantismo como algo mais do que um estilo de época ou um conceito exclusivo da história literária, essas semelhanças tendem a se mostrar na ideia de que romântica foi, antes de tudo, uma experiência histórica concreta, em face da qual reagiram, diversamente, diferentes autores, propondo respostas muitas vezes divergentes para um problema mais ou menos comum: a percepção de um presente dissociado do passado, prenúncio de um futuro que é pura interrogação. "Tudo o que era não é mais; tudo o que será não é ainda. Não procureis alhures o segredo de nossos males" – dirá Musset. Sob esse prisma, "a unidade [do movimento] procede muito mais de seus questionamentos do que das respostas que propôs."[4]

Mas se essa imbricação entre sensibilidade literária e experiência histórica é um dado fundamental para os mais diversos romantismos europeus, na França, o laço parece ainda mais apertado, que mais não seja pelo impacto muito direto das revoluções no cenário sociocultural do país. Das revoluções e não apenas da Revolução: afinal, 1789 representa, no horizonte de futuro do século XIX, apenas a primeira ruptura de uma série que custa a se interromper. Assim, se o romantismo francês quis ser "a expressão do presente, da diferença do presente", sua historicidade repousa nos sobressaltos de 1789, 1793, 1830, 1848, 1871.[5]

É nessa medida que os dois primeiros capítulos de *A confissão de um filho do século* se mostram exemplos perfeitos do Romantismo na França, visto que indissociáveis, tanto no tema quanto no estilo, da experiência da ruptura histórica e do esgarçamento simbólico, típicos dessa era de Revoluções.

O livro

> ...*acho que vou fazer um romance sobre nós. Tenho muita vontade de escrever nossa história.*
>
> (Carta de Musset a George Sand)

A escrita de *A confissão de um filho do século* tem bastidores picantes. A primeira vista, o livro seria um acerto de contas com Georges Sand, com quem Musset manteve um envolvimento amoroso tão intenso quanto

---

[4] MILLET, Claude. *Le Romantisme*, p. 21.
[5] MILLET, Claude. *Le Romantisme*, p. 12.

instável e por quem fora abandonado, num contexto que mistura libertinagem, doenças e traições. Mas o romance prometido não chega a se configurar exatamente como uma autobiografia, embora haja muito de Musset no protagonista Octave.

Com efeito (e não obstante as notas privadas), parece abusivo sustentar uma leitura exclusivamente referencial de um texto que se caracterizaria justamente por uma "língua atormentada pelo sentido, [por] um dizer que se tornou perigoso, que nomeando, anula...".[6] Esse tormento dos sentidos, se evoca a paixão frustrada por Sand, evoca sobretudo as paixões frustradas de uma época, de uma geração. Não por acaso, os dois primeiros capítulos vêm a público anunciar o quanto os males privados são irrisórios – quando não interdependentes – dos males públicos:

> Para escrever a história de sua vida, é antes necessário ter vivido; por isso, não é a minha que eu escrevo. [...] Se eu fosse o único doente, não diria nada a respeito; mas como há muitos além de mim que sofrem do mesmo mal, escrevo para eles, sem saber muito bem se me ouvirão; mas ainda que ninguém me escute, terei conseguido extrair das minhas palavras o benefício do meu restabelecimento, fazendo como a raposa que, presa numa armadilha, rói seu pé cativo.

Livro que se faz na automutilação, ele vem trazer à cena outra mutilação, ainda mais radical e inelutável: a perda dos referenciais e dos princípios que funda a modernidade a partir do advento das revoluções. O mal do século mussetiano é, portanto, um mal secular, resultado não exatamente de uma má história, mas de uma história perversa, porque hábil como nenhuma outra a fazer tábula rasa dos princípios e das crenças comuns.

Sua principal perversão – diz Musset – não está nos rios de sangue que banharam a Europa de Napoleão, nem na guilhotina ensandecida do Terror revolucionário, mas nos efeitos simbólicos que tais rupturas anunciam. Mais devastadora do que a morte dos homens será, então, a morte dos símbolos e dos princípios pelos quais esses homens morreram. E não sendo essa violência um dado extrínseco ou extemporâneo ao tempo mas, antes, seu próprio ser, o vazio da experiência do tempo presente se torna, agora, um vazio que é próprio da condição do homem moderno:

> [...] um homem cuja casa cai em ruínas; [...] [seus] escombros jazem sobre seu campo, e ele espera pedras novas para seu novo edifício. No momento em que está prestes a talhar suas pedras e a fazer seu cimento, a enxada nas mãos e a camisa arregaçada, chegam para lhe dizer que faltam pedras e para aconselhá-lo a reaproveitar as velhas.

---

[6] REID, Martine. La confession selon Musset, 58. *In: Littérature*, n. 67, 1887. Le mystérieux des familles. Écriture et parenté, p. 53-72.

E assim,

> [...] não tendo mais sua casa velha e não tendo ainda sua nova, não sabe como se proteger da chuva, nem como preparar sua refeição da noite, nem onde trabalhar, nem onde repousar, nem onde viver, nem onde morrer; e seus filhos são recém-nascidos.

★★★

A tradução a seguir foi feita a partir de duas edições GF-Flammarion: a de 1993, estabelecida e prefaciada por Daniel Leuwers, e a de 2010, com apresentação, notas, dossier, cronologia e bibliografia assinados por Sylvain Ledda.

Originalmente, o livro apresenta duas versões distintas – a primeira edição, de 1836, e a segunda, de 1840, na qual Musset procedeu a uma série de cortes. Após a morte do autor, seu irmão, Paul de Musset, doravante responsável pela obra, propõe uma terceira versão, retomando a primeira versão, mas dispondo entre colchetes os trechos cortados pelo autor, a fim de que "o leitor pudesse reconhecê-los e julgá-los".[7] Procedimento também adotado na versão de Leuwers e na de Ledda, por conseguinte, adotado nesta tradução.

Maria Juliana Gambogi Teixeira

Referências

BENICHOU, Paul. L'école du désenchantement. *In*: *Romantismes français II*. Paris: Gallimard, 2004.

GAUTIER, Théophile. *Histoire du Romantisme suivi de Quarante protraits romantiques*. Paris: Gallimard, 2011.

LEUWERS, Daniel. Préface. *In*: MUSSET, Alfred. *La confession d'un enfant du siècle*. Paris: Gallimard, 1993.

MILLET, Claude. *Le Romantisme*. Paris: Librairie Générale Française, 2007.

MILNER, Max; PICHOIS, Claude. *Histoire de la littérature française – de Chateaubriand à Baudelaire*. Paris: Flammarion, 1996.

MUSSET. *La confession d'un enfant du siècle*. Paris: Gallimard, 1993

REID, Martine. La confession selon Musset. *Littérature*. Le Mystérieux des Familles. Écriture et Parenté, v. 67, n. 67, p. 53-72, 1987.

RINCÉ, Dominique; LECHERBONNIER, Bernard; MITTERAND, Henri; NORA, Pierre. *Littérature – textes et documents – XIX*. Paris: Nathan, 1986.

VAILLANT, Alain; BERTRAND, Jean-Pierre; REGNIER, Philippe. *Histoire de la littérature française du XIXe siècle*. Rennes: Presses Universitaires de Rennes, 2006.

---

[7] LEUWERS, Daniel. Préface. *In*: MUSSET, Alfred. *La confession d'un enfant du siècle*, p. 16.

La confession d'un enfant du siecle

Alfred de Musset

Chapitre premier

Pour écrire l'histoire de sa vie, il faut d'abord avoir vécu ; aussi n'est-ce pas la mienne que j'écris.

Mais de même qu'un blessé atteint de la gangrène s'en va dans un amphithéâtre se faire couper un membre pourri; et le professeur qui l'ampute, couvrant d'un linge blanc le membre séparé du corps, le fait circuler de mains en mains par tout l'amphithéâtre, pour que les élèves l'examinent; de même, lorsqu'un certain temps de l'existence d'un homme, et, pour ainsi dire, un des membres de sa vie, a été blessé et gangrené par une maladie morale, il peut couper cette portion de lui-même, la retrancher du reste de sa vie, et la faire circuler sur la place publique, afin que les gens du même âge palpent et jugent la maladie.

Ainsi, ayant été atteint, dans la première fleur de la jeunesse, d'une maladie morale abominable, je raconte ce qui m'est arrivé pendant trois ans. Si j'étais seul malade, je n'en dirais rien; mais comme il y en a beaucoup d'autres que moi qui souffrent du même mal, j'écris pour ceux-là, sans trop savoir s'ils y feront attention; car, dans le cas où personne n'y prendrait garde, j'aurai encore retiré ce fruit de mes paroles de m'être mieux guéri moi-même, et, comme le renard pris au piège, j'aurai rongé mon pied captif.

A confissão de um filho do século

Alfred de Musset

Tradução e notas de
Maria Juliana Gambogi Teixeira e
Luana Marinho Duarte[1]

PRIMEIRA PARTE

Primeiro capítulo

Para escrever a história de sua vida, é antes necessário ter vivido; por isso, não é a minha que eu escrevo.

[Mas assim como um ferido, atacado pela gangrena, vai a um anfiteatro[2] para que lhe cortem o membro podre; e o professor que o amputa, cobrindo com um pano branco o membro separado do corpo, o faz circular de mão em mão por todo o anfiteatro para que os alunos o examinem; assim também, quando um certo período da existência de um homem, e, por assim dizer, um dos membros de sua vida foi ferido e gangrenado por uma doença moral, ele pode cortar essa porção de si mesmo, suprimi-la do resto de sua vida, e fazê-la circular em praça pública, a fim de que os da mesma geração a examinem e julguem a doença.

Desse modo,][3] tendo sido atingido, na primeira florada da juventude, por uma doença moral abominável, relato o que me aconteceu durante três anos. Se eu fosse o único doente, não diria nada a respeito; mas como há muitos além de mim que sofrem do mesmo mal, escrevo para eles, sem saber muito bem se me ouvirão; mas ainda que ninguém me escute, terei conseguido extrair das minhas palavras o benefício do meu restabelecimento, fazendo como a raposa que, presa numa armadilha, rói seu pé cativo.

Chapitre II

Pendant les guerres de l'empire, tandis que les maris et les frères étaient en Allemagne, les mères inquiètes avaient mis au monde une génération ardente, pâle, nerveuse. Conçus entre deux batailles, élevés dans les collèges aux roulements de tambours, des milliers d'enfants se regardaient entre eux d'un œil sombre, en essayant leurs muscles chétifs. De temps en temps leurs pères ensanglantés apparaissaient, les soulevaient sur leurs poitrines chamarrées d'or, puis les posaient à terre et remontaient à cheval.

Un seul homme était en vie alors en Europe ; le reste des êtres tâchait de se remplir les poumons de l'air qu'il avait respiré. Chaque année, la France faisait présent à cet homme de trois cent mille jeunes gens ; et lui, prenant avec un sourire cette fibre nouvelle arrachée au cœur de l'humanité, il la tordait entre ses mains, et en faisait une corde neuve à son arc ; puis il posait sur cet arc une de ces flèches qui traversèrent le monde, et s'en furent tomber dans une petite vallée d'une île déserte, sous un saule pleureur.

Jamais il n'y eut tant de nuits sans sommeil que du temps de cet homme ; jamais on ne vit se pencher sur les remparts des villes un tel peuple de mères désolées ; jamais il n'y eut un tel silence autour de ceux qui parlaient de mort. Et pourtant jamais il n'y eut tant de joie, tant de vie, tant de fanfares guerrières dans tous les cœurs ; jamais il n'y eut de soleils si purs que ceux qui séchèrent tout ce sang. On disait que Dieu les faisait pour cet homme, et on les appelait ses soleils d'Austerlitz. Mais il les faisait bien lui-même avec ses canons toujours tonnants, et qui ne laissaient de nuages qu'aux lendemains de ses batailles.

C'était l'air de ce ciel sans tache, où brillait tant de gloire, où resplendissait tant d'acier, que les enfants respiraient alors. Ils savaient bien qu'ils étaient destinés aux hécatombes ; mais ils croyaient Murat invulnérable, et on avait vu passer l'empereur sur un pont où sifflaient tant de balles, qu'on ne savait s'il pouvait mourir. Et quand même on aurait dû mourir, qu'était-ce que cela ? La mort elle-même était si belle alors, si grande, si magnifique, dans sa pourpre fumante ! Elle ressemblait si bien à l'espérance, elle fauchait de si verts épis qu'elle en était comme devenue jeune, et qu'on ne croyait plus à la vieillesse.

Capítulo II

Durante as guerras do Império, enquanto maridos e irmãos estavam na Alemanha, mães ansiosas puseram no mundo uma geração ardente, pálida, nervosa. Concebidas entre duas batalhas, educadas ao som do rufo dos tambores, milhares de crianças se mediam com o olhar sombrio, enquanto testavam seus músculos raquíticos. De tempos em tempos, os pais, ensanguentados, ressurgiam, os erguiam na altura do peito agaloado de ouro, depois os colocavam no chão e remontavam no cavalo.

Um único homem[4] estava vivo na Europa naquela época; o resto dos seres tentava encher os pulmões com o ar que ele havia respirado. A cada ano, a França presenteava esse homem com trezentos mil jovens; e ele, recebendo com um sorriso essa carne nova recém-arrancada ao coração da humanidade, a torcia entre suas mãos e com ela fazia outra corda para seu arco; em seguida, encaixava no arco uma daquelas flechas que atravessaram o mundo e que acabaram caindo num pequeno vale de uma ilha deserta, sob um salgueiro-chorão.[5]

Nunca antes houve tantas noites sem sono quanto as do tempo daquele homem; nunca antes se viu debruçar por sobre as muralhas das cidades tamanha população de mães desoladas; nunca antes houve tamanho silêncio em torno daqueles que falavam de morte. E, entretanto, nunca antes houve tanta alegria, tanta vida, tantas fanfarras guerreiras em todos os corações; nunca antes existiram sóis tão puros quanto aqueles que secaram todo aquele sangue. Dizia-se que Deus os fazia para aquele homem, e eram chamados seus sóis de Austerlitz.[6] Mas era ele mesmo quem os fazia, com seus canhões sempre tonitruantes, e que só se anuviavam no dia seguinte às batalhas.

Era o ar daquele céu sem mancha, onde brilhava tanta glória, onde resplandecia tanto aço, que as crianças de então respiravam. Elas sabiam muito bem que estavam destinadas às hecatombes; mas sabiam Murat invulnerável e tinham visto o imperador atravessar uma ponte[7] por sobre a qual silvavam tantas balas que já não se sabia se ele poderia morrer ou não. E ainda que morrêssemos, o que isso significaria? Pois a morte, então, era tão bela, tão grande, tão magnífica em sua púrpura fumegante! Ela assemelhava-se tanto à esperança, ceifava espigas tão verdes que era como se ela tivesse se tornado jovem, como se não mais

Tous les berceaux de France étaient des boucliers ; tous les cercueils en étaient aussi ; il n'y avait vraiment plus de vieillards ; il n'y avait que des cadavres ou des demi-dieux.

Cependant l'immortel empereur était un jour sur une colline à regarder sept peuples s'égorger ; comme il ne savait pas encore s'il serait le maître du monde ou seulement de la moitié, Azraël passa sur la route ; il l'effleura du bout de l'aile, et le poussa dans l'Océan. Au bruit de sa chute, les vieilles croyances moribondes se redressèrent sur leurs lits de douleur, et, avançant leurs pattes crochues, toutes les royales araignées découpèrent l'Europe, et de la pourpre de César se firent un habit d'Arlequin.

De même qu'un voyageur, tant qu'il est sur le chemin, court nuit et jour par la pluie et par le soleil, sans s'apercevoir de ses veilles ni des dangers ; mais dès qu'il est arrivé au milieu de sa famille et qu'il s'assoit devant le feu, il éprouve une lassitude sans bornes et peut à peine se traîner à son lit ; ainsi la France, veuve de César, sentit tout à coup sa blessure. Elle tomba en défaillance, et s'endormit d'un si profond sommeil que ses vieux rois, la croyant morte, l'enveloppèrent d'un linceul blanc. La vieille armée en cheveux gris rentra épuisée de fatigue, et les foyers des châteaux déserts se rallumèrent tristement.

Alors ces hommes de l'Empire, qui avaient tant couru et tant égorgé, embrassèrent leurs femmes amaigries et parlèrent de leurs premières amours ; ils se regardèrent dans les fontaines de leurs prairies natales, et ils s'y virent si vieux, si mutilés, qu'ils se souvinrent de leurs fils, afin qu'on leur fermât les yeux. Ils demandèrent où ils étaient ; les enfants sortirent des collèges, et ne voyant plus ni sabres, ni cuirasses, ni fantassins, ni cavaliers, ils demandèrent à leur tour où étaient leurs pères. Mais on leur répondit que la guerre était finie, que César était mort, et que les portraits de Wellington et de Blücher étaient suspendus dans les antichambres des consultats et des ambassades, avec ces deux mots au bas : *Salvatoribus mundi.*

Alors s'assit sur un monde en ruines une jeunesse soucieuse. Tous ces enfants étaient des gouttes d'un sang brûlant qui avait inondé la terre ; ils étaient nés au sein de la guerre, pour la guerre. Ils avaient rêvé pendant quinze ans des neiges de Moscou et du soleil des Pyramides ; on les avait trempés dans le mépris de la vie comme de jeunes épées. Ils n'étaient pas sortis de leurs villes, mais on leur avait dit que

acreditássemos na velhice. Todos os berços da França eram escudos; todas as tumbas, também; na verdade, não havia mais pessoas velhas; somente cadáveres ou semideuses.

Todavia, o imortal imperador estava um dia em uma colina, olhando sete povoados se massacrarem; como ainda não soubesse se seria dono de todo o mundo ou somente da metade, Azraël passou pela estrada; com a ponta da asa, ele o roça e o empurra para dentro do oceano. Ao barulho de sua queda, as velhas crenças moribundas se reergueram em seus leitos de dor; avançando as patas recurvas, todas as reais aranhas recortaram a Europa e, com a púrpura do César, fizeram para si um traje de Arlequim.

Assim como um viajante que, enquanto está na estrada, anda noite e dia, faça chuva, faça sol, sem se dar conta nem das vigílias nem dos perigos; mas que, tão logo chega ao seio de sua família e se senta diante do fogo, experimenta um cansaço sem limites e mal consegue se arrastar até sua cama; assim a França, viúva de César, sentiu instantaneamente sua ferida. Ela desfaleceu e caiu num sono tão profundo que seus velhos reis, considerando-a morta, envolveram-na numa mortalha branca.[8] O velho exército de cabelos grisalhos voltou, esgotado de cansaço, e as lareiras dos castelos desertos reacenderam-se tristemente.

Então, aqueles homens do Império, que tanto haviam corrido e massacrado, abraçaram suas mulheres emaciadas e falaram de seus primeiros amores; mirando-se nas fontes de suas pradarias natais, descobriram-se tão velhos, tão desfigurados, que se lembraram de seus filhos, a fim de que se lhes fechassem os olhos. Perguntaram onde estavam; as crianças saíram dos colégios e, não vendo mais nem sabres, nem couraças, nem infantaria, nem cavaleiros, perguntaram por sua vez onde estavam seus pais. Foi-lhes respondido que a guerra havia acabado, que César estava morto e que retratos de Wellington e de Blücher[9] decoravam as antecâmaras dos consulados e das embaixadas, acompanhados da seguinte legenda: *Salvatoribus mundi.*[10]

Então, num mundo em ruínas, se assentou uma juventude apreensiva. Todas essas crianças eram gotas de um sangue fervilhante que inundara a terra; elas haviam nascido no seio da guerra, para a guerra. Haviam sonhado, durante quinze anos, com as neves de Moscou e com o sol das Pirâmides [; e tinham sido forjadas no desprezo da vida, como jovens espadas]. Ainda não tinham saído de suas cidades, mas lhes

par chaque barrière de ces villes on allait à une capitale d'Europe. Ils avaient dans la tête tout un monde ; ils regardaient la terre, le ciel, les rues et les chemins ; tout cela était vide, et les cloches de leurs paroisses résonnaient seules dans le lointain.

De pâles fantômes, couverts de robes noires, traversaient lentement les campagnes ; d'autres frappaient aux portes des maisons, et dès qu'on leur avait ouvert, ils tiraient de leurs poches de grands parchemins tout usés, avec lesquels ils chassaient les habitants. De tous côtés arrivaient des hommes encore tout tremblants de la peur qui leur avait pris à leur départ, vingt ans auparavant. Tous réclamaient, disputaient et criaient ; on s'étonnait qu'une seule mort pût appeler tant de corbeaux.

Le roi de France était sur son trône, regardant çà et là s'il ne voyait pas une abeille dans ses tapisseries. Les uns lui tendaient leur chapeau, et il leur donnait de l'argent ; les autres lui montraient un crucifix, et il le baisait ; d'autres se contentaient de lui crier aux oreilles de grands noms retentissants, et il répondait à ceux-là d'aller dans sa grand'salle, que les échos en étaient sonores ; d'autres encore lui montraient leurs vieux manteaux, comme ils en avaient bien effacé les abeilles, et à ceux-là il donnait un habit neuf.

Les enfants regardaient tout cela, pensant toujours que l'ombre de César allait débarquer à Cannes et souffler sur ces larves ; mais le silence continuait toujours, et l'on ne voyait flotter dans le ciel que la pâleur des lis. Quand les enfants parlaient de gloire, on leur disait : Faites-vous prêtres ; quand ils parlaient d'ambition : Faites-vous prêtres ; d'espérance, d'amour, de force, de vie : Faites-vous prêtres.

Cependant, il monta à la tribune aux harangues un homme qui tenait à la main un contrat entre le roi et le peuple ; il commença à dire que la gloire était une belle chose, et l'ambition et la guerre aussi ; mais qu'il y en avait une plus belle, qui s'appelait la liberté.

Les enfants relevèrent la tête et se souvinrent de leurs grands-pères, qui en avaient aussi parlé. Ils se souvinrent d'avoir rencontré, dans les coins obscurs de la maison paternelle, des bustes mystérieux avec de longs cheveux de marbre et une inscription romaine ; ils se souvinrent d'avoir vu le soir, à la veillée, leurs aïeules branler la tête et parler d'un fleuve de sang bien plus terrible encore que celui de l'empereur. Il y avait pour eux dans ce mot de liberté quelque chose qui leur faisait

disseram que, por cada qual das estradas, chegava-se a uma capital da Europa. Tinham na cabeça todo um mundo; olhavam a terra, o céu, as ruas e os caminhos; tudo aquilo estava vazio, e apenas os sinos de suas paróquias ressoavam no horizonte.

Pálidos fantasmas, cobertos por mantos pretos, atravessaram lentamente os campos;[11] outros batiam às portas das casas e, assim que estas lhes eram abertas, eles tiravam de seus bolsos grandes pergaminhos completamente gastos, com os quais expulsavam os habitantes.[12] De todos os cantos, chegavam homens ainda trêmulos do medo que se havia apoderado deles no momento da partida, vinte anos antes. Eles protestavam, contestavam, gritavam; era impressionante como uma única morte atraíra tantos corvos.

O rei da França estava em seu trono, olhando de um lado a outro, para ver se não havia nenhuma abelha em suas tapeçarias.[13] Aos que lhe estendiam o chapéu, ele dava dinheiro; outros lhe mostravam um crucifixo, e ele o beijava; outros se contentavam em lhe gritar aos ouvidos grandes nomes retumbantes, e a esses ele respondia que fossem para seu grande salão, onde os ecos eram sonoros; outros ainda lhe mostravam seus velhos casacos e como haviam exterminado devidamente as abelhas, e a esses o rei dava um traje novo.

As crianças observavam aquilo, sempre acreditando que a sombra de César iria desembarcar em Cannes e soprar sobre essas brasas;[14] mas o silêncio permanecia, e só se via no céu flutuar a palidez dos lírios. Quando as crianças falavam de glória, ouviam: "tornai-vos padres"; quando falavam de ambição: "tornai-vos padres"; de esperança, de amor, de força, de vida: "tornai-vos padres".[15]

Durante esse tempo, surgiu na tribuna um homem que trazia nas mãos um contrato entre o rei e o povo; dizia que a glória era uma coisa bela, assim como a ambição e a guerra também o eram; mas que havia coisa ainda mais bela, que se chamava liberdade.[16]

As crianças levantaram a cabeça, lembrando-se de seus avós, que também haviam falado sobre isso. Lembraram-se de ter encontrado, nos cantos escuros da casa paterna, misteriosos bustos de longos cabelos de mármore e uma inscrição romana; lembraram-se de ter visto, à noite, na véspera, os mais velhos balançarem a cabeça, falando de um rio de sangue ainda mais terrível do que o do imperador.[17] Havia para eles, nessa palavra "liberdade", algo que lhes acelerava o coração, como uma

battre le cœur à la fois comme un lointain et terrible souvenir et comme une chère espérance, plus lointaine encore.

Ils tressaillirent en l'entendant ; mais, en rentrant au logis, ils virent trois paniers qu'on portait à Clamart : c'étaient trois jeunes gens qui avaient prononcé trop haut ce mot de liberté.

Un étrange sourire leur passa sur les lèvres à cette triste vue ; mais d'autres harangueurs, montant à la tribune, commencèrent à calculer publiquement ce que coûtait l'ambition, et que la gloire était bien chère ; ils firent voir l'horreur de la guerre et appelèrent boucherie les hécatombes. Et ils parlèrent tant et si longtemps que toutes les illusions humaines, comme des arbres en automne, tombaient feuille à feuille autour d'eux, et que ceux qui les écoutaient passaient leur main sur leur front, comme des fiévreux qui s'éveillent.

Les uns disaient : Ce qui a causé la chute de l'empereur, c'est que le peuple n'en voulait plus ; les autres : Le peuple voulait le roi ; non, la liberté ; non, la raison ; non, la religion ; non, la constitution anglaise ; non, l'absolutisme ; un dernier ajouta : Non ! rien de tout cela, mais le repos. Et ils continuèrent ainsi, tantôt raillant, tantôt disputant, pendant nombre d'années, et, sous prétexte de bâtir, démolissant tout pierre à pierre, si bien qu'il ne passait plus rien de vivant dans l'atmosphère de leurs paroles, et que les hommes de la veille devenaient tout à coup des vieillards.

Trois éléments partageaient donc la vie qui s'offrait alors aux jeunes gens : derrière eux un passé à jamais détruit, s'agitant encore sur ses ruines, avec tous les fossiles des siècles de l'absolutisme ; devant eux l'aurore d'un immense horizon, les premières clartés de l'avenir ; et encore ces deux mondes... quelque chose de semblable à l'Océan qui sépare le vieux continent de la jeune Amérique, je ne sais quoi de vague et de flottant, une mer houleuse et pleine de naufrages, traversée de temps en temps par quelque blanche voile lointaine ou par quelque navire soufflant une lourde vapeur ; le siècle présent, en un mot, qui sépare le passé de l'avenir, qui n'est ni l'un ni l'autre et qui ressemble à tous deux à la fois, et où l'on ne sait, à chaque pas qu'on fait, si l'on marche sur une semence ou sur un débris.

Voilà dans quel chaos il fallut choisir alors ; voilà ce qui se présentait à des enfants pleins de force et d'audace, fils de l'empire et petits-fils de la révolution.

recordação distante e terrível, ao mesmo tempo que uma cara esperança, ainda mais distante.

Estremeceram ao escutá-los; mas, ao entrar no aposento, viram três cestos que iriam ser levados a Clamart:[18] eram três jovens que haviam pronunciado alto demais essa palavra "liberdade".

Face à triste imagem, um sorriso estranho passou por seus lábios; mas outros arengadores, subindo à tribuna, começaram a calcular publicamente quanto custava a ambição, e que a glória era bem cara; eles fizeram ver o horror da guerra e chamaram de carnificinas as hecatombes. E falaram tanto e por tanto tempo que todas as ilusões humanas, como árvores no outono, foram se desfolhando a seu redor, e quem os escutava passava as mãos pela testa, como se, febris, despertassem.

Alguns diziam: "o que causou a queda do imperador foi que o povo não o queria mais"; já outros: "o povo queria o rei"; "não, queria a liberdade"; "não, a razão"; "não, a religião"; "não, a constituição inglesa"; "não, o absolutismo". Um último completava: "não! Nada disso, mas sim a tranquilidade." [E eles continuaram assim, ora zombando, ora contestando, durante vários anos e, sobre o pretexto de construir, demoliram tudo, pedra por pedra, tão bem que não passava mais nada de vivo na atmosfera de suas palavras, e os homens da véspera logo se tornavam senis.]

Três elementos decompunham a vida que, então, se oferecia aos jovens: atrás deles, um passado para sempre destruído, ainda se movendo sobre as ruínas, com todos os fósseis dos séculos do absolutismo; diante deles, a aurora de um imenso horizonte, os primeiros fulgores do futuro; e entre esses dois mundos... algo semelhante ao oceano que separa o Velho Continente da jovem América, um não sei o quê de vago e de flutuante, um mar agitado e cheio de naufrágios, atravessado de tempos em tempos por algum barco à vela distante ou por algum navio soprando um vapor pesado: em uma palavra, o século presente, que separa o passado do futuro, que não é nem um nem outro e que, ao mesmo tempo, se assemelha a ambos, e onde, a cada passo que damos, não sabemos mais se caminhamos sobre sementes ou sobre destroços.

Eis o caos em que foi necessário escolher; eis o que se apresentava às crianças cheias de força e de audácia, filhas do Império e netas da Revolução.

Or, du passé, ils n'en voulaient plus, car la foi en rien ne se donne ; l'avenir, ils l'aimaient, mais quoi ? comme Pygmalion Galathée ; c'était pour eux comme une amante de marbre, et ils attendaient qu'elle s'animât, que le sang colorât ses veines.

Il leur restait donc le présent, l'esprit du siècle, ange du crépuscule, qui n'est ni la nuit ni le jour ; ils le trouvèrent assis sur un sac de chaux plein d'ossements, serré dans le manteau des égoïstes, et grelottant d'un froid terrible. L'angoisse de la mort leur entra dans l'âme à la vue de ce spectre moitié momie et moitié foetus ; ils s'en approchèrent comme le voyageur à qui l'on montre à Strasbourg la fille d'un vieux comte de Saverdern, embaumée dans sa parure de fiancée. Ce squelette enfantin fait frémir, car ses mains fluettes et livides portent l'anneau des épousées, et sa tête tombe en poussière au milieu des fleurs d'oranger.

Comme à l'approche d'une tempête il passe dans les forêts un vent terrible qui fait frissonner tous les arbres, à quoi succède un profond silence, ainsi Napoléon avait tout ébranlé en passant sur le monde ; les rois avaient senti vaciller leur couronne, et, portant leur main à leur tête, ils n'y avaient trouvé que leurs cheveux hérissés de terreur. Le pape avait fait trois cents lieues pour le bénir au nom de Dieu et lui poser son diadème ; mais il le lui avait pris des mains. Ainsi tout avait tremblé dans cette forêt lugubre des puissances de la vieille Europe ; puis le silence avait succédé.

On dit que, lorsqu'on rencontre un chien furieux, si l'on a le courage de marcher gravement, sans se retourner, et d'une manière régulière, le chien se contente de vous suivre pendant un certain temps, en grommelant entre ses dents ; tandis que, si on laisse échapper un geste de terreur, si on fait un pas trop vite, il se jette sur vous et vous dévore ; car une fois la première morsure faite, il n'y a plus moyen de lui échapper.

Or, dans l'histoire européenne, il était arrivé souvent qu'un souverain eût fait ce geste de terreur et que son peuple l'eût dévoré ; mais si un l'avait fait, tous ne l'avaient pas fait en même temps, c'est-à-dire qu'un roi avait disparu, mais non la majesté royale. Devant Napoléon la majesté royale l'avait fait ce geste qui perd tout, et non seulement la majesté, mais la religion, mais la noblesse, mais toute puissance divine et humaine.

Napoléon mort, les puissances divines et humaines étaient bien rétablies de fait ; mais la croyance en elles n'existait plus. Il y a un danger

Ora, do passado, não queriam mais nada, pois a fé no nada não se sustenta; o futuro, elas o amavam... mas como? Como Pigmaleão amou Galateia; para elas, o futuro era como uma amante de mármore, a qual esperavam que se animasse, que suas veias se colorissem de sangue.

Restava-lhes, então, o presente, o espírito do século, anjo do crepúsculo, que não é nem noite nem é dia; o encontraram sentado sobre um saco de cal, cheio de ossadas, espremido no casaco dos egoístas, e tremendo de um frio terrível. À vista desse espectro, meio múmia, meio feto, a angústia da morte invadiu-lhes a alma; dele se aproximaram como o viajante a quem se mostra, em Estrasburgo, a filha de um velho conde de Sarverden, embalsamada em seu traje de noiva. O esqueleto infantil dá arrepios; mãos esguias e lívidas exibem o anel de noiva, enquanto a cabeça se desfaz em meio às flores de laranjeira.

Como quando, na aproximação de uma tempestade, passa pelas florestas um vento terrível que faz tremer todas as árvores e ao qual sucede um profundo silêncio, assim Napoleão havia abalado tudo ao passar pelo mundo; os reis, sentindo vacilar suas coroas, levaram as mãos às cabeças e só encontraram seus cabelos, eriçados de terror. O papa havia percorrido trezentas léguas apenas para abençoá-lo em nome de Deus e pôr sobre sua fronte um diadema; mas ele o tomou de suas mãos. E, então, tudo tremeu na lúgubre floresta [das potências] da velha Europa; depois o silêncio sobreveio.

Dizem que, quando encontramos um cão furioso, se temos coragem para caminhar gravemente, sem nos virarmos e de forma regular, o cão se contenta em nos seguir durante certo tempo, rosnando entre os dentes; ao passo que, se deixarmos escapar um só gesto de terror, se dermos um só passo apressado demais, ele se joga sobre nós e nos devora; e uma vez dada a primeira mordida, não há mais como lhe escapar.

Ora, na história da Europa, muitas vezes aconteceu de um soberano fazer esse gesto de terror e de seu povo devorá-lo; mas se um o fazia, não o faziam todos ao mesmo tempo: quer dizer que um rei desaparecia, mas não a majestade real. Diante de Napoleão, a majestade real havia feito esse gesto que perde tudo, e não somente a majestade, mas a religião, a nobreza e toda potência divina e humana.

Napoleão morto, essas potências divinas e humanas foram restabelecidas de fato, mas a crença nelas não existia mais. Há um perigo

terrible à savoir ce qui est possible, car l'esprit va toujours plus loin. Autre chose est de se dire : Ceci pourrait être, ou de se dire : Ceci a été ; c'est la première morsure du chien.

Napoléon despote fut la dernière lueur de la lampe du despotisme ; il détruisit et parodia les rois, comme Voltaire les livres saints. Et après lui on entendit un grand bruit, c'était la pierre de Sainte-Hélène qui venait de tomber sur l'ancien monde. Aussitôt parut dans le ciel l'astre glacial de la raison ; et ses rayons, pareils à ceux de la froide déesse des nuits, versant de la lumière sans chaleur, enveloppèrent le monde d'un suaire livide.

On avait bien vu jusqu'alors des gens qui haïssaient les nobles, qui déclamaient contre les prêtres, qui conspiraient contre les rois ; on avait bien crié contre les abus et les préjugés ; mais ce fut une grande nouveauté que de voir le peuple en sourire. S'il passait un noble, ou un prêtre, ou un souverain, les paysans qui avaient fait la guerre commençaient à hocher la tête et à dire : "Ah ! celui-là en temps et lieu ; il avait un autre visage." Et quand on parlait du trône et de l'autel, ils répondaient : "Ce sont quatre ais de bois ; nous les avons cloués et décloués." Et quand on leur disait : "Peuple, tu es revenu des erreurs qui t'avaient égaré ; tu as rappelé tes rois et tes prêtres" ; ils répondaient : "Ce n'est pas nous ; ce sont ces bavards-là." Et quand on leur disait : "Peuple, oublie le passé, laboure et obéis", ils se redressaient sur leurs sièges, et on entendait un sourd retentissement. C'était un sabre rouillé et ébréché qui avait remué dans un coin de la chaumière. Alors on ajoutait aussitôt : "Reste en repos du moins ; si on ne te nuit pas, ne cherche pas à nuire." Hélas ! ils se contentaient de cela.

Mais la jeunesse ne s'en contentait pas. Il est certain qu'il y a dans l'homme deux puissances occultes qui combattent jusqu'à la mort ; l'une, clairvoyante et froide, s'attache à la réalité, la calcule, la pèse, et juge le passé ; l'autre a soif de l'avenir et s'élance vers l'inconnu. Quand la passion emporte l'homme, la raison le suit en pleurant et en l'avertissant du danger ; mais dès que l'homme s'est arrêté à la voix de la raison, dès qu'il s'est dit : C'est vrai, je suis un fou ; où allais-je ? la passion lui crie : Et moi, je vais donc mourir ?

Un sentiment de malaise inexprimable commença donc à fermenter dans tous les cœurs jeunes. Condamnés au repos par les souverains du monde, livrés aux cuistres de toute espèce, à l'oisiveté et à l'ennui, les jeunes gens voyaient se retirer d'eux les vagues écumantes contre

terrível em saber o que é possível, pois o espírito sempre vai mais longe. Uma coisa é dizer: "isso poderia ser", outra é dizer: "isso foi"; é a primeira mordida do cão. Napoleão déspota foi o último clarão do despotismo; ele destruiu e parodiou os reis, assim como fez Voltaire com os livros santos. E depois dele ouviu-se um grande barulho; era a pedra de Santa Helena que acabava de cair sobre o antigo mundo. Logo em seguida, apareceu no céu o astro glacial da razão e seus raios, iguais aos da fria deusa das noites, vertendo luz sem calor, envolveram o mundo como um sudário lívido.

Já tínhamos visto, até então, gente que odiava os nobres, que declamava contra os padres, que conspirava contra os reis; já havíamos protestado contra os abusos e os preconceitos; mas foi uma grande novidade ver o povo rir. Se passava um nobre, um padre, um soberano, os camponeses que haviam feito a guerra balançavam a cabeça e diziam: "Ah! Esse aí, nós o conhecemos de outros tempos; tinha outra cara." E quando se falava do trono ou do altar, eles respondiam: "são quatro tábuas de madeira, nós as pregamos e despregamos." E quando diziam-lhes: "Povo, arrependestes-vos dos erros que vos perderam; chamastes de volta vossos reis e vossos padres"; eles respondiam: "Não fomos nós; foram aqueles falastrões ali". E quando lhes diziam: "Povo, esqueçais o passado, lavrai e obedecei", eles se aprumavam em suas cadeiras e um ruído surdo se fazia ouvir. Era um sabre enferrujado e carcomido que se mexera no canto da choça. Ante o que, logo se acrescentava: "Permaneçam quietos: se não vos prejudicam, não procureis prejudicar." Infelizmente, eles se contentavam com isso!

Mas a juventude não se contentava. É certo que há no homem duas potências ocultas que lutam até a morte; uma clarividente e fria, se prende à realidade, calcula-a, pesa-a, e julga o passado; a outra tem sede do futuro e se lança em direção ao desconhecido. Quando a paixão leva o homem, a razão o segue chorando e o advertindo do perigo; mas a partir do momento em que o homem para ao ouvir a voz da razão, a partir do instante em que diz a si mesmo: "É verdade, eu sou um louco; aonde ia?", a paixão grita-lhe: "E eu, vou morrer, então?"

Logo, um sentimento de mal-estar inexprimível começou a fermentar em todos os corações jovens. Condenados ao repouso pelos soberanos do mundo, entregues aos pedantes de todas as espécies, à ociosidade e ao tédio, os jovens viam se afastarem deles as ondas

lesquelles ils avaient préparé leur bras. Tous ces gladiateurs frottés d'huile se sentaient au fond de l'âme une misère insupportable. Les plus riches se firent libertins ; ceux d'une fortune médiocre prirent un état et se résignèrent soit à la robe, soit à l'épée ; les plus pauvres se jetèrent dans l'enthousiasme à froid, dans les grands mots, dans l'affreuse mer de l'action sans but. Comme la faiblesse humaine cherche l'association et que les hommes sont troupeaux de nature, la politique s'en mêla. On s'allait battre avec les gardes du corps sur les marches de la chambre législative, on courait à une pièce de théâtre où Talma portait une perruque qui le faisait ressembler à César, on se ruait à l'enterrement d'un député libéral. Mais des membres des deux partis opposés, il n'en était pas un qui, en rentrant chez lui, ne sentît amèrement le vide de son existence et la pauvreté de ses mains.

En même temps que la vie du dehors était si pâle et si mesquine, la vie intérieure de la société prenait un aspect sombre et silencieux ; l'hypocrisie la plus sévère régnaient dans les mœurs ; les idées anglaises se joignant à la dévotion, la gaîté même avait disparu. Peut-être était-ce la Providence qui préparait déjà ses voies nouvelles ; peut-être était-ce l'ange avant-coureur des sociétés futures qui semait déjà dans le cœur des femmes les germes de l'indépendance humaine, que quelque jour elles réclameront. Mais il est certain que tout d'un coup, chose inouïe, dans tous les salons de Paris, les hommes passèrent d'un côté et les femmes de l'autre ; et ainsi, les uns vêtus de blanc comme des fiancées, les autres vêtus de noir comme des orphelins, ils commencèrent à se mesurer des yeux.

Qu'on ne s'y trompe pas : ce vêtement noir que portent les hommes de notre temps est un symbole terrible ; pour en venir là, il a fallu que les armures tombassent pièce à pièce et les broderies fleur à fleur. C'est la raison humaine qui a renversé toutes les illusions ; mais elle en porte elle-même le deuil, afin qu'on la console.

Les mœurs des étudiants et des artistes, ces mœurs si libres, si belles, si pleines de jeunesse, se ressentirent du changement universel. Les hommes, en se séparant des femmes, avaient chuchoté un mot qui blesse à mort : le mépris ; ils s'étaient jetés dans le vin et dans les courtisanes. Les étudiants et les artistes s'y jetèrent aussi ; l'amour était traité comme la gloire et la religion ; c'était une illusion ancienne. On allait donc aux mauvais lieux ; la *grisette*, cette classe si rêveuse, si romanesque, et d'un amour si tendre et si doux, se vit abandonnée

espumosas contra as quais haviam treinado seus braços. Gladiadores untados a óleo, sentiam, no fundo da alma, uma miséria insuportável. Os mais ricos se fizeram libertinos; os de sorte medíocre se arranjaram num cargo e se resignaram seja à beca, seja à espada; os mais pobres se jogaram no entusiasmo a frio, nas grandes palavras, no terrível mar da ação sem finalidade. Como a fraqueza humana procura a associação, e os homens são rebanho por natureza, a política interferiu. Ia-se brigar com os guarda-costas sobre os degraus da Câmara Legislativa, corria-se a uma peça de teatro onde Talma[19] vestia uma peruca que o fazia parecer-se com César, precipitava-se para o enterro de um deputado liberal.[20] Apesar disso, dos membros dos dois partidos opostos, não havia um só que, ao voltar para casa, não sentisse amargamente o vazio de sua existência e a pobreza de suas mãos.

Ao mesmo tempo em que a vida de fora era tão pálida e tão mesquinha, a vida interior da sociedade tomava um aspecto sombrio e silencioso; a hipocrisia mais severa reinava nos costumes; as ideias inglesas, unindo-se à devoção, faziam desaparecer a alegria. Talvez fosse a Providência já a preparar suas vias novas; talvez fosse o anjo precursor das sociedades futuras semeando no coração das mulheres os germes da independência humana que, em breve, elas reclamarão. Mas o certo é que, de repente – coisa inaudita –, em todos os salões de Paris, os homens passaram de um lado e as mulheres de outro; e, assim, umas vestidas de branco como noivas, os outros vestidos de preto como órfãos, começaram a se medir com o olhar.

Que não nos enganemos: esse traje negro que vestem os homens do nosso tempo é um símbolo terrível; para se chegar a isso, foi necessário que as armaduras caíssem peça por peça, e os ornatos, flor por flor. Foi a razão humana que destruiu todas as ilusões; mas ela própria carrega seu luto, a fim de que a consolemos.

Os costumes dos estudantes e dos artistas, esses costumes tão livres, tão belos, tão cheios de juventude, se ressentiram dos efeitos da mudança universal. Os homens, ao se separarem das mulheres, sussurraram uma palavra que fere até a morte: desprezo, e mergulharam no vinho e nas cortesãs. Os estudantes e os artistas também: o amor era tratado como a glória e a religião; mais uma ilusão antiga. Ia-se, então, aos maus lugares; a *grisette*[21], essa classe tão sonhadora, tão romanesca e de um amor tão terno e delicado, se viu abandonada aos balcões das

aux comptoirs des boutiques. Elle était pauvre, et on ne l'aimait plus ; elle voulut avoir des robes et des chapeaux : elle se vendit. Ô misère ! le jeune homme qui aurait dû l'aimer; qu'elle aurait aimé elle-même, celui qui la conduisait autrefois aux bois de Verrières et de Romainville, aux danses sur le gazon, aux soupers sous l'ombrage ; celui qui venait causer le soir sous la lampe, au fond de la boutique, durant les longues veillées d'hiver ; celui qui partageait avec elle son morceau de pain trempé de la sueur de son front, et son amour sublime et pauvre ; celui-là, ce même homme, après l'avoir délaissée, la retrouvait quelque soir d'orgie au fond du lupana, pâle et plombée, à jamais perdue, avec la faim sur les lèvres et la prostitution dans le cœur.

Or, vers ce temps-là, deux poètes, les deux plus beaux génies du siècle après Napoléon, venaient de consacrer leur vie à rassembler tous les éléments d'angoisse et de douleur épars dans l'univers. Goethe, le patriarche d'une littérature nouvelle, après avoir peint dans Werther la passion qui mène au suicide, avait tracé dans son Faust la plus sombre figure humaine qui eût jamais représenté le mal et le malheur. Ses écrits commencèrent alors à passer d'Allemagne en France.

Du fond de son cabinet d'étude, entouré de tableaux et de statues, riche, heureux et tranquille, il regardait venir à nous son œuvre de ténèbres avec un sourire paternel. Byron lui répondit par un cri de douleur qui fit tressaillir la Grèce, et suspendit Manfred sur les abîmes, comme si le néant eût été le mot de l'énigme hideuse dont il s'enveloppait.

Pardonnez-moi, ô grands poètes, qui êtes maintenant un peu de cendre et qui reposez sous la terre ; pardonnez-moi ! vous êtes des demi-dieux, et je ne suis qu'un enfant qui souffre. Mais en écrivant tout ceci, je ne puis m'empêcher de vous maudire. Que ne chantiez-vous le parfum des fleurs, les voix de la nature, l'espérance et l'amour, la vigne et le soleil, l'azur et la beauté ? Sans doute vous connaissiez la vie, et sans doute vous aviez souffert ; et le monde croulait autour de vous, et vous pleuriez sur ses ruines, et vous désespériez ; et vos maîtresses vous avaient trahis, et vos amis calomniés, et vos compatriotes méconnus ; et vous aviez le vide dans le cœur, la mort devant les yeux, et vous étiez des colosses de douleur. Mais dites-moi, vous, noble Goethe, n'y avait-il plus de voix consolatrice dans le murmure religieux de vos vieilles forêts d'Allemagne ? Vous pour qui la belle poésie était la sœur de la science, ne pouvaient-elles à elles deux trouver dans l'immortelle

lojas. Ela era pobre, não a amavam mais; quis ter vestidos e chapéus: ela se vendeu. Oh, miséria! O jovem que deveria tê-la amado, que também ela teria amado, aquele que outrora a conduziria aos bosques de Verrières e de Romainville, às danças sobre o gramado, às ceias sob as árvores; aquele que, à noite, viria conversar sob a luz do candeeiro, no fundo da loja, durante as longas vigílias de inverno; aquele que dividiria com ela seu pedaço de pão, molhado no suor de sua testa, e seu amor sublime e pobre; aquele mesmo homem, depois de tê-la abandonado, a reencontrava em alguma noite de orgia no fundo do bordel, pálida e acabada, para sempre perdida, com a fome nos lábios e a prostituição no coração.

Ora, naqueles tempos, dois poetas, os dois mais belos gênios do século depois de Napoleão, acabavam de dedicar sua vida a reunir todos os elementos de angústia e de dor dispersos no universo. Goethe, o patriarca de uma literatura nova, após ter pintado, com Werther, a paixão que leva ao suicídio, traçara em seu Fausto a mais sombria figura humana jamais antes representada pelo mal e pela desgraça. Seus escritos começaram, então, a passar da Alemanha para a França.

Do fundo de seu gabinete de estudo, cercado por quadros e estátuas, rico, feliz e tranquilo, com um sorriso paternal, ele via chegar até nós sua obra de escuridão. Byron respondeu-lhe com um grito de dor que fez estremecer a Grécia, e suspendeu Manfred[22] sobre os abismos, como se o nada fosse a resposta ao enigma horrendo com o qual se envolvia.

Perdoai-me, ó grandes poetas, que sois agora um punhado de cinza repousando sob a terra; perdoai-me! Sois semideuses e eu apenas uma criança que sofre. Mas escrevendo tudo isso, não posso evitar vos maldizer. Porque não cantáreis o perfume das flores, as vozes da natureza, a esperança e o amor, a vinha e o sol, o azul celeste e a beleza! Sem dúvida conhecestes a vida e sem dúvida havíeis sofrido; o mundo desabava ao vosso redor e vós chorastes sobre essas ruínas e vos desesperastes; vossas amantes haviam vos traído, vossos amigos, vos caluniado, vossos compatriotas, vos desconhecido; e tivestes o vazio no coração, a morte diante dos olhos, fostes colossos de dor. Mas diga-me, nobre Goethe, não haveria mais vozes consoladoras no murmúrio religioso de vossas velhas florestas da Alemanha? Para tu, para quem a bela poesia era irmã da ciência, não poderiam elas, reunidas, descobrir, na imortal

nature une plante salutaire pour le cœur de leur favori ? Vous qui étiez un panthéiste, un poète antique de la Grèce, un amant des formes sacrées, ne pouviez-vous mettre un peu de miel dans ces beaux vases que vous saviez faire, vous qui n'aviez qu'à sourire et à laisser les abeilles vous venir sur les lèvres ? Et toi, et toi, Byron, n'avais-tu pas près de Ravenne, sous tes orangers d'Italie, sous ton beau ciel vénitien, près de ta chère Adriatique, n'avais-tu pas ta bien-aimée ? Ô Dieu ! moi qui te parle, et qui ne suis qu'un faible enfant, j'ai connu peut-être des maux que tu n'as pas soufferts, et cependant je crois encore à l'espérance, et cependant je bénis Dieu.

Quand les idées anglaises et allemandes passèrent ainsi sur nos têtes, ce fut comme un dégoût morne et silencieux, suivi d'une convulsion terrible. Car formuler des idées générales, c'est changer le salpêtre en poudre, et la cervelle homérique du grand Goethe avait sucé, comme un alambic, toute la liqueur du fruit défendu. Ceux qui ne lurent pas alors crurent n'en rien savoir. Pauvre créatures ! l'explosion les emporta comme des grains de poussière dans l'abîme du doute universel.

Ce fut comme une dénégation de toutes choses du ciel et de la terre, qu'on peut nommer désenchantement, ou si l'en veut, *désespérance*, comme si l'humanité en léthargie avait été crue morte par ceux qui lui tâtaient le pouls. De même que ce soldat à qui l'on demanda jadis : A quoi crois-tu ? et qui le premier répondit : A moi ; ainsi la jeunesse de France, entendant cette question, répondit la première : A rien.

Dès alors il se forma comme deux camps : d'une part, les esprits exaltés, souffrants, toutes les âmes expansives qui ont besoin de l'infini, plièrent la tête en pleurant ; ils s'enveloppèrent de rêves maladifs, et l'on ne vit plus que de frêles roseaux sur un océan d'amertume. D'une autre part, les hommes de chair restèrent debout, inflexibles, au milieu des jouissances positives, et il ne leur prit d'autre souci que de compter l'argent qu'ils avaient. Ce ne fut qu'un sanglot et un éclat de rire, l'un venant de l'âme, et l'autre du corps.

Voici donc ce que disait l'âme :

Hélas ! hélas ! la religion s'en va ; les nuages du ciel tombent en pluie ; nous n'avons plus ni espoir ni attente, pas deux petits morceaux de bois noir en croix devant lesquels tendre les mains. Le fleuve de la vie charrie de grands glaçons sur lesquels flottent les ours du pôle. L'astre de l'avenir se lève à peine ; il ne peut sortir de l'horizon ; il y

natureza, uma planta salutar para o coração de seu favorito? Tu, que foste um panteísta, um poeta antigo da Grécia, um amante das formas sagradas, não poderias colocar um pouco de mel nesses belos vasos que sabias fazer, tu, a quem bastava sorrir para que as abelhas viessem até teus lábios? E tu, e tu, Byron? Não tinhas, perto de Ravena, sob tuas laranjeiras da Itália, sob teu belo céu veneziano, próximo ao teu querido Adriático, não tinhas tua amada?[23] Oh, Deus! Eu que te falo, e que sou apenas uma criança frágil, talvez tenha conhecido males que tu não sofreste e, contudo, ainda acredito na esperança, ainda louvo a Deus.

Quando as ideias inglesas e alemãs passaram assim por sobre nossas cabeças, foi como uma aversão sombria e silenciosa, seguida de uma terrível convulsão. Pois formular ideias gerais é transformar salitre em pó, e o cérebro homérico do grande Goethe tinha sugado, como um alambique, todo o licor do fruto proibido. Os que não o leram então acreditaram nada saber sobre isso. Pobres criaturas! A explosão os arrastou como grãos de poeira no abismo da dúvida universal.

Foi como uma denegação de todas as coisas do céu e da terra, e que podemos chamar de desencantamento ou, se quisermos, *desesperança*[24], como se a humanidade em letargia tivesse sido dada como morta pelos que lhe verificavam os pulsos. Assim como aquele soldado a quem outrora teriam perguntado: "Em que acreditas?" e que, primeiro, respondera: "Em mim"; assim também, a juventude da França, escutando essa pergunta, foi a primeira a responder: "Em nada".

Desde então, dois campos se formaram: de um lado, os espíritos exaltados, sofridos, todas as almas expansivas carentes do infinito que, chorando, inclinaram a cabeça, abrigando-se em sonhos doentios; e nada mais se via a não ser frágeis caniços num oceano de amargura. Do outro lado, os homens de carne e osso, que se mantiveram de pé, inflexíveis, imersos em prazeres positivos, e para os quais não havia outra preocupação a não ser a de contar o dinheiro que tinham. Nada mais do que um soluço e uma gargalhada, um vindo da alma, a outra, do corpo.

Eis então o que dizia a alma:

Ai, ai! A religião se retira; as nuvens do céu caem em forma de chuva; não temos mais nem esperança nem expectativa, sequer dois pedacinhos de madeira escura em forma de cruz diante dos quais erguer as mãos. [O rio da vida arrasta grandes geleiras sobre as quais flutuam os ursos do Polo.] O astro do futuro mal se levanta; não consegue sair

reste enveloppé de nuages, et comme le soleil en hiver, son disque y apparaît d'un rouge de sang qu'il a gardé de quatre-vingt-treize. Il n'y a plus d'amour, il n'y a plus de gloire. Quelle épaisse nuit sur la terre ! Et nous serons morts quand il fera jour.

Voici donc ce que disait le corps :

L'homme est ici-bas pour se servir de ses sens ; il a plus ou moins de morceaux d'un métal jaune ou blanc avec quoi il a droit à plus ou moins d'estime. Manger, boire et dormir, c'est vivre. Quand aux liens qui existent entre les hommes, l'amitié consiste à prêter de l'argent ; mais il est rare d'avoir un ami qu'on puisse aimer assez pour cela. La parenté sert aux héritages : l'amour est un exercice du corps ; la seule jouissance intellectuelle est la vanité.

De même que, dans la machine pneumatique une balle de plomb et un duvet tombent aussi vite l'une que l'autre dans la vide, ainsi les plus fermes esprits subirent alors le même sort que les plus faibles et tombèrent aussi avant dans les ténèbres. De quoi sert la force lorsqu'elle manque de point d'appui ? Il n'y a point de ressource contre le vide. Je n'en veux d'autre preuve que Goethe lui-même, qui, lorsqu'il nous fit tant de mal, avait ressenti la souffrance de Faust avant de la répandre, et avait succombé comme tant d'autres, lui, fils de Spinoza, qui n'avait qu'à toucher la terre pour revivre, comme le fabuleux Antée.

Mais, pareille à la peste asiatique exhalée des vapeurs du Gange, l'affreuse *désespérance* marchait à grands pas sur la terre. Déjà Chateaubriand, prince de poésie, enveloppant l'horrible idole de son manteau de pèlerin, l'avait placée sur un autel de marbre, au milieu des parfums des encensoirs sacrés. Déjà, pleins d'une force désormais inutile, les enfants du siècle raidissaient leurs mains oisives et buvaient dans leur coupe stérile le breuvage empoisonné. Déjà tout s'abîmait, quand les chacals sortirent de terre. Une littérature cadavéreuse et infecte, qui n'avait que la forme, mais une forme hideuse, commença d'arroser d'un sang fétide tous les monstres de la nature.

Qui osera jamais raconter ce qui se passait alors dans les collèges ? Les hommes doutaient de tout : les jeunes gens nièrent tout. Les poètes chantaient le désespoir : les jeunes gens sortirent des écoles avec le front serein, le visage frais et vermeil, et le blasphème à la bouche. D'ailleurs le caractère français, qui de sa nature est gai et ouvert, prédominant toujours, les cerveaux se remplirent aisément des idées anglaises et

do horizonte; lá permanece, encoberto pelas nuvens, e como o sol do inverno, seu disco surge num vermelho de sangue, que ele conservou de noventa e três[25]. Não há mais amor, não há mais glória. Que densa noite sobre a terra! Morreremos quando amanhecer.

Eis, então, o que dizia o corpo:

O homem está aqui em baixo para se servir de seus sentidos; tem mais ou menos pedaços de um metal amarelo ou branco, com os quais tem direito a mais ou menos estima. Comer, beber, dormir, isto é viver. Quanto às relações entre os homens, a amizade consiste em emprestar dinheiro; mas é raro ter um amigo de quem gostemos o suficiente para isso. O parentesco serve para as heranças: o amor é um exercício do corpo; o único prazer intelectual é a vaidade.

[Assim como no vazio da máquina pneumática uma bala de chumbo e uma pluma caem com a mesma velocidade, assim os espíritos mais firmes foram, então, condenados ao mesmo destino que os mais frágeis e também caíram dentro das trevas. De que serve a força, quando lhe falta um ponto de apoio? Dificilmente há recurso contra o vazio. Não quero outra prova a não ser a do próprio Goethe que, enquanto nos fazia tanto mal, experimentava o sofrimento de Fausto antes de difundi-lo, sucumbindo, como tantos outros, ele, filho de Espinosa, ele, a quem bastava tocar a terra para reviver, tal como o fabuloso Anteu.

Mas,] semelhante à peste asiática exalada pelos vapores do Ganges, a terrível *desesperança* caminhava a passos largos sobre a terra. Já então Chateaubriand, príncipe de poesia, envolvendo o horrível ídolo em seu casaco de peregrino, o havia colocado sobre um altar de mármore, em meio aos perfumes dos turíbulos sagrados. Já então os filhos do século, cheios de uma força dali em diante inútil, estendiam suas mãos ociosas e bebiam em sua taça infértil a bebida envenenada. Já então tudo se deteriorava, e os chacais saíam da terra. Uma literatura cadaverosa e contaminada, que só tinha forma, mas uma forma hedionda, começou a regar com um sangue fétido todos os monstros da natureza.

Quem ousará algum dia relatar o que se passava nos colégios? Os homens duvidavam de tudo: os jovens negaram tudo. Os poetas cantavam o desespero: os jovens saíam das escolas com a fronte serena, o rosto fresco e corado, a blasfêmia nos lábios. De resto, como o caráter francês, por natureza feliz e aberto, ainda predominava, os cérebros facilmente se encheram de ideias inglesas e alemãs, ao passo que os

allemandes, mais les cœurs, trop légers pour lutter et pour souffrir, se flétrirent comme des fleurs fanées. Ainsi le principe de mort descendit froidement et sans secousse de la tête aux entrailles. Au lieu d'avoir l'enthousiasme du mal nous n'eûmes que l'abnégation du bien ; au lieu du désespoir, l'insensibilité. Des enfants de quinze ans, assis nonchalamment sous des arbrisseaux en fleur, tenaient par passe-temps des propos qui auraient fait frémir d'horreur les bosquets immobiles de Versailles. La communion du Christ, l'hostie, ce symbole éternel de l'amour céleste, servait à cacheter des lettres ; les enfants crachaient le pain de Dieu.

Heureux ceux qui échappèrent à ces temps ! heureux ceux qui passèrent sur les abîmes en regardant le ciel ! Il y en eut sans doute, et ceux-là nous plaindront.

Il est malheureusement vrai qu'il y a dans le blasphème une grande déperdition de force qui soulage le cœur trop plein. Lorsqu'un athée, tirant sa montre, donnait un quart d'heure à Dieu pour le foudroyer, il est certain que c'était un quart d'heure de colère et de jouissance atroce qu'il se procurait. C'était le paroxysme du désespoir, un appel sans nom à toutes les puissances célestes ; c'était une pauvre et misérable créature se tordant sous le pied qui l'écrase ; c'était un grand cri de douleur. Et qui sait ? aux yeux de celui qui voit tout, c'était peut-être une prière.

Ainsi les jeunes gens trouvaient un emploi de la force inactive dans l'affectation du désespoir. Se railler de la gloire, de la religion, de l'amour, de tout au monde, est une grande consolation, pour ceux qui ne savent que faire ; ils se moquent par là d'eux-mêmes et se donnent raison tout en se faisant la leçon. Et puis, il est doux de se croire malheureux, lorsqu'on n'est que vide et ennuyé. La débauche, en outre, première conclusion des principes de mort, est une terrible meule de pressoir lorsqu'il s'agit de s'énerver.

En sorte que les riches se disaient : Il n'y a de vrai que la richesse ; tout le reste est un rêve ; jouissons et mourons. Ceux d'une fortune médiocre se disaient : Il n'y a de vrai que le malheur ; tout le reste est un rêve ; blasphémons et mourons.

Ceci est-il trop noir ? est-ce exagéré ? Qu'en pensez-vous ? Suis-je un misanthrope ? Qu'on me permette une réflexion.

En lisant l'histoire de la chute de l'empire romain, il est impossible de ne pas s'apercevoir du mal que les chrétiens, si admirables dans le désert, firent à l'état dès qu'ils eurent la puissance. "Quand je pense,

corações, demasiado frágeis para lutar e sofrer, secaram como flores murchas. Assim o princípio de morte penetrou frio e deslizante da cabeça até as entranhas. E ao invés de experimentarmos o entusiasmo do mal, só tivemos a abnegação do bem; ao invés do desespero, a insensibilidade. Crianças de quinze anos, indolentemente sentadas sob arbustos em flor, tinham como passatempo conversas que teriam feito tremer de horror os bosques imóveis de Versalhes. A hóstia, comunhão do Cristo, símbolo eterno do amor celeste, servia para selar cartas; meninos cuspiam o pão de Deus.

Felizes aqueles que escaparam àqueles tempos! Felizes aqueles que passaram através dos abismos olhando para o céu! Sem dúvida, houve quem o conseguisse e eles terão piedade de nós.

Desgraçadamente, é fato haver na blasfêmia um grande desperdício de força que alivia o coração demasiadamente cheio. Quando um ateu, mirando seu relógio, dava um quarto de hora a Deus para que ele o fulminasse, certamente era um quarto de hora de raiva e de prazer atroz que assim obtinha. Era o paroxismo do desespero, um chamado sem nome a todas as potências celestes; era uma pobre e miserável criatura se contorcendo sob o pé que a esmaga; era um grande grito de dor. E quem sabe? Aos olhos daquele que tudo vê, talvez fosse uma prece.

Assim, os jovens descobriram na afetação do desespero um emprego para sua força inativa. Zombar da glória, da religião, do amor, de tudo no mundo, é um grande consolo para quem não sabe o que fazer; zombam, assim, de si mesmos, justificando-se e criticando-se ao mesmo tempo. E depois é bom se dizer infeliz, quando não se está mais do que vazio e entediado. Ademais, a devassidão, primeiro resultado dos princípios de morte, é uma moenda terrível quando o objetivo é se atordoar.

De sorte que os ricos se diziam: "Só há verdade na riqueza; todo o resto é sonho; gozemos e morramos". Já os de medíocre fortuna se diziam: "Só há verdade no esquecimento; todo o resto é sonho; esqueçamos e morramos". E os pobres diziam: "Só há verdade na infelicidade; todo o resto é um sonho; blasfememos e morramos".

Isso é tão obscuro? É exagerado? O que pensais disso? Sou eu um misantropo? Que me permitam uma reflexão.

Lendo a história da queda do Império romano, é impossível não perceber o mal que os cristãos, tão admiráveis no deserto, fizeram ao Estado a partir do momento em que alcançaram o poder. "Quando

dit Montesquieu, à l'ignorance profonde dans laquelle le clergé grec plongea les laïques, je ne puis m'empêcher de le comparer à ces Scythes dont parle Hérodote, qui crevaient les yeux à leurs esclaves, afin que rien ne pût les distraire et les empêcher de battre leur lait. -- Aucune affaire d'état, aucune paix, aucune guerre, aucune trêve, aucune négociation, aucun mariage, ne se traitèrent que par le ministère des moines. On ne saurait croire quel mal il en résulta."

Monstesquieu aurait pu ajouter : Le christianisme perdit les empereurs, mais il sauva les peuples. Il ouvrit aux Barbares les palais de Constantinople, mais il ouvrit les portes des chaumières aux anges consolateurs du Christ. Il s'agissait bien des grands de la terre ; et voilà qui est plus intéressant que les derniers râlements d'un empire corrompu jusqu'à la moelle des os, que le sombre galvanisme au moyen duquel s'agitait encore le squelette de la tyrannie sur la tombe d'Héliogabale et de Caracalla ! La belle chose à conserver que la momie de Rome embaumée des parfums de Néron, cerclée du linceul de Tibère ! Il s'agissait, messieurs les politiques, d'aller trouver les pauvres et de leur dire d'être en paix ; il s'agissait de laisser les vers et les taupes ronger les monuments de honte, mais de tirer des flancs de la momie une vierge aussi belle que la mère du Rédempteur, l'espérance, amie des opprimés.

Voilà ce que fit le christianisme ; et maintenant, depuis tant d'années, qu'ont fait ceux qui l'ont détruit ? Ils ont vu que le pauvre se laissait opprimer par le riche, le faible par le fort, par cette raison qu'ils se disaient : Le riche et le fort m'opprimeront sur la terre ; mais quand ils voudront entrer au paradis, je serai à la porte et je les accuserai au tribunal de Dieu. Ainsi, hélas ! ils prenaient patience.

Les antagonistes du Christ ont donc dit au pauvre : Tu prends patience jusqu'au jour de justice, il n'y a point de justice ; tu attends la vie éternelle pour y réclamer ta vengeance, il n'y a point de vie éternelle ; tu amasses dans un flacon tes larmes et celles de ta famille, les cris de tes enfants et les sanglots de ta femme, pour les porter au pied de Dieu à l'heure de ta mort ; il n'y a point de Dieu.

Alors il est certain que le pauvre a séché ses larmes, qu'il a dit à sa femme de se taire, à ses enfants de venir avec lui, et qu'il s'est redressé sur la glèbe avec la force d'un taureau. Il a dit au riche : Toi qui m'opprimes, tu n'es qu'un homme ; et au prêtre : Tu en as menti, toi qui m'as consolé. C'était justement là ce que voulaient les antagonistes

eu penso, diz Montesquieu, na ignorância profunda na qual o clero grego mergulhou os laicos, não posso evitar compará-lo a esses Citas dos quais fala Heródoto, que furavam os olhos de seus escravos a fim de que nada pudesse distraí-los e impedi-los de bater o leite. – Nem negócio de Estado, nem paz, nem guerra, nem trégua, nem negociação, nem casamento se concluiu sem passar pelo ministério dos monges. Seria difícil avaliar todo o mal daí resultante."[26]

Montesquieu poderia ter acrescentado ainda: o cristianismo foi a perdição dos imperadores, mas a salvação dos povos. Ele abriu aos bárbaros os palácios de Constantinopla, mas também abriu as portas das choças aos anjos consoladores do Cristo. Com certeza, a questão girava em torno dos grandes da terra; e eis, então, algo que é [mais] interessante do que as últimas lamentações de um império corrompido até a medula dos ossos, do que o sombrio galvanismo por meio do qual ainda se mexia o esqueleto da tirania sobre a tumba de Heliogábalo e Caracalla! Que bela coisa para se conservar: a múmia de Roma, embalsamada com os perfumes de Nero e envolvida no sudário de Tibério! Tratava-se, senhores políticos, de ir ao encontro dos pobres e lhes dizer para ficarem em paz; tratava-se de deixar os vermes e as toupeiras roerem os monumentos da vergonha, mas arrancando dos flancos da múmia uma virgem tão bela quanto a mãe do Redentor: a esperança, amiga dos oprimidos.

Eis o que fez o cristianismo; e agora, após tantos anos, o que fizeram aqueles que o destruíram? Eles viram que o pobre se deixava oprimir pelo rico, o fraco pelo forte, porque diziam a si mesmos: o rico e o forte me oprimirão sobre a terra; mas quando quiserem entrar no paraíso, estarei na porta e os acusarei no tribunal de Deus. Dessa forma – ai de mim! – mantinham-se pacientes!

Então, os antagonistas do Cristo disseram ao pobre: tu esperas pelo dia da justiça, mas não há justiça; esperas pela vida eterna para reclamar sua vingança, não há vida eterna; guardas [num frasco] tuas lágrimas e as de tua família, o grito de teus filhos e os soluços de tua mulher para levá-los ao pé de Deus na hora de tua morte; não há Deus.

Diante disso, é certo que o pobre secou suas lágrimas, pediu à mulher que se calasse, aos filhos que viessem com ele e, em sua gleba, se aprumou com a força de um touro. Ele disse ao rico: "Tu, que me oprimes, és apenas um homem"; e ao padre: "Tu mentiste, tu, que me consolaste". Era justamente o que queriam os antagonistas do Cristo.

du Christ. Peut-être croyaient-ils faire ainsi le bonheur des hommes, en envoyant le pauvre à la conquête de la liberté.

Mais si le pauvre, ayant bien compris une fois que les prêtres le trompent, que les riches le dérobent, que tous les hommes ont les mêmes droits, que tous les biens sont de ce monde, et que sa misère est impie ; si le pauvre, croyant à lui et à ses deux bras pour toute croyance, s'est dit un beau jour : Guerre au riche ! à moi aussi la jouissance ici-bas, puisque le ciel est vide ! à moi et à tous, puisque tous sont égaux ! ô raisonneurs sublimes qui l'avez mené là, que lui direz-vous s'il est vaincu ?

Sans doute vous êtes des philanthropes, sans doute vous avez raison pour l'avenir, et le jour viendra où vous serez bénis ; mais pas encore, en vérité, nous ne pouvons pas vous bénir. Lorsque autrefois l'oppresseur disait : A moi la terre ! – A moi le ciel, répondait l'opprimé. A présent, que répondra-t-il ?

Toute la maladie du siècle présent vient de deux causes ; le peuple qui a passé par 93 et par 1814 porte au cœur deux blessures. Tout ce qui était n'est plus ; tout ce qui sera n'est pas encore. Ne cherchez pas ailleurs le secret de nos maux.

Voilà un homme dont la maison tombe en ruine ; il l'a démolie pour en bâtir une autre. Les décombres gisent sur le champ, et il attend des pierres nouvelles pour son édifice nouveau. Au moment où le voilà prêt à tailler ses moellons et à faire son ciment, la pioche en mains, les bras retroussés, on vient lui dire que les pierres manquent et lui conseiller de reblanchir les vieilles pour en tirer parti. Que voulez-vous qu'il fasse, lui qui ne veut point de ruines pour faire un nid à sa couvée ? La carrière est pourtant profonde, les instruments trop faibles pour en tirer les pierres. Attendez, lui dit-on, on les tirera peu à peu ; espérez, travaillez, avancez, reculez. Que ne lui dit-on pas ? Et pendant ce temps-là cet homme, n'ayant plus sa vieille maison et pas encore sa maison nouvelle, ne sait comment se défendre de la pluie, ni comment préparer son repas du soir, ni où travailler, ni où reposer, ni où vivre, ni où mourir ; et ses enfants sont nouveau-nés.

Ou je me trompe étrangement, ou nous ressemblons à cet homme. Ô peuples des siècles futurs ! lorsque, par une chaude journée d'été, vous serez courbés sur vos charrues dans les vertes campagnes de la patrie ; lorsque vous verrez, sous un soleil pur et sans tache, la terre,

Talvez acreditassem fazer assim a felicidade dos homens, conduzindo o pobre à conquista da liberdade.

Mas se o pobre, tendo compreendido de uma vez por todas que os padres o enganam, que os ricos o roubam, que todos os homens possuem os mesmos direitos, que todos os bens são deste mundo e que sua miséria é ímpia; se o pobre, passando a crer apenas em si e em seus dois braços, disser a si mesmo num belo dia: "Guerra ao rico! A mim também os prazeres deste mundo aqui, pois não há outro! A mim a terra, pois o céu é vazio! A mim e a todos, pois todos são iguais!" Ah, sublimes argumentadores que o conduziram até aqui, o que vós lhe diríeis se ele for derrotado?

Sem dúvida sois filantropos, sem dúvida tendes razão acerca do futuro, e chegará o dia em que sereis abençoados, mas não ainda; nós, na verdade, ainda não podemos vos abençoar. Quando outrora o opressor dizia: "A mim, a terra" – "A mim, o céu", respondia o oprimido. Hoje que ele responderá?

Toda a doença do século presente vem de duas causas; o povo que passou por 93 e por 1814 carrega no coração duas feridas. Tudo o que era não é mais; tudo o que será não é ainda. Não procureis alhures o segredo de nossos males.

Eis então um homem cuja casa cai em ruínas; ele a demoliu para construir uma outra. Os escombros jazem sobre seu campo, e ele espera pedras novas para seu novo edifício. No momento em que está prestes a talhar suas pedras e a fazer seu cimento, a enxada nas mãos e a camisa arregaçada, chegam para lhe dizer que faltam pedras e para aconselhá-lo a reaproveitar as velhas. O que quereis que ele faça, ele, que não quer ruína no ninho de sua cria? Mas a pedreira é muito funda e os instrumentos demasiadamente fracos para retirar as pedras dali. Espera, lhe dizem, retiraremos aos poucos; espera, trabalha, avança, recua. O que mais não lhe dizem? E, durante esse tempo, esse homem, não tendo mais sua casa velha e não tendo ainda sua nova, não sabe como se proteger da chuva, nem como preparar sua refeição da noite, nem onde trabalhar, nem onde repousar, nem onde viver, nem onde morrer; e seus filhos são recém-nascidos.

Ou eu me engano muito, ou nós nos parecemos com esse homem. Ó, povos dos séculos futuros! Quando, por um lindo dia de verão, estiverdes curvados em suas charruas nos campos verdes da pátria; quando

votre mère féconde, sourire dans sa robe matinale au travailleur, son enfant bien-aimé ; lorsque, essuyant sur vos fronts tranquilles le saint baptême de la sueur, vous promènerez vos regards sur votre horizon immense, où il n'y aura pas un épi plus haut que l'autre dans la moisson humaine, mais seulement des bleuets et des marguerites au milieu des blés jaunissants ; ô hommes libres ! quand alors vous remercierez Dieu d'être nés pour cette récolte, pensez à nous qui n'y serons plus ; dites-vous que nous avons acheté bien cher le repos dont vous jouirez ; plaignez-nous plus que tous vos pères ; car nous avons beaucoup des maux qui les rendaient dignes de plainte, et nous avons perdu ce qui les consolait.

SOURCE: http://fr.wikisource.org/wiki/La_Confession_d% E2%80%99un_enfant_du_si%C3%A8cle

virdes, sob um sol puro e sem mancha, a terra, vossa mãe fecunda, em vestes matinais sorrir ao trabalhador, seu filho querido; quando, enxugando em vossas testas tranquilas o santo batizado do suor, percorrereis vosso olhar por sobre vosso horizonte imenso, onde não há nenhuma espiga mais alta que a outra na colheita humana, mas somente flores do campo e margaridas em meio ao trigo dourado, ó, homens livres! Quando então agradecerdes a Deus por terdes nascido para essa colheita, pensai em nós, que não mais estaremos aqui; saibam que pagamos bem caro pelo repouso do qual gozais; tende piedade de nós mais do que de todos os vossos pais, pois dispondo de males o bastante para nos tornarmos dignos de pena, perdemos aquilo que os consolava.

[1] Agradecemos a Andrea Sirihal Werkema a leitura generosa e as excelentes sugestões.

[2] Trata-se, no caso, do anfiteatro de uma escola de medicina, local destinado aos cursos magistrais.

[3] Os trechos entre colchetes foram suprimidos por Musset na segunda edição do romance, datada de 1840. Após a morte do autor, seu irmão, Paul de Musset, reedita a obra, dispondo entre colchetes os trechos apagados. É a essa reedição que se reporta o original de onde partiu esta tradução.

[4] Trata-se, aqui, de Napoleão Bonaparte, cujo impacto na história da França oitocentista é perene, constituindo, na realidade, uma das grandes lendas da Nação, como se pode ver pelo teor dos comentários de Musset. Para além dos textos especializados no personagem, o leitor pode consultar, com proveito: AGULHON, Maurice. *1848 ou l'apprentissage de la Republique*; FURET, François. *La Révolution II – 1814-1880*; PETITIER, Paule. *Littérature et Idées politiques au XIX siècle – 1800-1870*; OEHLER, Dolf. *O velho mundo desce aos infernos*; NICOLET, Claude. *L'idée républicaine en France (1789-1924)*.

[5] Em cinco de maio de 1821, Napoleão morre em seu exílio, a ilha de Santa Helena, onde estava preso desde 1815. Sua tumba foi erguida num local chamado Vale do Gerânio, à sombra de salgueiros chorões. Em 1840, por decisão do rei Luís Filipe de Orléans, seus restos mortais serão repatriados e depositados nos Invalides, onde se encontram até hoje. Disponível em: <http://www.invalides.org/dome.html>. Acesso em: 20 jul. 2012.

[6] A batalha de Austerlitz aconteceu em dezembro de 1805, no sul da Morávia, e é considerada uma das grandes vitórias da Grande Armada de Napoleão.

[7] Referência à batalha da Ponte de Arcola, na Itália, uma das muitas proezas militares de Napoleão. Essa batalha, que durou dois dias, teve lugar em 1796, durante a chamada Primeira Campanha da Itália. Foi imortalizada em quadro pelo pintor Gros.

[8] O branco era a cor dos monarquistas e, mais precisamente, dos apoiadores da casa dos Bourbons, depostos durante a Revolução Francesa. O retorno do regime monárquico e do poderio dos Bourbons se dá com a ascensão de Luís XVIII – irmão de Luís XVI, deposto e guilhotinado pela Revolução – e prossegue até 1830, já durante o reinado de Carlos X. Esse período político foi nomeado Restauração,

nome que faz jus ao desejo de seus protagonistas e apoiadores de restaurar a ordem política e social anterior à Revolução. O revanchismo da Restauração será evocado a seguir por Musset e é fundamental, embora não exclusivamente determinante, para a compreensão da doença moral de que nos fala o autor.

[9] Arthur Wellesley (1769-1852), também conhecido como duque de Wellington, e Gebhard Leberecht von Blücher(1742-1819) foram, respectivamente, os comandantes das tropas britânicas e prussianas durante a célebre batalha de Waterloo, símbolo da derrota de Napoleão Bonaparte.

[10] Aos salvadores do mundo.

[11] Daniel Leuwers, editor da edição de 1993 da GF Flammarion, reconhece nesses pálidos fantasmas a multidão de missionários que, ao longo da Restauração, atravessa a França, celebrando a memória de Luís XVI e, por conseguinte, condenando a Revolução de 1789. Sem dúvida a vaga católica que acompanhou o período da Restauração foi tão forte quanto a descristianização típica do período revolucionário.

[12] Referência à disputa fundiária que teve início quando, com a Restauração, houve o retorno dos emigrados à França. Esses emigrados, fossem eles da primeira fase da Revolução ou do período napoleônico, deixando para trás bens móveis e imóveis, o mais das vezes se viram despossuídos do direito de propriedade. Esses bens, então requisitados ou mesmo adquiridos pelo Estado, foram revendidos para novos proprietários. Quando do retorno dos Bourbons – e, consequentemente, dos emigrados – uma das muitas dificuldades a se equacionar dizia respeito à querela entre antigos e novos proprietários.

[13] As abelhas eram o emblema do poder imperial de Napoleão Bonaparte assim como, no caso da monarquia bourbônica, o emblema era a flor de lis.

[14] Como se sabe, Napoleão perde seu poder, pela primeira vez, em 1814, quando, após derrota militar, será deposto pelo Senado e exilado na ilha de Elba. Em março de 1815, porém, desembarca no sul da França e inicia uma marcha de retorno a Paris, coroada pelo apoio popular. É o início do período chamado de Cem Dias, durante os quais Bonaparte retoma o poder. Derrotado novamente, permanecerá exilado, desta vez na Ilha de Santa Helena, até a sua morte.

[15] Durante a Restauração, as funções religiosas passam a ter o relevo que, durante o Império, detinham as profissões da guerra. Sobre essa contraposição e os dilemas particulares que gerou, o mais perfeito e célebre exemplo é Julien Sorel, personagem de Stendhal em *O vermelho e o negro*.

[16] O contrato em questão é uma referência à Carta constitucional que a princípio deveria presidir o retorno dos Bourbons. Redigida pelo Senado e por um governo provisório responsável pela transição do regime imperial para a Restauração, essa constituição, de clara inspiração inglesa, tentará combinar antigos princípios monárquicos a conquistas do período revolucionário e napoleônico, em particular, no que tange às liberdades individuais e religiosas. Embora tenha sido promulgada por Luís XVIII em sua ascensão ao trono francês (1814), somente começará a ser parcialmente aplicada após o interregno do retorno de Bonaparte, em 1815. Em torno dela, vão se organizar os dois principais campos políticos da Restauração: em situação de franco antagonismo, estarão os Ultras, defensores do princípio de uma monarquia absoluta de direito divino. Em seu favor, alinham-se os Doutrinários, monarquistas liberais, cuja ambição era combinar uma parte do legado revolucionário à tradição monárquica.

[17] Alusão à Revolução Francesa e, mais especificamente, visto à referência ao "rio de sangue", ao seu período dito terrorista. Oficialmente votado em 5 de setembro de 1793 pela Convenção (então o principal órgão político da França revolucionária),

o Terror implica, à época, a decisão do governo revolucionário de "organizar, sistematizar e acelerar a repressão dos adversários interiores da República, dando início à punição expeditiva" de todos os contrarrevolucionários. FURET, François. La Terreur. *In*: FURET, François; OZOUF, Mona (Org). *Dictionnaire critique de la Révolution Française – Événements*. Paris: Champs Flammarion, 2007. p. 293.

[18] Atualmente, denominação de uma comuna francesa nos arredores da capital francesa, Clamart foi também o nome de um célebre cemitério de Paris no qual foram depositados os restos mortais dos condenados à morte e, em particular, dos guilhotinados durante a Revolução.

[19] Um dos maiores nomes da cena teatral francesa da virada dos séculos XVIII e XIX, o ator François-Joseph Talma (1763-1826), durante a temporada da tragédia *Scilla*, de Étienne de Jouy, em 1821, obtém destacado sucesso em particular pela semelhança física que soube criar entre seu personagem e a figura de Napoleão, morto poucos meses antes.

[20] O deputado em questão, no caso, era Maximilien Sébastien Foy (1775/1825). General do Primeiro Império e eleito deputado durante a Restauração, manteve-se na oposição do governo Bourbon. Seu funeral tanto reuniu os opositores ao regime quanto despertou algum clamor popular.

[21] O dicionário Littré traz o seguinte registro desse termo: "jovem de baixa condição social, sedutora e galante, assim nomeada por ter se vestido, no passado, de um tecido de mesmo nome". O tecido em questão é tradicionalmente da cor cinza e de pouco valor. Disponível em: <http://francois.gannaz.free.fr/Littre/xmlittre. php?rand=&requete=grisette&submit=Rechercher>. Acesso em: 20 jul. 2012)

[22] O poeta inglês George Gordon Byron, mais conhecido como Lorde Byron, nasceu em Londres em 1788 e morreu em Missolonghi, na Grécia, defendo a independência grega contra a dominação otomana. Na peça em questão, intitulada *Manfred*, o protagonista de mesmo nome, corroído pela dor de ter matado a mulher amada, quer se suicidar, atirando-se num abismo, mas é impedido por um caçador.

[23] Famoso por suas ligações amorosas, uma das muitas amantes de Byron será a condessa italiana Tereza Guiccioli, com quem mantém uma rumorosa história de cinco anos, a quem deixa para lutar pela causa da independência grega.

[24] Daniel Leuwen interpreta os itálicos como prova de que "essa palavra não deve ser confundida com o simples "desespero". Ver MUSSET, Alfred. *La confession d'un enfant du siècle*, p. 37, nota 1.

[25] 1793 é um ano paradigmático da guinada da Revolução em direção ao Terror. O número de prisões e de condenados pelo Tribunal revolucionário aumenta significativamente. Do ponto de vista simbólico, as execuções de Luís XVI e Maria Antonieta – do lado da contrarrevolução – e de uma parte do grupo girondino são significativas do processo de radicalização que caracteriza o período.

[26] Extrato de *Considerações sobre as causas da grandeza dos Romanos e de sua decadência*. Embora haja traduções dessa obra para o português, optamos, a bem da unidade estilística, por traduzir também essa citação.

Carta sobre o Romantismo a Cesare D'Azeglio
Alessandro Manzoni

Introdução

Alessandro Manzoni (Milão 1785-1873) é o autor daquela que é considerada a principal obra do Romantismo italiano e das maiores de toda a literatura da península: o romance *I Promessi Sposi* [*Os noivos*]. Apesar de não ter participado de maneira direta dos eventos que culminaram na unificação da Itália em 1861, o escritor foi uma sólida referência cultural, moral e política do *Risorgimento*, tendo sido nomeado Senador do Reino da Itália e chamado a presidir uma comissão voltada a formular propostas para a italianização linguística da população. Além de duas versões do famoso romance, compõem a rica obra manzoniana – que se estende por mais de sessenta anos de atividade literária – poemas de vários gêneros, duas tragédias e uma vasta produção ensaística.

A carta ao marquês Cesare D'Azeglio – pai de Massimo D'Azeglio, figura política, artística e intelectual de relevo no período – foi escrita em 1823, isto é, seis anos após a publicação de outra carta, aquela de Giovanni Berchet, considerada o manifesto do Romantismo italiano[1]. Trata-se de uma resposta ao marquês, que publicara, com elogios, o poema *La Pentecoste*, de Manzoni, mas manifestara reservas quanto ao sistema romântico e seu futuro.

Tentando explicar o significado de *romântico*, termo que ainda provocava tantas discussões, o autor de *Os noivos* afirma que os românticos contestavam a ideia segundo a qual os poetas definidos "clássicos" haviam elaborado um tipo de "posição poética" imutável, universal, exclusiva. Para ele, a proposição que melhor exprime o espírito do Romantismo italiano é que a poesia deve ter por objeto o verdadeiro como fonte única de "um prazer nobre e durável", sendo tal verdadeiro composto por dois aspectos: por um lado, estaria ligado ao conhecimento e à representação

---

[1] Traduzida neste volume.

da história e, mais exatamente, da história humana, tratando-se, portanto, de um verdadeiro histórico; por outro lado, o verdadeiro faria referência a um conjunto de ideias que se apoiam não somente na história humana, mas também sobre valores e certezas mais firmes e indiscutíveis.

A carta inicia manifestando seu desejo de mostrar os vários sentidos que se dá ao termo romântico, e ele distingue nesse "conceito" duas partes: uma negativa e uma positiva. Com essa divisão, Manzoni quer indicar as críticas ao Classicismo tecidas pelos românticos e as novas ideias introduzidas por eles. A parte negativa, a mais consistente, se propõe a combater o uso da mitologia, a imitação dos clássicos e a subserviência às suas regras.

Em seu texto o escritor italiano alterna as opiniões dos românticos e dos clássicos sobre os mesmos temas, criando um conjunto de perguntas com réplicas e contrarréplicas, e esforçando-se inicialmente em manter uma posição neutra através do tom imparcial, quase jornalístico, de sua exposição. Num segundo momento, porém, delineia seu pensamento a favor dos românticos, quando confessa compartilhar ideias semelhantes a respeito da mitologia, que considera, senão morta, mortalmente ferida. Em apoio a essa declaração, expõe uma teoria original que marca o Romantismo cristão manzoniano: a razão pela qual detesta a mitologia é que a fábula, segundo ele, é idolatria. Ou seja, o autor de *I Promessi Sposi* considera a mitologia conservada na poesia uma idolatria. Admitirá, no final de sua carta, que em todo o sistema romântico se discerne uma tendência cristã – apesar de não poder afirmar que tal tendência estivesse nas intenções de quem o propôs e o apoiou – pois ao sugerir o verdadeiro, o útil, o bom e o razoável, o sistema concorre para o escopo do cristianismo, não o contradiz.

A seguir discorre sobre a crítica ao princípio de imitação dos clássicos e faz uma síntese das principais proposições românticas, atacando de forma mais contundente o ponto de vista dos clássicos, tanto que não titubeia em fazer suas as declarações contra as regras poéticas, tidas como um obstáculo para os escritores de gênio, além de uma arma nas mãos dos pedantes. Segundo ele, essas declarações são corroboradas pela história da literatura italiana, já que, muitas vezes, na pátria de Dante, o que um tempo era considerado "violação das regras" foi chamado depois de "originalidade". Alessandro Manzoni conclui sua carta lamentando a utilização errada que ainda se faz da palavra Romantismo e a maneira como se divulga a opinião de que se trata de algo pertencente ao passado.

Anna Palma

Lettera sul Romanticismo a Cesare D'Azeglio

Alessandro Manzoni

Brusuglio, presso a Milano, 22 settembre 1823
Pregiatissimo signore,

[...] Nella sua gentilissima lettera Ella ha parlato d'una causa, per la quale io tengo, d'una parte, che seguo; e questa parte è quel sistema letterario, a cui fu dato il nome di romantico. Ma questa parola è applicata a così vari sensi, ch'io provo un vero bisogno d'esporle, o d'accennarle almeno quello ch'io c'intendo, perché troppo m'importa il di Lei giudizio. Oltre la condizione comune a tutti i vocaboli destinati a rappresentare un complesso d'idee e di giudizi, quella, cioè, d'essere intesi più o meno diversamente dalle diverse persone, questo povero romanticismo ha anche de' significati espressamente distinti, in Francia, in Germania, in Inghilterra. Una simile diversità, o una maggior confusione, regna, se non m'inganno, in quelle parti d'Italia dove se n'è parlato, giacché credo che, in alcune, il nome stesso non sia stato proferito, se non qualche volta per caso, come un termine di magia. In Milano, dove se n'è parlato più e più a lungo che altrove, la parola romanticismo, è stata, se anche qui non m'inganno, adoprata a rappresentare un complesso d'idee più ragionevole, più ordinato, più generale, che in nessun altro luogo. Potrei rimettermi a qualche scritto, dove quelle idee sono esposte e difese molto meglio di quello ch'io sappia fare; ma, oltre lo scopo di rappresentarne un concetto complessivo, Le confesso che l'onore ch'Ella m'ha fatto di toccarmi questo tasto, m'ha data la tentazione di sottoporle un qualche mio modo particolare di

Carta sobre o Romantismo a Cesare D'Azeglio

Alessandro Manzoni

Tradução e notas de
Anna Palma

Brusuglio, próximo a Milão, 22 de setembro de 1823
Prezadíssimo senhor,

[...] Em sua gentilíssima carta, o senhor falou de uma causa que defendo, de um partido do qual sou seguidor; e esse partido é o sistema literário ao qual foi dado o nome de romântico. Mas essa palavra é aplicada em tão variados sentidos que me sinto obrigado a expor-lhe, ou ao menos mencionar-lhe, o que dela entendo, porque muito me importa o seu juízo. Além da condição comum a todos os vocábulos destinados a representar um conjunto de ideias e juízos, ou seja, a de ser entendidos mais ou menos diferentemente por pessoas diferentes, esse pobre Romantismo tem significados expressamente distintos na França, na Alemanha, na Inglaterra. Tal diversidade, ou maior confusão, reina, se não me engano, nos lugares da Itália em que se falou sobre ele, pois, acredito, em alguns, seu nome não foi proferido senão poucas vezes por acaso, como um termo de magia. Em Milão, onde mais se comentou e por mais tempo do que em outros lugares, a palavra Romantismo, se não estiver novamente enganado, foi utilizada para representar um conjunto de ideias mais razoável, mais organizado, mais geral, do que em qualquer outro lugar. Eu poderia remeter a alguns escritos em que tais ideias são expostas e defendidas bem melhor do que sei expor e defender; mas, além do objetivo de apresentar um conceito complexo, confesso que a honra que o senhor me concedeu ao tocar nessa tecla despertou-se a tentação de propor-lhe modos meus particulares

considerar la questione. M'ingegnerò di ridurre e una cosa e l'altra nei termini più ristretti che mi sarà possibile, e di fare almeno un abuso moderato della sua pazienza.

Ciò che si presenta alla prima a chi si proponga di formarsi il concetto, che ho accennato di quel sistema, è la necessità di distinguere in esso due parti principali: la negativa e la positiva.

La prima tende principalmente a escludere – l'uso della mitologia – l'imitazione servile dei classici – le regole fondate su fatti speciali, e non su princìpi generali, sull'autorità de' retori, e non sul ragionamento, e specialmente quella delle così dette unità drammatiche, di tempo e di luogo apposte ad Aristotele.

Quanto alla mitologia, i Romantici hanno detto, che era cosa assurda parlare del falso riconosciuto, come si parla del vero, per la sola ragione, che altri, altre volte, l'hanno tenuto per vero; cosa fredda l'introdurre nella poesia ciò che non richiama alcuna memoria, alcun sentimento della vita reale; cosa noiosa il ricantare sempre questo freddo e questo falso; cosa ridicola ricantarli con serietà, con un'aria reverenziale, con delle invocazioni, si direbbe quasi ascetiche.

I Classicisti hanno opposto che, levando la mitologia, si spogliava la poesia d'immagini, le si levava la vita. I Romantici risposero che le invenzioni mitologiche traevano, al loro tempo, dalla conformità con una credenza comune, una spontaneità, una naturalezza, che non può rivivere nelle composizioni moderne, dove stanno a pigione. E per provare che queste possono vivere (e di che vita!) senza quel mezzo, ne citavano le più lodate, nelle quali, la mitologia fa bensì capolino, ora qua, ora là, ma come di contrabbando e di fuga, e ne potrebbe esser levata, senza che ne fosse, né sconnessa la compagine, né scemata la bellezza del lavoro. Citavano, dico, specialmente la Divina Commedia e la Gerusalemme, nelle quali tiene una parte importante, anzi fondamentale, un maraviglioso soprannaturale, tutt'altro che il pagano; e le rime spirituali del Petrarca, e le politiche, e le rime stesse d'amore; e l'Orlando dell'Ariosto, dove invece di dei e di dee, vengono in scena maghi e fate, per non parlar d'altro. E citavano insieme varie opere straniere, che godono un'alta fama, non solo ne' paesi dove nacquero, ma presso le persone colte di tutta l'Europa.

Un altro argomento de' Classicisti era, che nella mitologia si trova involto un complesso di sapientissime allegorie. I Romantici

de considerar a questão. Hei de me esforçar em reduzir uma e outra coisa nos termos mais restritos que me for possível, e abusar apenas moderadamente de sua paciência.

O que, em primeiro lugar, se apresenta a quem se propõe a dar forma ao conceito desse sistema que mencionei é a necessidade de nele distinguir duas partes principais: a negativa e a positiva.

A primeira tende principalmente a excluir: o uso da mitologia, a imitação servil dos clássicos, as regras fundamentadas sobre fatos especiais, e não sobre princípios gerais, sobre a autoridade de retóricos, e não sobre o raciocínio, e especialmente aquela das assim chamadas unidades dramáticas, de tempo e de lugar, atribuídas a Aristóteles.

Quanto à mitologia, os românticos disseram que era coisa absurda falar do reconhecidamente falso como se fosse verdadeiro, pela única razão que outros, outras vezes, o consideraram verdadeiro; coisa fria introduzir na poesia o que não evoca alguma lembrança, algum sentimento da vida real; coisa tediosa cantar repetidamente esse frio e esse falso; coisa ridícula cantá-los com seriedade, com tom de reverência, com invocações, eu diria, quase ascéticas.

Os classicistas objetaram que, eliminando a mitologia, se despojava a poesia de imagens, se privava a poesia da vida. Os românticos responderam que, antigamente, as invenções mitológicas extraíam da conformidade com uma crença comum uma espontaneidade, uma naturalidade, que não podem reviver nas composições modernas, onde fazem morada. E, para provar que essas composições são capazes de viver (e com quanta vida!) sem tal recurso, citavam as mais elogiadas, em que a mitologia também aparece ora aqui, ora ali, mas quase de contrabando e de passagem, e poderia ser eliminada sem que se desarranjasse a configuração ou se diminuísse a beleza do trabalho. Citavam especialmente a Divina Comédia e a Jerusalém,[1] em que tem um papel importante, aliás, fundamental, um maravilhoso sobrenatural, totalmente diferente do pagão; e as rimas espirituais de Petrarca, e as políticas, e as próprias rimas de amor; e o Orlando de Ariosto, em que, no lugar de deuses e deusas, vêm à cena magos e fadas, sem falar de outras obras. E citavam também várias obras estrangeiras, que gozam de alta fama não apenas nos países onde nasceram, mas junto às pessoas cultas de toda a Europa.

Outro argumento dos classicistas era que, na mitologia, se encontra envolvido um conjunto de muito sábias alegorias. Os românticos

rispondevano che, se, sotto quelle fandonie, c'era realmente un senso importante e ragionevole, bisognava esprimer questo immediatamente; che, se altri, in tempi lontani, avevano creduto bene di dire una cosa per farne intendere un'altra, avranno forse avute delle ragioni che non si vedono nel caso nostro, come non si vede perché questo scambio d'idee immaginato una volta deva divenire e rimanere una dottrina, una convenzione perpetua.

Per provar poi, con de' fatti anche loro, che la mitologia poteva benissimo piacere, anche nella poesia moderna, i Classicisti adducevano che l'uso non se n'era mai smesso fino allora. A questo i Romantici rispondevano che la mitologia, diffusa perpetuamente nelle opere degli scrittori greci e latini, compenetrata con esse, veniva naturalmente a partecipare della bellezza, della coltura, e della novità di quelle per gl'ingegni che, al risorgimento delle lettere, cercavano quelle opere con curiosità, con entusiasmo, e anche con una riverenza superstiziosa, come era troppo naturale; e che, come non era punto strano che tali attrattive avessero invogliati, fino dal principio, i poeti moderni a dare alle invenzioni mitologiche quel po' di posto; così era non meno facile a intendersi che quella pratica, trasmessa di generazione in generazione coi primi studi, e trasformata in dottrina, non solo si sia potuta mantenere, ma, come accade delle pratiche abusive, sia andata crescendo, fino a invadere quasi tutta la poesia, e diventarne il fondamento e l'anima apparente. Ma, concludevano, certe assurdità possono bensì tirare avanti, per più o meno tempo, ma farsi eterne non mai: il momento della caduta viene una volta; e per la mitologia è venuto [...].

Tali, se mal non mi ricordo, giacché scrivo di memoria, e senza aver sott'occhio alcun documento della discussione, erano le principali ragioni allegate pro e contro la mitologia.

Le confesso che quelle dei Romantici mi parevano allora, e mi paiono più che mai concludentissime. La mitologia non è morta certamente, ma la credo ferita mortalmente; tengo per fermo che Giove, Marte e Venere faranno la fine, che hanno fatta Arlecchino, Brighella e Pantalone, che pure avevano molti e feroci, e taluni ingegnosi sostenitori: anche allora si disse, che con l'escludere quei rispettabili personaggi si toglieva la vita alla commedia: che si perdeva una gloria particolare all'Italia (dove va qualche volta a ficcarsi la gloria!); anche allora si sentirono lamentazioni patetiche, che ora ci fanno maravigliare, non

respondiam que, se sob essas falsidades havia realmente um sentido importante e razoável, era preciso expressá-lo imediatamente; que, se outros em tempos distantes haviam acreditado que era certo dizer uma coisa para se entender outra, talvez tivessem tido razões que não se veem no nosso caso, assim como não se vê por que essa troca de ideias uma vez imaginada deva tornar-se, e permanecer, uma doutrina, uma convenção perpétua.

Então, para provar também com fatos que a mitologia podia muito bem agradar, mesmo na poesia moderna, os classicistas alegavam que seu uso nunca fora interrompido até aquele momento. A isso os românticos respondiam que a mitologia, difundida perpetuamente nas obras dos escritores gregos e latinos, a elas entremeada, acabava naturalmente por participar da beleza, da cultura e da novidade para os intelectos que, no ressurgimento das letras, procuravam tais obras com curiosidade, entusiasmo e até com reverência supersticiosa, como era muito natural; e que não era nada estranho que tais atrativos tivessem estimulado, desde o início, os poetas modernos a dar às invenções mitológicas um pouco de espaço, assim como era não menos fácil compreender que essa prática, transmitida de geração em geração com os primeiros estudos, e transformada em doutrina, não apenas tenha se mantido, mas, como acontece com as práticas abusivas, tenha crescido, até invadir quase toda a poesia e tornar-se seu fundamento e alma aparente. Mas, concluíam, alguns absurdos podem certamente perdurar por mais ou menos tempo, mas nunca se tornar eternos: o momento da queda chega um dia e para a mitologia chegou [...].

Se bem me recordo, já que escrevo de memória, sem ter sob os olhos nenhum documento da discussão, tais eram as principais razões alegadas a favor da mitologia e contra ela.

Confesso-lhe que as razões dos românticos me pareciam então, e hoje mais do que nunca, muito concludentes. A mitologia decerto não morreu, mas creio que esteja ferida mortalmente; tenho certeza de que Júpiter, Marte e Venus terão o mesmo fim de Arlequim, Briguela e Pantalão,[2] que também tinham muitos e corajosos, e alguns inteligentes, defensores. Também então se disse que excluindo esses respeitáveis personagens se privava a comédia de vida, se perdia uma glória particular da Itália (onde se esconde, por vezes, a glória!). Também então se ouviram queixas patéticas, que agora nos causam surpresa, não sem

senza un po' di riso, quando le troviamo negli scritti di quel tempo. Allo stesso modo, io tengo per fermo, che si parlerà generalmente tra non molto della mitologia, e della sua fine.

Intendo per fine, come l'intendevano i Romantici, e appariva da tutte le loro parole, il cessar d'essere una parte attiva della poesia; e questo mi fa venire in mente un'altra difficoltà che si opponeva loro, e che è un esempio curioso del vezzo tanto comune, d'allargare, cioè di trasformare delle opinioni, per combatterle più comodamente. – Stando alle vostre proposte, si diceva loro da alcuni, s'avrà a mutare una parte, non solo della poesia, ma del linguaggio comune. Non si potrà più dire: una forza erculea, un aspetto marziale, degli augùri sinceri, e una bella quantità d'altre locuzioni prettamente mitologiche. – A questo era facile il rispondere che l'istituzioni, l'usanze, l'opinioni che hanno regnato lungo tempo in una o più società, lasciano ordinariamente nelle lingue, delle tracce della loro esistenza passata, e ci sopravvivono con un senso acquistato per mezzo dell'uso, e reso indipendente dalla loro origine: la stessa risposta che si darebbe a chi venisse a dire: o rimettete in onore l'astrologia, o bandite dal linguaggio i vocaboli: influsso, ascendente, disastro, e altri derivati dalla stessa fonte.

Ma la ragione, per la quale io ritengo detestabile l'uso della mitologia, e utile quel sistema che tende ad escluderla, non la direi certamente a chiunque, per non provocare delle risa, che precederebbero, e impedirebbero ogni spiegazione; ma non lascerò di sottoporla a Lei, che, se la trovasse insussistente, saprebbe addirizzarmi, senza ridere. Tale ragione per me è, che l'uso della favola è idolatria. Ella sa molto meglio di me, che questa non consisteva soltanto nella credenza di alcuni fatti naturali e soprannaturali: questi non erano che la parte storica; ma la parte morale era fondata nell'amore, nel rispetto, nel desiderio delle cose terrene, delle passioni, de' piaceri portato fino all'adorazione, nella fede in quelle cose come se fossero il fine, come se potessero dare la felicità, salvare. L'idolatria in questo senso può sussistere anche senza la credenza alla parte storica, senza il culto; può sussistere purtroppo anche negli intelletti persuasi della vera Fede: dico l'idolatria, e non temo di abusare del vocabolo, quando San Paolo l'ha applicato espressamente all'avarizia, come ha anche chiamato Dio de' golosi il ventre.

Ora cos'è la mitologia conservata nella poesia, se non questa idolatria? E qual prova più espressa se ne potrebbe desiderare, di quella che

uma ligeira risada, quando as encontramos nos escritos da época. Da mesma maneira, tenho certeza de que se falará genericamente, daqui a não muito tempo, da mitologia e de seu fim.

Entendo, por fim, como entendiam os românticos, e transparecia em todas as suas palavras, que tenha deixado de ser uma parte ativa da poesia; e isso me faz lembrar de outra dificuldade que se atribuía a eles, e que é um exemplo curioso do hábito tão comum de ampliar, ou melhor dizendo, de transformar as opiniões, para combatê-las mais confortavelmente. – Se seguirmos as suas propostas – afirmavam alguns –, há de se mudar uma parte, não só da poesia, mas da linguagem comum. Não será mais possível dizer: força hercúlea, aspecto marcial, voto de Minerva, e uma boa quantidade de outras locuções claramente mitológicas. – A isso era fácil responder que as instituições, os costumes, as opiniões que reinaram por longo tempo em uma ou mais sociedades, deixam normalmente nas línguas marcas de suas existências passadas e sobrevivem com um sentido adquirido por meio do uso, que se torna independente de sua origem. A mesma resposta que poderia ser dada a quem dissesse: – Devolvam a honra à astrologia ou teremos de banir da língua os vocábulos: influência, ascendente, desastre e outros que derivam da mesma fonte.

Mas a razão por que considero detestável o uso da mitologia, e útil o sistema que tende à sua exclusão, certamente não diria a qualquer um, para não provocar o riso que precederia, e impediria, toda explicação; mas não deixarei de apresentá-la ao senhor, que saberia dirigir-se a mim, sem rir, se a julgasse sem fundamento. Essa razão é que o uso da fábula é idolatria. O senhor sabe muito melhor do que eu que esta não consistia apenas na crença em alguns fatos naturais e sobrenaturais; estes não eram senão a parte histórica, mas a parte moral estava fundada no amor, no respeito, no desejo das coisas terrenas, das paixões, dos prazeres, tudo até o limite da adoração, na fé nessas coisas como se fossem o fim, como se pudessem dar felicidade, salvar. A idolatria, nesse sentido, pode subsistir mesmo sem a crença na parte histórica, sem o culto; ela pode subsistir, infelizmente, até nos intelectos já convencidos pela verdadeira Fé. Digo "idolatria" e não temo abusar do vocábulo, uma vez que São Paulo o aplicou explicitamente à avareza, bem como chamou o ventre de Deus dos gulosos.

Ora, o que é a mitologia conservada na poesia, senão essa idolatria? E que prova mais clara poderia se desejar do que aquela que

ne danno gli argomenti sempre adoprati a raccomandarla? La mitologia, si è sempre detto, serve a rappresentare al vivo, e rendere interessanti le passioni, le qualità morali, anzi le virtù. E come fa questo la mitologia? Entrando, per quanto è possibile, nelle idee degli uomini, che vedevano un dio in ognuna di quelle cose; usando del loro linguaggio, tentando di fingere una credenza a ciò, che quelli credevano; ritenendo in somma dell'idolatria tutto ciò che è compatibile con la falsità riconosciuta di essa. Così l'effetto generale della mitologia non può essere, che di trasportarci alle idee di que' tempi in cui il Maestro non era venuto, di quegli uomini che non ne avevano né la previsione, né il deside-rio; di farci parlare anche oggi, come se Egli non avesse insegnato, di mantenere i simboli, l'espressioni, le formule dei sentimenti ch'Egli ha inteso distruggere; di farci lasciar da una parte i giudizi ch'Egli ci ha dati delle cose, il linguaggio che è la vera espressione di quei giudizi, per ritenere le idee e i giudizi del mondo pagano [...].

Insieme con la mitologia vollero i Romantici escludere l'imi-tazione dei classici; non già lo studio, come volle intendere la parte avversaria. Se ho bene intesi gli scritti, e i discorsi di alcuni di loro, nessuno di essi non sognò mai una cosa simile. Sapevano troppo bene (e chi l'ignora?), che l'osservare in noi l'impressione prodotta dalla parola altrui c'insegna, o per dir meglio, ci rende più abili a produrre negli altri delle impressioni consimili; che l'osservare l'andamento, i trovati, gli svolgimenti dell'ingegno altrui è un lume al nostro; che questo, ancor quando non metta direttamente un tale studio nella lettura, ne resta, senza avvedersene, nutrito e raffinato; che molte idee, molte im-magini, che approva e gusta, gli sono scala per arrivare ad altre talvolta lontanissime in apparenza; che insomma per imparare a scrivere giova il leggere, e che questa scola è allora più utile, quando si fa sugli scritti d'uomini di molto ingegno e di molto studio, quali appunto erano, tra gli scrittori che ci rimangono dell'antichità, quelli che specialmente sono denominati classici [...].

Quello che i Romantici combattevano, è il sistema d'imitazione, che consiste nell'adottare e nel tentare di riprodurre il concetto ge-nerale, il punto di vista dei classici, il sistema, che consiste nel ritenere in ciascun genere d'invenzione il modulo, ch'essi hanno adoprato, i caratteri che ci hanno impressi, la disposizione, e la relazione del-le diverse parti; l'ordine e il progresso de' fatti, ecc. Questo sistema

nos oferecem os argumentos sempre utilizados para recomendá-la? A mitologia, sempre se disse, serve para representar ao vivo e tornar interessantes as paixões, as qualidades morais, ou melhor, as virtudes. E como a mitologia faz isso? Penetrando, na medida do possível, nas ideias dos homens, que viam um deus em cada uma dessas coisas; usando a linguagem deles, tentando fingir acreditar no que eles acreditavam; retendo, em suma, da idolatria tudo o que é compatível com a falsidade que nela se reconhece. Assim, o efeito geral da mitologia só pode ser o de nos transportar para as ideias daqueles tempos em que o Mestre ainda não havia chegado, daqueles homens que não o anunciavam nem o desejavam; de nos fazer falar ainda hoje como se Ele não houvesse ensinado; de manter os símbolos, as expressões, as fórmulas dos sentimentos que Ele pretendeu destruir; de nos fazer deixar de lado os juízos que Ele nos deu das coisas, a linguagem que é a verdadeira expressão desses juízos, para conservar as ideias e os juízos do mundo pagão [...].

Junto com a mitologia, quiseram os românticos excluir a imitação dos clássicos; não o estudo dos clássicos, como quis interpretar a parte adversária. Se compreendi bem os escritos e os discursos de alguns deles, nenhum jamais sonhou coisa parecida. Sabiam muito bem (e quem ignora?) que observar em nós a impressão produzida pela palavra alheia nos ensina ou, melhor dizendo, nos torna mais hábeis em produzir nos outros impressões semelhantes; que observar o comportamento, as descobertas, os desenvolvimentos do intelecto do outro é uma luz para o nosso próprio intelecto; que este, mesmo quando não coloca diretamente muita atenção na leitura, sem perceber, é nutrido e refinado por ela; que muitas ideias, muitas imagens, que aprova e aprecia, são para ele degraus para alcançar outras, às vezes muito distantes na aparência; que, enfim, para aprender a escrever é importante ler, e que esse ensinamento é ainda mais útil quando se realiza sobre os escritos de homens de muito engenho e de muito estudo, assim como eram, dentre os escritores que nos ficaram da antiguidade, os que são especificamente denominados clássicos [...].

O que os românticos combatiam é o sistema de imitação, que consiste em adotar e tentar reproduzir o conceito geral, o ponto de vista dos clássicos, o sistema, que consiste em conservar em cada gênero de ficção a forma que eles utilizaram, o caráter que imprimiram, a disposição e a relação entre as diferentes partes; a ordem e o progresso dos fatos, etc. Esse sistema de imitação, no qual me detive apenas em

d'imitazione, dei quale ho appena toccati alcuni punti; questo sistema fondato sulla supposizione a priori, che i classici abbiano trovati tutti i generi d'invenzione, e il tipo di ciascheduno, esiste dal risorgimento delle lettere; forse non è stato mai ridotto in teoria perfetta, ma è stato ed è tuttavia applicato in mille casi, sottinteso in mille decisioni, e diffuso in tutta la letteratura. Basta osservare un solo genere di scritti, le apologie letterarie: quasi tutti coloro, che hanno perduto il tempo a difendere i loro componimenti contro coloro, che avevano perduto il tempo a censurarli, hanno allegati gli esempi e l'autorità dei classici, come la giustificazione più evidente, e più definitiva. Non è stato ridotto in teoria; e questa appunto è forse la fatica più gravosa e la meno osservata di quelli, che vogliono combattere idee false comunemente ricevute, il dover pigliarle qua e là, comporle, ridurle come in un corpo, metterci l'ordine, di cui hanno bisogno per combatterle ordinatamente. Non è stato questo sistema né ragionato, né provato, né discusso seriamente; anzi, a dir vero, si sono sempre messe in campo e ripetute proposizioni, che gli sono opposte; sempre si è gettata qualche parola di disprezzo contro l'imitazione servile, sempre si è lodata e raccomandata l'originalità; ma insieme si è sempre proposta l'imitazione. Si è insomma sempre predicato il pro e il contro, come meglio tornava al momento, senza raffrontarli mai, né stabilire un principio generale. Questo volevano i Romantici che si facesse una volta; volevano che, da litiganti di buona fede, si definisse una volta il punto della questione, e si cercasse un principio ragionevole in quella materia; chiedevano, che si riconoscesse espressamente, che, quantunque i classici abbiano scritte cose bellissime, pure né essi né verun altro non ha dato, né darà mai un tipo universale, immutabile, esclusivo di perfezione poetica. E non solo mostrarono in astratto l'arbitrario e l'assurdo di quel sistema d'imitazione, ma cominciarono anche a indicare in concreto molte cose evidentemente irragionevoli introdotte nella letteratura moderna per mezzo dell'imitazione de' classici. E per esempio, sarebbe egli mai, senza un tal mezzo, venuto in mente a de' poeti moderni di rappresentar de' pastori, in quelle condizioni e con que' costumi che si trovano nelle egloghe, o nei componimenti di simil genere, dal Sannazaro al Manara, se, prima di quello, o dopo questo, non ci furono altri poeti bucolici, o ignorati o dimenticati da me? E perché dall'imitazione cieca e, per dir così materiale, si sdrucciola facilmente nella caricatura, avvenne,

alguns pontos, esse sistema fundado sobre a suposição *a priori* de que os clássicos descobriram todos os gêneros de ficção, e o tipo de cada um deles, existe desde o ressurgimento das letras; talvez nunca tenha sido expresso numa teoria perfeita, mas foi e continua a ser aplicado em milhares de casos, subentendido em milhares de decisões, e difundido em toda a literatura. Basta observar um único gênero de escritos, as apologias literárias. Quase todos que perderam seu tempo em defender suas composições, contra os que perderam seu tempo em censurá-las, citaram os exemplos e a autoridade dos clássicos como justificativa mais evidente e mais definitiva. Não foi expresso em teoria, e esse talvez seja o trabalho mais duro e menos considerado daqueles que querem combater ideias falsas costumeiramente recebidas, ter de recolhê-las aqui e ali, compô-las, concentrá-las como num corpo, colocar a ordem de que precisam para combatê-las de maneira organizada. Não foi esse sistema nem pensado, nem testado, nem discutido seriamente, aliás, na verdade, sempre se colocaram em campo e se repetiram proposições que são contrárias a ele; sempre se lançaram palavras de desprezo contra a imitação servil, sempre se louvou e se recomendou a originalidade, mas, ao mesmo tempo, sempre se propôs a imitação. Enfim, sempre se predicou o pró e o contra, como melhor convinha ao momento, sem nunca os confrontar, nem estabelecer um princípio geral. Era isso que os românticos queriam que se fizesse uma vez; queriam que, como adversários de boa fé, se definisse de uma vez por todas o ponto da questão, e se encontrasse um princípio razoável nessa matéria; pediam que se reconhecesse explicitamente que, apesar de os clássicos terem escrito coisas belíssimas, nem eles nem outros produziram, nem nunca produzirão, um tipo universal, imutável, exclusivo de perfeição poética. E não só mostraram, em abstrato, o arbitrário e o absurdo desse sistema de imitação, mas começaram também a apontar concretamente muitas coisas evidentemente irrazoáveis introduzidas na literatura moderna por meio da imitação dos clássicos. E, por exemplo, sem tal recurso, como teria vindo à mente dos poetas modernos representar pastores nas condições e nas vestes em que se encontram nas églogas ou nas composições de gênero semelhante, desde Sannazaro[3] até Manara,[4] se, antes do primeiro ou depois do segundo, não houve outros poetas bucólicos, ignorados ou esquecidos por mim? E uma vez que da imitação cega e, por assim dizer, material, se escorrega facilmente para a caricatura, uma

una mattina, che tutti i poeti italiani, voglio dire quelli che avevano composti, o molti, o pochi versi italiani, si trasformarono, loro medesimi (idealmente s'intende) in tanti pastori, abitanti in una regione del Peloponneso, con de' nomi, né antichi, né moderni, né pastorali, né altro; e in quasi tutti i loro componimenti, di qualunque genere, e su qualunque soggetto, parlavano, o ficcavano qualche cenno delle loro gregge e delle loro zampogne, de' loro pascoli e delle loro capanne. E una tale usanza poté, non solo vivere tranquillamente per una generazione, ma tener duro contro le così frizzanti e così sensate canzonature del Baretti, e sopravvivere anche a lui.

Profittando poi, com'era facile in ogni cosa, delle contradizioni de' loro avversari, dicevano i Romantici: Non siete voi quelli che, ne' classici, lodate tanto l'originalità, quell'avere ognuno di loro, un carattere proprio, spiccato e, per dir così, personale? E non è dunque in questo, cioè nel non essere imitatori, che, anche secondo voi altri, è ragionevole l'imitarli?

Le ragioni del sistema romantico, per escludere la mitologia e l'imitazione, sono, com'Ella ha certamente veduto, molto consentanee tra di loro [...]

Intorno alle regole generali, ecco quali furono, se la memoria non m'inganna, le principali proposizioni romantiche. Ogni regola, per esser ricevuta da uomini, debbe avere la sua ragione nella natura della mente umana. Dal fatto speciale, che un tale scrittor classico, in un tal genere, abbia ottenuto l'intento, toccata la perfezione, se si vuole, con tali mezzi, non se ne può dedurre, che quei mezzi devano pigliarsi per norma universale, se non quando si dimostri, che siano applicabili, anzi necessari in tutti i casi d'ugual genere; e ciò per legge dell'intelletto umano. Ora, molti di quei mezzi, di quei ritrovati messi in opera dai classici, furono suggeriti ad essi dalla natura particolare del loro soggetto, erano appropriati a quello, individuali per così dire; e l'averli trovati in quella occorrenza, è un merito dello scrittore, ma non una ragione per farne una legge; anzi è una ragione per non farnela. Di più, anche nella scelta dei mezzi, i classici possono avere errato; perché no? e in questi casi, invece di cercare nel fatto loro una regola da seguire, bisogna osservare un fallo da evitarsi. A voler dunque profittare con ragione dell'esperienza, e prendere dal fatto un lume per il da farsi, si sarebbe dovuto distinguere nei classici ciò, che è di ragione perpetua, ciò, che

bela manhã aconteceu que todos os poetas italianos, quero dizer, os que haviam composto muitos ou poucos versos italianos, se transformaram, eles mesmos (idealmente, compreenda-se), em tantos pastores, habitantes de uma região do Peloponeso, com nomes nem antigos, nem modernos, nem pastorais, nem outra coisa; e em quase todas as suas composições, de qualquer gênero, e sobre qualquer argumento, falavam, ou mencionavam algo, de seus rebanhos e de suas gaitas de foles, de seus pastos e de suas choupanas. E tal costume pôde não só viver tranquilamente por uma geração, mas aguentar firme diante das tão mordazes e sensatas zombarias de Baretti,[5] e sobreviver também a ele.

Aproveitando ainda as contradições de seus adversários, o que era fácil tarefa, diziam os românticos: – Não são vocês que, nos clássicos, louvam tanto a originalidade, o fato de cada um deles ter um caráter próprio, distinto e, por assim dizer, pessoal? E não é, portanto, nisso, ou seja, no fato de não serem imitadores que, segundo vocês, é razoável imitá-los?

As razões do sistema romântico para excluir a mitologia e a imitação, como o senhor certamente percebeu, são muito coerentes entre si [...].

Quanto às regras gerais, se não me falha a memória, eis quais foram as principais proposições românticas. Toda regra, para ser acolhida pelos homens, deve ter sua razão na natureza da mente humana. Do fato especial que certo escritor clássico, em certo gênero, tenha obtido seu intento ou, como se queira, tenha alcançado a perfeição, fazendo uso de tais meios, não se pode deduzir que tais meios devam ser tomados como norma universal, senão quando se demonstre que são aplicáveis, aliás, necessários, a todos os casos do mesmo gênero; e isso pela lei do intelecto humano. Ora, muitos desses meios, das descobertas colocadas em ato pelos clássicos, foram sugeridos a eles pela natureza particular de seu objeto, eram adequados para ele, individuais, por assim dizer; e tê-los encontrado nessa circunstância é mérito do escritor, mas não uma razão para fazer disso uma lei; ao contrário, é uma razão para não fazer. E mais, até na escolha dos meios, os clássicos podem ter errado, por que não? E, nesses casos, em vez de procurar no feito deles uma regra a ser seguida, é necessário observar uma falha a ser evitada. Querendo, portanto, aproveitar com razão a experiência e extrair do feito uma luz para o que há de se fazer, caberia distinguir nos clássicos

è di opportunità speciale. Se questo discernimento fosse stato tentato e eseguito da de' filosofi, converrebbe tener molto conto delle loro fatiche, senza però ricevere ciecamente le loro decisioni. Ma invece questa provincia è stata invasa, corsa, signoreggiata quasi sempre da retori estranei affatto agli studi sull'intelletto umano; e questi hanno dedotte dal fatto, inteso come essi potevano, le leggi che hanno volute, hanno ignorate, o repudiate le poche ricerche de' filosofi in quella materia, o se ne sono impadroniti, le hanno commentate a loro modo, traviate, o anche qualche volta hanno messo sotto il nome e l'autorità di quelli le loro povere e strane prevenzioni. Ricevere senza esame, senza richiami, leggi di tali, e così create, è cosa troppo fuori di ragione. E quale in fatti, aggiungevano i Romantici, è l'effetto più naturale del dominio di queste regole? Di distrarre l'ingegno inventore dalla contemplazione del soggetto, dalla ricerca dei caratteri propri e organici di quello, per rivolgerlo e legarlo alla ricerca e all'adempimento di alcune condizioni affatto estranee al soggetto, e quindi d'impedimento a ben trattarlo. E un tale effetto non è forse troppo manifesto? Queste regole non sono forse state per lo più un inciampo a quelli, che tutto il mondo chiama scrittori di genio, e un'arme in mano di quelli, che tutto il mondo chiama pedanti? E ogni volta che i primi vollero francarsi di quell'inciampo, ogni volta che, meditando sul loro soggetto, e trovandosi a certi punti, dove per non istorpiarlo era forza di violare le regole, essi le hanno violate, che n'è avvenuto? I secondi gli attendevano al varco; e senza esaminare, né voler intendere il perché di quelle che chiamavano violazioni, senza provare, né saper nemmeno, che ad essi incombeva di provare, che l'attenersi alla regola sarebbe stato un mezzo per trattar meglio quel soggetto, gridarono ogni volta contro la licenza, contro l'arbitrio, contro l'ignoranza dello scrittore. Ora, poiché ciò che ha data sempre tanta forza ai pedanti contro gli scrittori d'ingegno, è per l'appunto questo rispetto implicito per le regole, perché, dicevano i Romantici, lasceremo noi sussistere una tale confusione, un tal mezzo per tormentare gli uomini d'ingegno? Non sono stati sempre tormentati più del bisogno?

Dall'altra parte, proseguivano, non è egli vero che, passato un certo tempo, quella stessa violazione delle regole, ch'era stata un capo d'accusa per molti scrittori, divenne per la loro memoria un soggetto di lode? che ciò che s'era chiamata sregolatezza, ebbe poi nome d'originalità?

o que é de razão perpétua daquilo que é de oportunidade especial. Se esse discernimento tiver sido provado e executado pelos filósofos, seria muito conveniente levar em conta seus esforços, sem, no entanto, acolher cegamente suas decisões. Entretanto, esta província foi invadida, percorrida, dominada quase sempre por retóricos totalmente alheios aos estudos sobre o intelecto humano; e esses senhores deduziram do fato, interpretado como podiam, as leis que quiseram; ignoraram ou repudiaram as poucas investigações dos filósofos sobre essa matéria, ou se apropriaram delas, as comentaram à sua maneira, deturpando-as, ou mesmo, às vezes, colocaram sob o nome e a autoridade desses filósofos suas pobres e estranhas suposições. Acolher sem examinar, sem reclamar, leis como essas, e como tal criadas, é coisa muito fora da razão. E qual é, de fato, acrescentavam os românticos, o efeito mais natural do domínio dessas regras? Distrair os cérebros inventores da contemplação do objeto, da busca de suas características próprias e orgânicas, para examiná-lo e associá-lo à busca e ao atendimento de algumas condições totalmente estranhas a ele e, portanto, de impedimento para tratá-lo bem. E tal efeito não é bastante evidente? Essas regras não foram, o mais das vezes, um empecilho para aqueles que o mundo chama de escritores de gênio e uma arma na mão daqueles que o mundo chama pedantes? E toda vez que os primeiros quiseram se livrar desse empecilho, toda vez que, meditando sobre seu objeto e se encontrando em situações em que, para não o deformar, era necessário violar as regras, eles as violaram, o que aconteceu? Os segundos os aguardavam logo à frente e, sem analisar, nem querer entender o porquê do que chamavam de violações, sem provar, e sem ao menos saber que a eles cabia provar, que se ater à regra teria sido um modo de tratar melhor esse objeto, todas as vezes gritaram contra a licença, contra o arbítrio, contra a ignorância do escritor. Ora, já que o que sempre deu tanta força aos pedantes contra os escritores de engenho é esse respeito implícito às regras, por que, diziam os românticos, permitiremos que subsista uma confusão dessas, um tal expediente para atormentar os homens engenhosos? Eles não foram sempre atormentados além do necessário?

Por outro lado, prosseguiam, não é verdade que, passado um tempo, a mesma violação das regras, que fora matéria de acusação contra muitos escritores, se tornou, pela sua memória, um objeto de louvor? Que o que antes se chamara ausência de regras recebeu, depois, o nome de

E, come nella questione della mitologia, allegavano anche qui la lode che noi italiani diamo a più d'uno de' nostri poeti prediletti, e quella che altre colte nazioni danno ad alcuni de' loro, d'avere abbandonate le norme comuni; d'essersi resi superiori a quelle: d'avere scelta una, o un'altra strada non tracciata, non preveduta, nella quale la critica non aveva ancora posti i suoi termini, perché non la conosceva, e il genio solo doveva scoprirla? Se per questi, dicevano, il trasgredir le regole è stato un mezzo di far meglio, perché s'avrà sempre a ripetere che le regole sono la condizione essenziale per far bene? [...]

Sono ben lontano dal credere d'avere espressa una idea compita della parte negativa del sistema romantico. [...] Pure oso credere, che anche il poco, che ho qui affoltato di quel sistema, basti a farne sentire il nesso, e l'importanza, a farci scorgere una vasta e coerente applicabilità d'un principio a molti fatti della letteratura, e una forse ancor più vasta e feconda applicabilità a tutti i fatti della letteratura stessa. Dovrei ora passare alla parte positiva, e spicciarmi; ma non mi posso ritener di parlare d'una obiezione, o, per dir meglio, di una critica, che si faceva al complesso delle idee, che ho toccate fin qui.

Si diceva che tutte quelle idee, quei richiami, tutte quelle proposte di riforma letteraria, erano cose vecchie, ricantate, sparse in cento libri. Che questa fosse una critica fatta alle persone, non una obiezione al sistema, è una cosa manifesta. La questione era, se certe idee fossero vere o false; cosa c'entrava, che fossero nove o vecchie? Riconosciuta la verità, o dimostrata la falsità delle idee, anche l'altra ricerca poteva esser utile alla storia delle cognizioni umane; ma anteporre questa ricerca, farne il soggetto principale della questione, era un cambiarla per dispensarsi dal risolverla. Di più questa taccia di plagiari che si dava ai Romantici, faceva a' cozzi con quella di novatori temerari che si dava loro ugualmente. E a ogni modo, non esito a dirla ingiusta. Non parlerò dell'idee nove messe in campo da quelli; le opposizioni stesse ne provocarono assai. Ma il nesso delle antiche; ma la relazione scoperta e indicata tra di esse; ma la luce e la forza reciproca, che venivano a tutte dal solo fatto di classificarle sotto ad un principio, il sistema insomma, da chi era stato immaginato, da chi proposto, da chi ragionato mai? Dalle ricchezze intellettuali sparse, dal deposito confuso delle cognizioni umane, raccogliere pensieri staccati e accidentali, verità piuttosto sentite che comprese, accennate piuttosto che dimostrate; subordinarle a una

originalidade? E, como na questão da mitologia, mencionavam também aqui o louvor que nós, italianos, prestamos a vários de nossos poetas prediletos e que outras nações cultas prestam a alguns dos seus, por terem abandonado as normas comuns, por terem se tornado superiores a elas e escolhido um caminho não traçado, não previsto, em que a crítica não havia ainda colocado seus limites pois não o conhecia, e que apenas o gênio devia encontrar? Se para esses, diziam, transgredir as regras foi um meio para fazer melhor, por que temos sempre de repetir que as regras são a condição essencial para fazer bem? [...]

Longe de mim acreditar que expressei uma ideia plena da parte negativa do sistema romântico. [...] Apesar disso, ouso crer que mesmo o pouco desse sistema que aqui reuni seja suficiente para se perceber seu nexo e sua importância, para se entrever uma vasta e coerente aplicabilidade de um princípio a muitos fatos da literatura e, quiçá, uma ainda mais vasta e fecunda aplicabilidade a todos os fatos da mesma literatura. Agora deveria passar à parte positiva e me apressar, mas não posso evitar referir-me a uma objeção, ou melhor, a uma crítica, que se fazia ao conjunto de ideias de que tratei até aqui.

Dizia-se que todas as ideias, apelos, propostas de reforma literária eram coisas velhas, já faladas, presentes em centenas de livros. Que essa era uma crítica feita às pessoas, não uma objeção ao sistema, é evidente. A questão era se determinadas ideias eram verdadeiras ou falsas; que importava se fossem novas ou velhas? Reconhecida a verdade, ou demonstrada a falsidade das ideias, também a outra questão podia ser útil para a história dos conhecimentos humanos; mas preferi-la, torná-la o objeto principal do problema, era mudá-lo para dispensar-se de sua resolução. Além do mais, esse rótulo de plagiários que davam aos românticos colidia com o de inovadores temerários, que igualmente lhes atribuíam. E, de toda forma, não hesito em considerá-lo injusto. Não falarei das ideias novas que colocaram em ação; as próprias críticas estimularam muitas delas. Mas a coerência das ideias antigas, mas a relação descoberta e apontada entre elas, mas a luz e a força recíproca que atingem a todas pelo simples fato de serem classificadas sob um princípio, o sistema, em suma, quem o havia imaginado, proposto, suposto? Das riquezas intelectuais esparsas, do depósito confuso dos conhecimentos humanos, recolher pensamentos distintos e acidentais, verdades mais ouvidas do que compreendidas, sugeridas mais que demonstradas; subordiná-las a uma verdade mais geral

verità più generale, che riveli tra di esse un'associazione non avvertita in prima; cambiare i presentimenti di molti uomini d'ingegno in dimostrazioni, levare a molte idee l'incertezza, e l'esagerazione; sceverare quel misto di vero e di falso, che le faceva rigettare in tutto da molti, e ricevere in tutto da altri con un entusiasmo irragionevole; collocarle con altre, che servono ad esse di limite e di prova a un tempo, non è questa la lode d'un buon sistema? e è forse una lode tanto facile a meritarsi? E chi ha mai desiderato, o immaginato un sistema, che non contenesse, fuorché idee tutte nove?

Del resto, non c'è qui da vedere un'ingiustizia particolare: l'accusa di plagio è stata fatta sempre agli scrittori, che hanno detto il più di cose nove; sempre s'è andato a frugare ne' libri antecedenti, per trovare che il tal principio era stato già immaginato, insegnato, ecc.; sempre si è detto ch'era la centesima volta, che quelle idee venivano proposte. E che avrebbero potuto rispondere quegli scrittori? Tal sia di voi, che siete stati sordi le novantanove; tal sia di voi, che, avendo in tanti libri tutte queste idee, non ne tenevate conto, e continuavate a ragionare come se non fossero mai state proposte. Ora noi v'abbiamo costretti ad avvertirle; quando non si fosse fatto altro, questo almeno è qualcosa di novo [...].

Con tutto ciò la parte negativa è, senza dubbio, la più notabile del sistema romantico, almeno del trovato e esposto fino ad ora.

Il positivo non è a un bon pezzo, né così preciso, né così diretto, né sopra tutto così esteso. Oltre quella condizione generale dell'intelletto umano, che lo fa essere più attivo nel distruggere, che nell'edificare, la natura particolare del sistema romantico doveva produrre questo effetto. Proponendosi quel sistema d'escludere tutte le norme, che non siano veramente generali, perpetue, ragionevoli per ogni lato, viene a renderne più scarso il numero, o almeno più difficile e più lenta la scelta. Un'altra cagione fu la breve durata della discussione, e il carattere, che prese fino dal principio. Come il negativo era naturalmente il primo soggetto da trattarsi, così occupò quasi interamente quel poco tempo. La discussione poi prese purtroppo un certo colore di scherno, come per lo più accade; ora in tutte le questioni trattate schernevolmente c'è più vantaggio nell'attaccare, che nel difendere: quindi i Romantici furono naturalmente portati a diffondersi, e a insistere più nella parte negativa, nella quale, per dir la verità, trovavano da sguazzare [...].

que revele entre elas uma associação não percebida em um primeiro momento; transformar os pressentimentos de muitos homens de engenho em demonstrações, apagar a incerteza e o exagero de muitas ideias; separar a mistura de verdadeiro e de falso, que provocava a total repulsão por parte de muitos e o acolhimento com entusiasmo irracional por parte de outros; colocá-las junto a outras, que funcionam como limite e teste ao mesmo tempo, não é esse o mérito de um bom sistema? E é um mérito tão fácil de reconhecer? E quem jamais desejou ou imaginou um sistema que não contivesse apenas ideias totalmente novas?

De resto, não se trata aqui de uma injustiça particular, a acusação de plágio sempre foi feita aos escritores, especialmente àqueles que mais falaram de coisas novas; sempre se vasculhou em livros precedentes buscando-se provar que tal princípio já havia sido imaginado, ensinado, etc.; sempre se disse que era a centésima vez que tais ideias eram propostas. E o que poderiam ter respondido esses escritores? Problema de vocês, que foram surdos noventa e nove vezes; problema de vocês que, dispondo de todas essas ideias em tantos livros, não as consideraram e continuaram a discutir como se elas nunca tivessem sido propostas. Agora nós os obrigamos a notá-las; caso não se tenha feito mais nada, isso ao menos já é algo de novo [...].

Com tudo isso, a parte negativa é, sem dúvida, a mais notável do sistema romântico, pelo menos do que foi descoberto e exposto até este momento.

O positivo não é de forma alguma tão exato, nem tão direto e, sobretudo, nem tão extenso. Além daquela condição geral do intelecto humano que o faz mais ativo em destruir do que em edificar, a natureza particular do sistema romântico precisava produzir esse efeito. Propondo-se esse sistema a excluir todas as normas não verdadeiramente gerais, perpétuas, razoáveis, para todos os lados, torna o número menor ou, pelo menos, mais difícil e lenta a escolha. Outra razão foi a curta duração do debate e o caráter que assumiu desde o início. Como o negativo era naturalmente o primeiro objeto a ser tratado, acabou ocupando quase todo aquele pouco tempo. Depois, infelizmente, o debate assumiu um tom de deboche, como acontece o mais das vezes; ora, em todas as questões tratadas com deboche, há mais vantagem em atacar do que em defender; assim, os românticos foram naturalmente levados a se deter e a insistir mais na parte negativa, em que, para dizer a verdade, ficavam à vontade [...].

Dove poi l'opinioni de' Romantici erano unanimi, m'è parso, e mi pare, che fosse in questo: che la poesia deva proporsi per oggetto il vero come l'unica sorgente d'un diletto nobile e durevole; giacché il falso può bensì trastullar la mente, ma non arricchirla, né elevarla; e questo trastullo medesimo è, di sua natura instabile e temporario, potendo essere, come è desiderabile che sia, distrutto, anzi cambiato in fastidio, o da una cognizione sopravvegnente del vero, o da un amore cresciuto del vero medesimo. Come il mezzo più naturale di render più facili e più estesi tali effetti della poesia, volevano che essa deva scegliere de' soggetti che, avendo quanto è necessario per interessare le persone più dotte, siano insieme di quelli per i quali un maggior numero di lettori abbia una disposizione di curiosità e d'interessamento, nata dalle memorie e dalle impressioni giornaliere della vita; e chiedevano, per conseguenza, che si dasse finalmente il riposo a quegli altri soggetti, per i quali la classe sola de' letterati, e non tutta, aveva un'affezione venuta da abitudini scolastiche, e un'altra parte del pubblico, non letterata né illetterata, una reverenza, non sentita, ma cecamente ricevuta.

Non voglio dissimulare né a Lei (che sarebbe un povero e vano artifizio) né a me stesso, perché non desidero d'ingannarmi, quanto indeterminato, incerto, e vacillante nell'applicazione sia il senso della parola "vero" riguardo ai lavori d'immaginazione. Il senso ovvio e generico non può essere applicato a questi, ne' quali ognuno è d'accordo che ci deva essere dell'inventato, che è quanto dire, del falso, il vero, che deve trovarsi in tutte le loro specie, *et même dans la fable*, è dunque qualche cosa di diverso da ciò, che si vuole esprimere ordinariamente con quella parola, e, per dir meglio, è qualche cosa di non definito; né il definirlo mi pare impresa molto agevole, quando pure sia possibile. Comunque sia, una tale incertezza non è particolare al principio che ho tentato d'esporle: è comune a tutti gli altri, è antica; il sistema romantico ne ritiene meno di qualunque altro sistema letterario, perché la parte negativa, specificando il falso, l'inutile, e il dannoso, che vuole escludere, indica, e circoscrive nelle idee contrarie qualcosa di più preciso, un senso più lucido di quello, che abbiamo avuto finora [...]. Tale almeno è l'opinione, che ho fitta nella mente, e che m'arride anche perché in questo sistema, mi par di vedere una tendenza cristiana.

Era questa tendenza nelle intenzioni di quelli, che l'hanno proposto, e di quelli, che l'hanno approvato? Sarebbe leggerezza l'affermarlo

As opiniões dos românticos eram unânimes, me pareceu, e ainda me parece, neste ponto: a poesia deve se propor por objeto o verdadeiro, única fonte de um prazer nobre e durável, já que o falso pode muito bem distrair a mente, mas não a enriquecer, nem a elevar; e essa mesma distração é, por sua natureza, instável e temporária, podendo ser, como é desejável que seja, destruída ou ainda transformada em fastio, seja pelo conhecimento do verdadeiro que sobrevem, seja por um amor maior pelo próprio verdadeiro. Como o meio mais natural para tornar mais fáceis e extensos tais efeitos da poesia, queriam que ela escolhesse argumentos que, tendo o necessário para interessar às pessoas mais doutas, fossem um conjunto de temas pelos quais um número maior de leitores tivesse curiosidade e interesse, nascidos das memórias e das impressões diárias da vida; e pediam, em consequência, que, por fim, se desse descanso aos outros temas pelos quais apenas a classe dos literatos, e nem toda ela, tinha uma afeição herdada de hábitos escolares, e outra parte do público, de não literatos, mas não iletrada, uma reverência, não sentida, mas cegamente recebida.

Não quero dissimular nem ao senhor (o que seria um pobre e vão artifício) nem a mim mesmo (pois não desejo me enganar) quão indeterminado, incerto e vacilante na aplicação é o sentido da palavra "verdadeiro" em relação aos trabalhos de imaginação. O sentido óbvio e genérico não pode ser aplicado nesses casos, em que, somos concordes, precisa existir algo inventado, que é, como se diz, falso; o verdadeiro que se deve encontrar em todos eles, *et même dans la fable*, é, portanto, algo diferente daquilo que usualmente se pretende expressar com essa palavra e, para dizer melhor, é algo não definido; nem definir me parece empreendimento muito fácil, quando é possível. Seja como for, uma incerteza dessas não é peculiar ao princípio que tentei lhe expor, ao contrário, é comum a todos os outros, é antiga; o sistema romântico conserva disso menos que qualquer outro sistema literário, pois a parte negativa, especificando o falso, o inútil e o daninho que pretende excluir, aponta e circunscreve, nas ideias contrárias, algo mais exato, um sentido mais lúcido do que tivemos até agora [...]. Pelo menos é essa a opinião que tenho sólida na mente e que me sorri, mesmo porque nesse sistema creio enxergar uma tendência cristã.

Encontrava-se tal tendência nas intenções daqueles que o propuseram e daqueles que o aprovaram? Seria leviandade afirmá-lo, pois

di tutti, poiché in molti scritti di teorie romantiche, anzi nella maggior parte, le idee letterarie non sono espressamente subordinate al cristianesimo, sarebbe temerità il negarlo, anche d'uno solo, perché in nessuno di quegli scritti, almeno dei letti da me, il cristianesimo è escluso. Non abbiamo, né i dati, né il diritto, né il bisogno di fare un tal giudizio: quella intenzione, certo desiderabile, certo non indifferente, non è però necessaria per farci dare la preferenza a quel sistema. Basta che quella tendenza ci sia. Ora, il sistema romantico, emancipando la letteratura dalle tradizioni pagane, disobbligandola, per dir così, da una morale voluttuosa, superba, feroce, circoscritta al tempo, e improvida anche in questa sfera; antisociale, dov'è patriotica, e egoista, anche quando non è ostile, tende certamente a render meno difficile l'introdurre nella letteratura le idee, e i sentimenti, che dovrebbero informare ogni discorso. E dall'altra parte, proponendo anche in termini generalissimi il vero, l'utile, il bono, il ragionevole concorre, se non altro, con le parole, allo scopo del cristianesimo; non lo contraddice almeno nei termini. Per quanto una tale efficacia d'un sistema letterario possa essere indiretta, oso pur tenermi sicuro, ch'Ella non la giudicherà indifferente, Ella che, senza dubbio, avrà più volte osservato, quanto influiscano sui sentimenti religiosi i diversi modi di trattare le scienze morali, che tutte alla fine hanno un vincolo con la religione, quantunque distinzioni e classificazioni arbitrarie possano separarle da essa in apparenza, e in parole; Ella che avrà più volte osservato, come, senza parere di toccare la religione, senza neppure nominarla, una scienza morale prenda una direzione opposta ad essa, e arrivi a conclusioni che sono inconciliabili logicamente con gl'insegnamenti di essa; e come poi, qualche volta, avanzandosi e dirigendosi meglio nelle scoperte, rigetti quelle conclusioni e venga così a conciliarsi con la religione e, di novo, senza neppur nominarla, e senza avvedersene. Non so s'io m'inganni, ma mi pare, che più d'una scienza faccia ora questo corso felicemente retrogrado. L'economia politica, per esempio, nel secolo scorso, aveva, in molti punti, adottati quasi generalmente, de' canoni opposti affatto al Vangelo [...]. Ed ecco, che, per un progresso naturale delle scienze economiche, per un più attento e esteso esame dei fatti, per un ragionato cambiamento di princìpi, altri scrittori, in questo secolo, hanno scoperta la falsità, e il fanatismo di quei canoni, e sul celibato, sul lusso, sulla prosperità fondata nella rovina altrui, sopra

em muitos escritos de teorias românticas, aliás, na maior parte deles, as ideias literárias não são explicitamente subordinadas ao cristianismo; seria temerário negá-lo, mesmo num só, porque em nenhum desses escritos, pelos menos dentre os que li, o cristianismo é excluído. Não temos nem os dados, nem o direito, nem a necessidade de fazer tal juízo. Essa intenção, decerto desejável, decerto não indiferente, não é, porém, necessária para darmos preferência a esse sistema. Basta que essa tendência exista. Ora, o sistema romântico, emancipando a literatura das tradições pagãs, desobrigando-a, por assim dizer, de uma moral voluptuosa, arrogante, feroz, circunscrita ao tempo, e imprudente mesmo nessa esfera, antissocial quando patriótica, e egoísta, mesmo quando não é hostil, certamente tende a tornar menos difícil a introdução na literatura de ideias e de sentimentos que deveriam informar todos os discursos. E, por outro lado, propondo, ainda que em termos muito genéricos, o verdadeiro, o útil, o bom, o razoável, contribui, que mais não seja pelas palavras, para o objetivo do cristianismo; não o contradiz, pelo menos nos termos. Por mais que a eficácia de um sistema literário possa ser indireta, ouso acreditar que o senhor não a julgará indiferente, o senhor, que, sem dúvida, terá observado outras vezes quanta influência tenham nos sentimentos religiosos as diversas maneiras de tratar as ciências morais, que todas, afinal, têm um vínculo com a religião, ainda que distinções e classificações arbitrárias possam separá-las dela em aparência e em palavras; o senhor, que terá observado outras vezes como, sem parecer tocar na religião, sem nem mesmo a nomear, uma ciência moral toma uma direção oposta a ela e chega a conclusões logicamente inconciliáveis com os seus ensinamentos; e como, às vezes, avançando e encaminhando-se melhor nas descobertas, renega essas conclusões e se concilia com a religião, novamente sem a nomear e sem se dar conta. Não sei se estou enganado, mas me parece que mais de uma ciência neste momento esteja percorrendo esse caminho felizmente retrógrado. A economia política, por exemplo, no século passado, em muitos pontos, havia adotado quase de maneira geral cânones totalmente opostos ao Evangelho [...]. E eis que, por um progresso natural das ciências econômicas, por um mais atento e extensivo exame dos fatos, por uma refletida mudança de princípios, outros escritores, neste século, descobriram a falsidade e o fanatismo desses cânones, e sobre o celibato, o luxo, a prosperidade fundada na ruína dos outros, além

altri punti ugualmente importanti, hanno stabilite dottrine conformi ai precetti, e allo spirito del Vangelo; e, s'io non m'inganno, quanto più quella scienza, diventa ponderata e filosofica, tanto più diventa cristiana. E quanto più considero, tanto più mi pare, che il sistema romantico tenda a produrre, e abbia cominciato a produrre nelle idee letterarie un cambiamento dello stesso genere [...].

Certo, se uno straniero, il quale avesse sentito parlare dei dibattimenti, ch'ebbero luogo qui intorno al romanticismo, venisse ora a domandare a che punto sia una tale questione, si può scommettere mille contr'uno, che si sentirebbe rispondere a un dipresso così: – Il romanticismo? Se n'è parlato qualche tempo, ma ora non se ne parla più; la parola stessa è dimenticata, se non che di tempo in tempo vi capiterà forse di sentire pronunziar l'epiteto romantico per qualificare una proposizione strana, un cervello bislacco, una causa spallata; che so io? una pretesa esorbitante, un mobile mal connesso. Ma non vi consiglierei di parlarne sul serio: sarebbe come se veniste a chiedere, se la gente si diverte ancora col Kaleidoscopio. – Se l'uomo, che avesse avuta questa risposta, fosse di quelli che sanno ricordarsi all'opportunità, che una parola si adopera per molti significati, e insistesse per sapere, che cosa intenda per romanticismo il suo interlocutore, vedrebbe, che intende non so qual guazzabuglio di streghe, di spettri, un disordine sistematico, una ricerca stravagante, una abiura in termini dei senso comune; un romanticismo insomma, che si sarebbe avuta molta ragione di rifiutare, e di dimenticare, se fosse stato proposto da alcuno.

Ma, se per romanticismo si vuole intendere la somma delle idee, delle quali Le ho male esposta una parte, questo, non che esser caduto, vive, prospera, si diffonde di giorno in giorno, invade a poco a poco tutte le teorie dell'estetica; i suoi risultati sono più frequentemente riprodotti, applicati, posti per fondamento dei diversi giudizi in fatto di poesia. Nella pratica poi non si può non vedere una tendenza della poesia stessa a raggiunger lo scopo indicato dal romanticismo, a cogliere e a ritrarre quel genere di bello, di cui le teorie romantiche hanno dato un'idea astratta, fugace, ma che basta già a disgustare dell'idea che le è opposta. Un altro giudizio manifesto della vita, e del vigore di quel sistema sono gli applausi dati universalmente a de' lavori, che ne sono l'applicazione felice. Ne citerò un esempio, per il piacere, che provo nel rammentare la giustizia resa al lavoro d'un uomo, a cui mi

de outros pontos igualmente importantes, estabeleceram doutrinas conformes com os preceitos e o espírito do Evangelho; e, se não me enganar, quanto mais tal ciência se tornar ponderada e filosófica, mais há de se tornar cristã. E quanto mais reflito, mais acredito que o sistema romântico tende a produzir, e já começou a produzir, uma mudança do mesmo gênero nas ideias literárias [...].

Claro, se um estrangeiro que tivesse ouvido falar dos debates havidos aqui em torno do Romantismo viesse agora perguntar em que ponto estamos de tal questão, pode-se apostar mil contra um que seria ouvida aproximadamente a seguinte resposta: – O Romantismo? Falou-se dele por algum tempo, mas hoje não se fala mais; a própria palavra foi esquecida, senão que, de tempos em tempos, se ouve pronunciar o epíteto "romântico" para qualificar uma afirmação estranha, uma mente excêntrica, uma causa sem cabimento; quiçá uma pretensão exorbitante, um móvel desengonçado. Mas não o aconselho a falar dele seriamente, seria o mesmo que perguntar se as pessoas ainda se divertem com o caleidoscópio. – Se o homem que tivesse recebido tal resposta fosse desses capazes de se recordar, na oportunidade, que uma palavra é usada com muitos significados, e insistisse em saber o que o seu interlocutor entende por Romantismo, veria que este se refere a uma confusão de feiticeiras, espectros, uma desordem sistemática, uma investigação extravagante, uma negação do senso comum; enfim, um Romantismo que se teria toda a razão de refutar, de esquecer, caso houvesse sido proposto por alguém.

Mas, se por Romantismo se quiser entender a soma das ideias de que mal lhe expus uma parte, este, em vez de ter decaído, vive, prospera, se propaga dia a dia, invade pouco a pouco todas as teorias da estética; seus resultados são frequentemente reproduzidos, aplicados, postos como fundamento de várias opiniões no que se refere à poesia. Na prática, pois, não se vê tendência da própria poesia que não busque o objetivo indicado pelo Romantismo de captar e retratar aquele tipo de beleza da qual as teorias românticas ofereceram uma ideia abstrata, fugaz, mas suficiente para que se despreze a ideia que se opõe a ela. Outra prova evidente da vida e do vigor desse sistema são os aplausos recebidos universalmente pelos trabalhos que são sua aplicação bem-sucedida. Citarei um exemplo pelo prazer que sinto em me lembrar do reconhecimento ao trabalho de um homem a quem

lega un'amicizia fraterna. Quando comparve l'Ildegonda, bollivano le questioni sul romanticismo, e non sarebbe stata gran maraviglia, se l'avversione di molti alla teoria avesse prevenuto il loro giudizio contro un componimento, che l'autore non dissimulava d'aver concepito secondo quella. Eppure la cosa andò ben altrimenti; le opinioni divise sulla teoria furono conformi (moralmente parlando) in una specie d'amore pel componimento. E ora, passato già più tempo di quello che sia generalmente concesso alle riuscite effimere, quel favore, mi pare di poter dire, quell'entusiasmo, è divenuto una stima, che sembra dover esser perpetua. In tutta la guerra del romanticismo, non è dunque perita che la parola. Non è da desiderarsi che venga in mente ad alcuno, di risuscitarla: sarebbe un rinnovare la guerra, e forse un far danno all'idea che, senza nome, vive e cresce con bastante tranquillità.

Eccomi una volta al termine. Il rimorso continuo di tanta prolissità mi ha forzato tante volte a chiederlene scusa, che le scuse stesse sono divenute allungamenti; e non oso più ripeterle. Si degni Ella di gradire invece l'espressione del sincero ossequio, e della viva gratitudine, che Le professo, e d'accogliere il desiderio che nutro, di poter, quando che sia, esprimerle a voce quei sentimenti, coi quali ho l'onore di rassegnarmele.

Brusuglio, 22 settembre 1823

Devotissimo e obbligatissimo servitore

Alessandro Manzoni

sou ligado por uma amizade fraterna. Quando apareceu "Ildegonda",[6] as questões sobre o Romantismo estavam em ebulição e não seria uma surpresa se a aversão de muitos à teoria contaminasse o julgamento da composição que o autor não negava ter concebido segundo aqueles moldes. No entanto, tudo correu de outra forma: as opiniões divididas sobre a teoria foram concordes (moralmente falando) numa espécie de amor pela obra. E hoje, passado já mais tempo do que geralmente se concede aos sucessos efêmeros, aquela benevolência, creio poder dizer, aquele entusiasmo, tornou-se estima, que parece ser perpétua. Em toda a guerra contra o Romantismo, portanto, pereceu apenas a palavra. Não é de se desejar que alguém pense em ressuscitá-la, pois seria como renovar essa guerra e talvez prejudicar a ideia que, sem nome, vive e cresce em tranquilidade.

Eis-me finalmente na conclusão. O remorso contínuo por tamanha prolixidade me forçou tantas vezes a pedir-lhe desculpas que as próprias desculpas se tornaram delongas; e não ouso repeti-las. Em vez disso, peço-lhe que aceite a expressão da sincera deferência e da viva gratidão que lhe dedico e que acolha meu desejo de, um dia, poder declarar em pessoa os sentimentos com que tenho a honra de saudá-lo.

De seu criado, devoto e agradecido,
Alessandro Manzoni

---

[1] Refere-se à obra *Jerusalém Libertada* (1581), de Torquato Tasso (1544 – 1595).

[2] São máscaras, personagens da *Commedia dell'Arte*, que chegou ao seu ápice com o autor veneziano Carlo Goldoni (1707-1793).

[3] Iacopo Sannazaro (1455-1530), poeta e humanista cuja maior obra, Arcadia (1501), se tornou o modelo de um novo gênero literário: o romance pastoril.

[4] Trata-se do poeta árcade Prospero Manara (1714-1800).

[5] Giuseppe Marc'Antonio Baretti (1719-1789), crítico literário, tradutor, poeta, dramaturgo e linguista.

[6] Obra em versos de Tommaso Grossi, publicada em 1820, que obteve grande sucesso de público.

Cartas literárias a uma mulher
Gustavo Adolfo Bécquer

Introdução

A primeira das *Cartas literárias a uma mulher*, do poeta espanhol Gustavo Adolfo Bécquer (1836-1870), foi publicada pela primeira vez, em 20 de dezembro de 1860, no número um do jornal *El Contemporáneo*, de Madri. Ao longo de 1861, Bécquer seguirá publicando a série de cartas nesse mesmo jornal, que receberá, até fevereiro de 1865, outras importantes contribuições suas, entre as quais artigos, crônicas, críticas de arte e muitas das famosas *Leyendas*.

Nas *Cartas literárias*, encontramos de maneira privilegiada a concepção de Bécquer sobre sua própria poesia. Na segunda carta, por exemplo, afasta-se dos estereótipos atribuídos ao Romantismo e afirma que sua poesia, longe de ser uma eclosão de sensações e inspirações, é fruto do trabalho silencioso da memória: "Todo mundo sente. Porém, somente a alguns seres é dado guardar, como um tesouro, a memória viva do que sentiram. Acredito que estes são os poetas. E mais ainda: acredito que o são unicamente por isso".

Em sua leitura das *Cartas* de Bécquer, Irlemar Chiampi observa que o uso do adjetivo "literárias", associado ao recurso de destiná-las a uma suposta mulher amada, revela a intenção do poeta de opinar sobre a literatura. Sem pretender demonstrar uma teoria, afirma Chiampi, o poeta quer "refletir sobre o processo de criação do poema como luta perene do sujeito pela expressão".[1] Por outro lado, ao dialogar sobre poesia com a suposta destinatária, Bécquer superpõe o objeto erótico ao objeto estético e, dessa forma, esboça a busca do poeta pelo "princípio eterno de toda a beleza". Chiampi conclui que a modernidade de Gustavo Adolfo Bécquer, desde sua concepção de poesia, "é fruto não apenas do sentimento e da emoção, mas da luta com o instrumento de sua expressão, a palavra". (*Idem*)

Tal concepção do objeto estético está presente no conjunto da obra do escritor nascido em Sevilha em 1836, particularmente em suas *Rimas*, livro composto por setenta e seis poemas e publicado em 1871, um ano após a sua morte. No texto intitulado "Introducción sinfónica", utilizado

---

[1] CHIAMPI, Irlemar (Coord.) *Fundadores da modernidade*. São Paulo: Ática, 1991. p. 188.

como prólogo às *Rimas*, Bécquer declara: "Pelos tenebrosos recantos do meu cérebro, encolhidos e nus, dormem os extravagantes filhos da minha fantasia, esperando em silêncio que a Arte os vista de palavra para, assim, poderem se apresentar decentes na cena do mundo" [tradução minha].[2] Essa mesma busca deliberada da beleza, associada à poesia, ao amor e à religião, dá o tom de cada uma das cartas aqui traduzidas.

Por sua vez, a obra em prosa do escritor sevilhano, formada por um conjunto de relatos lendários intitulados simplesmente *Leyendas*, toma como matéria-prima assuntos e motivos da tradição popular para elaborá-los literariamente. Como observa Pascual Izquierdo na edição crítica das *Leyendas*,[3] além da tradição, outros fatores intervêm como elementos dos relatos lendários de Bécquer: a influência da narrativa romântica de Walter Scott, das narrações de Ludwig Tieck e Hoffmann ou dos relatos de Edgar Allan Poe, além dos contos folclóricos e lendas fantásticas de escritores das primeiras gerações do Romantismo espanhol: Fernán Caballero (pseudônimo de Cecilia Böhl de Faber), Duque de Rivas e José Zorrilla.

As lendas de Bécquer nos remetem a um cenário visitado exaustivamente por viajantes românticos alemães, franceses e ingleses do início do século XIX: a Espanha das belas ruínas, herdeira da cultura muçulmana, da tradição gótica e católica, da pluralidade cultural, da geografia agreste e, especialmente, da decantada beleza oriental das mulheres andaluzas. Gustavo Adolfo insere todos esses elementos em seu próprio universo estético e lhes acrescenta as fantasias de sua imaginação poética. Nesses relatos, percebe-se a dimensão alcançada pela figura feminina, seja ela a misteriosa, fascinante e perigosa dama do lago ou a bela e apaixonada moura. Tais personagens, além de concentrarem uma enorme carga de lirismo, congregam a sua volta a atmosfera de irrealidade predominante nas *Leyendas*.

A opção por traduzir as *Cartas literárias a uma mulher* deve-se, portanto, ao fato de serem um verdadeiro manifesto lírico, ainda que escrito em prosa, não só da poética de Gustavo Adolfo Bécquer, mas também da própria concepção romântica da literatura e de uma ambígua visão da mulher, em que esta se revela como interlocutora do poeta, receptora de sua poesia e concretização do fazer poético.

Elisa Amorim Vieira

---

[2] "Por los tenebrosos rincones de mi cerebro, acurrucados y desnudos, duermen los extravagantes hijos de mi fantasía esperando en silencio que el Arte los vista de la palabra para poder presentarse decentes en la escena del mundo" (BÉCQUER, Gustavo Adolfo. *Obras Completas*. Buenos Aires: Ediciones Anaconda, 1948, p. 7).

[3] BÉCQUER, Gustavo Adolfo. *Leyendas*. Ed. de Pascual Izquierdo. Madrid: Cátedra, 2010.

Cartas literarias a una mujer

Gustavo Adolfo Bécquer

Carta primera

En una ocasión me preguntaste:

–¿Qué es la poesía?

¿Te acuerdas? No sé a qué propósito había yo hablado algunos momentos antes de mi pasión por ella.

–¿Qué es la poesía? –me dijiste.

Yo, que no soy muy fuerte en esto de las definiciones te respondí titubeando:

–La poesía es..., es...

Sin concluir la frase, buscaba inútilmente en mi memoria un término de comparación, que no acertaba a encontrar.

Tú habías adelantado un poco la cabeza para escuchar mejor mis palabras; los negros rizos de tus cabellos, esos cabellos que tan bien sabes dejar a su antojo sombrear tu frente, con un abandono tan artístico, pendían de tu sien y bajaban rozando tu mejilla hasta descansar en tu seno; en tus pupilas húmedas y azules como el cielo de la noche brillaba un punto de luz, y tus labios se entreabrían ligeramente al impulso de una respiración perfumada y suave.

Mis ojos, que, a efecto sin duda de la turbación que experimentaba, habían errado un instante sin fijarse en ningún sitio, se volvieron entonces instintivamente hacia los tuyos, y exclamé, al fin:

–¡La poesía..., la poesía eres tú!

¿Te acuerdas? Yo aún tengo presente el gracioso ceño de curiosidad burlada, el acento mezclado de pasión y amargura con que me dijiste:

Cartas literárias a uma mulher

Gustavo Adolfo Bécquer

Tradução e notas de
Elisa Maria Amorim Vieira

Carta I

Em uma ocasião tu me perguntaste:

– O que é a poesia?

Lembra-te? Não sei com que propósito, alguns momentos antes, eu havia falado de minha paixão por ela.

– O que é a poesia? – disseste-me. E eu, que não sou muito forte em definições, respondi titubeando:

– A poesia é... é... – e, sem concluir a frase, buscava inutilmente em minha memória um termo de comparação, que não acertava encontrar.

Tu havias aproximado um pouco a cabeça para escutar melhor minhas palavras. Os negros cachos de teus cabelos, esses cabelos que tão bem sabes deixar caprichosamente sombrear tua testa, com um abandono tão artístico, pendiam de tua têmpora e baixavam roçando tua face até descansar em teu seio. Em tuas pupilas, úmidas e azuis como o céu da noite, brilhava um ponto de luz, e teus lábios se entreabriam ligeiramente ao impulso de uma respiração perfumada e suave.

Meus olhos, que, efeito sem dúvida da turbação que eu experimentava, haviam vagado um instante sem fixar-se em nenhum lugar, voltaram-se instintivamente para os teus, e, finalmente, exclamei:

– A poesia... a poesia és tu!

Lembra-te?

Eu ainda tenho presente o gracioso cenho de curiosidade burlada, o acento mesclado de paixão e amargura com que disseste:

–¿Crees que mi pregunta sólo es hija de una vana curiosidad de mujer? Te equivocas. Yo deseo saber lo que es la poesía, porque deseo pensar lo que tú piensas, hablar de lo que tú hablas, sentir con lo que tú sientes; penetrar, por último, en ese misterioso santuario en donde a veces se refugia tu alma y cuyo umbral no puede traspasar la mía.

Cuando llegaba a este punto se interrumpió nuestro diálogo. Ya sabes por qué. Algunos días han transcurrido. Ni tú ni yo lo hemos vuelto a renovar, y, sin embargo, por mi parte no he dejado de pensar en él. Tú creíste, sin duda, que la frase con que contesté a tu extraña interrogación equivalía a una evasiva galante.

¿Por qué no hablar con franqueza? En aquel momento di aquella definición porque la sentí, sin saber siquiera si decía un disparate. Después lo he pensado mejor, y no dudo al repetirlo; la poesía eres tú. ¿Te sonríes? Tanto peor para los dos.

Tu incredulidad nos va a costar: a ti, el trabajo de leer un libro, y a mí, el de componerlo.

–¡Un libro! –exclamas, palideciendo y dejando escapar de tus manos esta carta.

No te asustes. Tú lo sabes bien: un libro mío no puede ser muy largo. Erudito, sospecho que tampoco. Insulso, tal vez; mas para ti, escribiéndolo yo, presumo que no lo será, y para ti lo escribo.

Sobre la poesía no ha dicha nada casi ningún poeta; pero, en cambio, hay bastante papel emborronado por muchos que no lo son. El que la siente se apodera de una idea, la envuelve en una forma, la arroja en el estudio del saber, y pasa. Los críticos se lanzan entonces sobre esa forma, la examinan, la disecan y creen haberla entendido cuando han hecho su análisis.

La disección podrá revelar el mecanismo del cuerpo humano; pero los fenómenos del alma, el secreto de la vida, ¿cómo se estudian en un cadáver?

No obstante, sobre la poesía se han dado reglas, se han atestado infinidad de volúmenes, se enseña en las universidades, se discute en los círculos literarios y se explica en los ateneos.

No te extrañes. Un sabio alemán ha tenido la humorada de reducir a notas y encerrar en las cinco líneas de una pauta el misterioso lenguaje de los ruiseñores. Yo, si he de decir la verdad, todavía ignoro qué es lo que voy a hacer; así es que no puedo anunciártelo anticipadamente.

– Achas que minha pergunta só é fruto de uma vã curiosidade de mulher? Estás equivocado. Eu desejo saber o que é a poesia, porque desejo pensar o que tu pensas, falar do que tu falas, sentir o que tu sentes, penetrar, por último, nesse misterioso santuário onde, às vezes, se refugia tua alma, e cujo umbral a minha não pode ultrapassar.

Quando chegava a esse ponto, nosso diálogo foi interrompido. Já sabes por quê. Alguns dias transcorreram. Nem tu nem eu voltamos a renová-lo e, no entanto, de minha parte, não deixei de pensar nele. Tu sentes, sem dúvida, que a frase com que respondi tua estranha interrogação equivalia a uma evasiva galante.

Por que não falar com toda franqueza? Naquele momento, dei aquela definição porque a senti, sem saber sequer se dizia um disparate.

Depois pensei melhor e não duvido ao repetir: a poesia és tu. Sorris? Pois melhor para os dois. Tua incredulidade nos vai custar: a ti, o trabalho de ler um livro, e a mim, o de compô-lo.

– Um livro! – exclamas, empalidecendo e deixando escapar de tuas mãos esta carta –. Não te assustes. Tu bem sabes: um livro meu não pode ser muito longo. Erudito, suspeito que tampouco. Insosso, talvez; mas para ti, sendo um escrito meu, presumo que não o será, e para ti o escrevo.

Sobre a poesia, nenhum poeta disse quase nada; mas, em compensação, há muito papel borrado por muitos que não o são. Quem a sente, apodera-se de uma ideia, a envolve em uma forma, a arroja no estudo do saber, e passa. Os críticos se lançam, então, sobre essa forma, a examinam, a dissecam e creem tê-la comprado ao fazer suas análises.

A dissecação poderá relevar o mecanismo do corpo humano; mas os fenômenos da alma, o segredo da vida, como são estudados num cadáver? Não obstante, sobre a poesia regras foram dadas, abarrotaram-se uma infinidade de volumes, ensina-se nas Universidades, discute-se nos círculos literários e se explica nos Ateneus.

Não estranhes. Um sábio alemão teve a divertida ideia de reduzir a notas e encerrar nas cinco linhas de uma pauta a misteriosa linguagem dos rouxinóis. Eu, se hei de dizer a verdade, ainda ignoro o que vou fazer; assim sendo, não posso contar-se antecipadamente. Só te direi,

Sólo te diré, para tranquilizarte, que no te inundaré en ese diluvio de términos que pudiéramos llamar facultativos, ni te citaré autores que no conozco, ni sentencias en idiomas que ninguno de los dos entendemos.

Antes de ahora te lo he dicho. Yo nada sé, nada he estudiado; he leído un poco, he sentido bastante y he pensado mucho, aunque no acertaré a decir si bien o mal. Como sólo de lo que he sentido y he pensado he de hablarte, te bastará sentir y pensar para comprenderme.

Herejías históricas, filosóficas y literarias, presiento que voy a decirte muchas. No importa. Yo no pretendo enseñar a nadie, ni erigirme en autoridad, ni hacer que mi libro se me declare de texto.

Quiero hablarte un poco de literatura, siquiera no sea más que por satisfacer un capricho tuyo, quiero decirte lo que sé de una manera intuitiva, comunicarte mi opinión y tener al menos el gusto de saber que, si nos equivocamos, nos equivocamos los dos; lo cual, dicho sea de paso, para nosotros equivale a acertar.

La poesía eres tú, te he dicho, porque la poesía es el sentimiento, y el sentimiento es la mujer.

La poesía eres tú, porque esa vaga aspiración a lo bello que la caracteriza, y que es una facultad de la inteligencia en el hombre, en ti pudiera decirse que es un instinto.

La poesía eres tú, porque el sentimiento, que en nosotros es un fenómeno accidental y pasa como una ráfaga de aire, se halla tan íntimamente unido a tu organización especial que constituye una parte de ti misma.

Últimamente la poesía eres tú, porque tú eres el foco de donde parten sus rayos.

El genio verdadero tiene algunos atributos extraordinarios, que Balzac llama femeninos, y que, efectivamente, lo son. En la escala de la inteligencia del poeta hay notas que pertenecen a la de la mujer, y éstas son las que expresan la ternura, la pasión y el sentimiento. Yo no sé por qué los poetas y las mujeres no se entienden mejor entre sí. Su manera de sentir tiene tantos puntos de contacto... Quizá por eso... Pero dejemos digresiones y volvamos al asunto.

Decíamos... ¡Ah, sí, hablábamos de la poesía!

La poesía es en el hombre una cualidad puramente del espíritu; reside en su alma, vive con la vida incorpórea de la idea, y para revelarla necesita darle una forma. Por eso la escribe.

para tranquilizar-te, que não te inundarei nesse dilúvio de termos que podemos chamar facultativos, nem citarei autores que não conheço, nem sentenças em idiomas que nenhum de nós dois entende.

Antes já te havia dito. Eu não sei nada, não estudei nada; li pouco, senti bastante e pensei muito, embora não consiga dizer se bem ou mal. Como só do que senti e pensei hei de te falar, te bastará para compreender-me. Heresias históricas, filosóficas e literárias: pressinto que vou dizer-te muitas. Não importa. Eu não pretendo ensinar ninguém, nem erigir-me em autoridade, nem fazer que meu livro se declare texto.

Quero falar-te um pouco de literatura, nem que seja apenas para satisfazer um capricho teu; quero dizer-te o que sei de uma maneira intuitiva, comunicar-te minha opinião e ter ao menos o gosto de saber que, se nos equivocamos, nos equivocamos os dois; o qual, diga-se de passagem, para nós, equivale a acertar.

A poesia és tu, eu te disse; porque a poesia é o sentimento, e o sentimento é a mulher. A poesia és tu, porque essa vaga aspiração ao belo que a caracteriza, e que é uma faculdade da inteligência no homem, em ti se poderia dizer que é um instinto.

A poesia és tu, porque o sentimento, que em nós é um fenômeno acidental e passa como uma rajada de vento, encontra-se tão intimamente unido a tua organização especial, que constitui uma parte de ti mesma.

Ultimamente a poesia és tu, porque tu és o foco de onde partem seus raios.

O gênio verdadeiro tem alguns atributos extraordinários que Balzac chama femininos e que, efetivamente, o são. Na escala da inteligência do poeta, há notas que pertencem à da mulher, e elas são as que expressam a ternura, a paixão e o sentimento. Eu não sei por que os poetas e as mulheres não se entendem melhor entre si. Sua maneira de sentir tem tantos pontos de contato...Talvez por isso... Mas deixemos de digressões e voltemos ao assunto.

Dizíamos...Ah, sim, falávamos da poesia!

A poesia é, no homem, uma qualidade puramente do espírito; reside na alma, vive com a vida incorpórea da ideia e, para revelá-la, necessita dar-lhe uma forma. Por isso a escreve.

En la mujer, sin embargo, la poesía está como encarnada en su ser; su aspiración, sus presentimientos, sus pasiones y Destino son poesía: vive, respira, se mueve en una indefinible atmósfera de idealismo que se desprende de ella, como un fluido luminoso y magnético; es, en una palabra, el verbo poético hecho carne.

Sin embargo, a la mujer se la acusa vulgarmente de prosaísmo. No es extraño; en la mujer es poesía casi todo lo que piensa, pero muy poco de lo que habla. La razón, yo la adivino, y tú la sabes. Quizá cuanto te he dicho lo habrás encontrado confuso y vago. Tampoco debe maravillarte. La poesía es al saber de la Humanidad lo que el amor a las otras pasiones. El amor es un misterio. Todo en él son fenómenos a cual más inexplicable; todo en él es ilógico, todo en él es vaguedad y absurdo.

La ambición, la envidia, la avaricia, todas las demás pasiones, tienen su explicación y aun su objeto, menos la que fecundiza el sentimiento y lo alimenta.

Yo, sin embargo, la comprendo; la comprendo por medio de una revelación intensa, confusa e inexplicable.

Deja esta carta, cierra tus ojos al mundo exterior que te rodea, vuélvelos a tu alma, presta atención a los confusos rumores que se elevan de ella, y acaso la comprenderás como yo.

Carta segunda

En mi anterior te dije que la poesía eras tú, porque tú eres la más bella personificación del sentimiento, y el verdadero espíritu de la poesía de otro.

A propósito de esto, la palabra amor se deslizó en mi pluma en uno de los párrafos de mi carta.

De aquel párrafo hice el último. Nada más natural. Voy a decirte el porqué. Existe una preocupación bastante generalizada, aun entre las personas que se dedican a dar formas a lo que piensan, que, a mi modo de ver, es, sin parecerlo, una de las mayores.

Si hemos de dar crédito a los que de ella participan, es una verdad tan innegable que se puede elevar a la categoría de axioma el que nunca se vierte la idea con tanta vida y precisión como en el momento en que ésta se levanta semejante a un gas desprendido y enardece la

Na mulher, ao contrário, a poesia está como que encarnada em seu ser; sua aspiração, seus pressentimentos. Suas paixões e seu destino são poesia: vive, respira, move-se em uma indefinível atmosfera de idealismo que se desprende dela, como um fluido luminoso e magnético. É, em uma palavra, o verbo poético feito carne.

No entanto, a mulher é vulgarmente acusada de prosaísmo. Não é estranho; na mulher, quase tudo o que pensa é poesia, mas muito pouco o que fala. A razão, eu a adivinho, e tu a conheces.

Talvez tudo o que eu te disse te pareça confuso e vago, mas não te assombres.

A poesia é o saber da humanidade, assim como o amor para as outras paixões.

O amor é um mistério. Tudo nele são fenômenos, cada qual mais inexplicável: tudo nele é ilógico, tudo nele é vago e absurdo. A ambição, a inveja, a avareza, todas as demais paixões, têm sua explicação e também seu objeto, menos o que fecunda o sentimento e o alimenta.

Eu, no entanto, a compreendo; compreendo-a por meio de uma revelação intensa, confusa e inexplicável.

Deixa esta carta, fecha teus olhos ao mundo exterior que te rodeia, dirige-os a tua alma, presta atenção aos confusos rumores que a ela se elevam, e talvez a compreendas como eu.

Carta II

Em minha carta anterior, eu te disse que a poesia eras tu, porque tu és a mais bela personificação do sentimento, e não há outro verdadeiro espírito da poesia além desse.

A propósito disso, a palavra *amor* se deslizou de minha pena num dos parágrafos de minha carta.

Fiz daquele parágrafo o último. Nada mais natural. Vou dizer-te o porquê. Existe uma preocupação bastante generalizada, até mesmo entre pessoas que se dedicam a dar formas ao que pensam, que, desde meu ponto de vista, é, sem que o pareça, uma das mais maiores.

Se tivermos de dar crédito aos que dela participam, concluiremos que é uma verdade tão inegável que se pode elevar à categoria de axioma o fato de que nunca a ideia se apresenta com tanta vida e precisão quanto no momento em que se eleva, semelhantemente a um

fantasía y hace vibrar todas las fibras sensibles, cual si las tocase alguna chispa eléctrica.

Yo no niego que suceda así. Yo no niego nada; pero, por lo que a mí toca, puedo asegurarte que cuando siento no escribo. Guardo, sí, en mi cerebro escritas, como en un libro misterioso, las impresiones que han dejado en él su huella al pasar; estas ligeras y ardientes hijas de la sensación duermen allí agrupadas en el fondo de mi memoria hasta el instante en que, puro, tranquilo, sereno y revestido, por decirlo así, de un poder sobrenatural, mi espíritu las evoca, y tienden sus alas transparentes, que bullen con un zumbido extraño, y cruzan otra vez por mis ojos como en una visión luminosa y magnífica.

Entonces no siento ya con los nervios que se agitan, con el pecho que se oprime, con la parte orgánica natural que se conmueve al rudo choque de las sensaciones producidas por la pasión y los afectos; siento, sí, pero de una manera que puede llamarse artificial; escribo como el que copia de una página ya escrita; dibujo como el pintor que reproduce el paisaje que se dilata ante sus ojos y se pierde entre la bruma de los horizontes.

Todo el mundo siente. Sólo a algunos seres les es dado el guardar como un tesoro la memoria viva de lo que han sentido. Yo creo que éstos son los poetas. Es más: creo que únicamente por esto lo son.

Efectivamente, es más grande, es más hermoso, figurarse el genio ebrio de sensaciones y de inspiración, trazando a grandes rasgos, temblorosa la mano con la ira, llenos aún los ojos de lágrimas o profundamente conmovidos por la piedad esas tiradas de poesía que más tarde son la admiración del mundo; pero, ¿qué quieres?, no siempre la verdad es lo más sublime.

¿Te acuerdas? No hace mucho que te lo dije a propósito de una cuestión parecida.

Cuando un poeta te pinte en magníficos versos su amor, duda. Cuando te lo dé a conocer en prosa, y mala, cree.

Hay una parte mecánica, pequeña y material en todas las obras del hombre, que la primitiva, la verdadera inspiración desdeña en sus ardientes momentos de arrebato.

Sin saber cómo, me he distraído del asunto. Comoquiera que lo he hecho para darte una satisfacción, espero que tu amor propio sabrá disculparme. ¿Qué mejor intermedio que éste para con una mujer?

gás desprendido, e aviva a fantasia e faz vibrar todas as fibras sensíveis, como se alguma faísca elétrica as tocasse.

Não nego que suceda assim. Não nego nada; porém, no que me diz respeito, posso assegurar-te que, quando sinto, não escrevo. Guardo, sim, escritas no meu cérebro, como em um livro misterioso, as impressões que nele deixaram seu rastro ao passar; essas leves e ardentes filhas da sensação dormem agrupadas no fundo da minha memória até o instante em que, puro, tranquilo, sereno e revestido, por assim dizer, de um poder sobrenatural, meu espírito as evoca e elas estendem suas asas transparentes, que fervem com um zumbido estranho e, uma vez mais, cruzam meus olhos, como numa visão luminosa e magnífica.

Já não sinto, então, com os nervos que se agitam, com o peito que se oprime, com a parte orgânica e material que se abala com o rude choque das sensações produzidas pela paixão e pelos afetos; sinto, sim, mas de uma maneira que se pode chamar de artificial; escrevo como quem copia de uma página já escrita; desenho como o pintor que reproduz a paisagem que se dilata diante de seus olhos e se perde entre a bruma dos horizontes.

Todo mundo sente. Porém, somente a alguns seres é dado guardar, como um tesouro, a memória viva do que sentiram. Acredito que estes são os poetas. E mais ainda: acredito que o são unicamente por isso.

Efetivamente, é maior, mais bonito imaginar o gênio ébrio de sensações e de inspirações, traçando em grandes linhas, trêmula a mão pela ira, os olhos ainda cheios de lágrimas ou profundamente comovidos pela piedade, esse conjunto de poesia que mais tarde são a admiração do mundo; mas, que queres? Nem sempre a verdade é o mais sublime.

Lembras? Não faz muito tempo, eu te disse o mesmo a propósito de uma questão parecida.

Quando um poeta pintar-te em magníficos versos seu amor, duvida. Quando o comunicar em prosa, em má prosa, acredita.

Há uma parte mecânica, pequena e material em todas as obras do homem, que a primitiva, a verdadeira inspiração desdenha, em seus ardentes momentos de arrebatamento.

Sem saber como, fugi do assunto. Como quer que o tenha feito, como o fiz para te dar uma satisfação, espero que teu amor próprio saiba desculpar-me. Há intermediário melhor que esse com relação a uma mulher?

No te enojes. Es uno de los muchos puntos de contacto que tenéis con los poetas, o que éstos tienen con vosotras.

Sé, porque lo sé, aun cuando tú no me lo has dicho, que te quejas de mí, porque al hablar del amor detuve mi pluma y terminé mi primera carta como enojado de la tarea.

Sin duda, ¿a qué negarlo?, pensaste que esta fecunda idea se esterilizó en mi mente por falta de sentimiento. Ya te he demostrado tu error.

Al estamparla, un mundo de ideas confusas y sin nombre se elevaron en tropel en mi cerebro y pasaron volteando alrededor de mi frente, como una fantástica ronda de visiones quiméricas. Un vértigo nubló mis ojos.

¡Escribir! ¡Oh! Si yo pudiera haber escrito entonces, no me cambiaría por el primer poeta del mundo.

Mas... entonces lo pensé y ahora lo digo. Si yo siento lo que siento, para hacer lo que hago, ¿qué gigante océano de luz y de inspiración no se agitaría en la mente de esos hombres que han escrito lo que a todos nos admira?

Si tú supieras cómo las ideas más grandes se empequeñecen al encerrarse en el círculo de hierro la palabra; si tú supieras qué diáfanas, qué ligeras, qué impalpables son las gasas de oro que trotan en la imaginación al envolver esas misteriosas figuras que crea y de las que sólo acertamos a reproducir el descarnado esqueleto; si tú supieras cuán imperceptible es el hilo de luz que ata entre sí los pensamientos más absurdos que nadan en el caos: si tú supieras... Pero, ¿qué digo? Tú lo sabes, tú debes saberlo.

¿No has soñado nunca? Al despertar, ¿te ha sido alguna vez posible referir, con toda su inexplicable vaguedad y poesía, lo que has soñado?

El espíritu tiene una manera de sentir y comprender especial, misteriosa, porque él es un arcano; inmensa, porque él es infinito; divina, porque su esencia es santa.

¿Cómo la palabra, cómo un idioma grosero y mezquino, insuficiente a veces para expresar las necesidades de la materia, podrá servir de digno intérprete entre dos almas?

Imposible.

Sin embargo, yo procuraré apuntar, como de pasada, algunas de las mil ideas que me agitaron durante aquel sueño magnífico, en que vi al amor, envolviendo a la Humanidad como en un fluido de fuego,

Não te zangues. Este é um dos muitos pontos em comum que vós, mulheres, tendes com os poetas, ou que eles têm convosco.

Sei, porque sei, ainda que tu não me tenhas dito, que te queixas de mim, porque ao falar do amor detive minha pena e terminei minha primeira carta como se estivesse entediado da tarefa.

Sem dúvida. Para que negá-lo? Pensaste que esta fecunda ideia se esterilizou na minha mente por falta de sentimento. Já demonstrei teu erro.

Ao estampá-la, um mundo de ideias confusas e sem nome ergue-se em meu cérebro em turbilhão e passou girando em torno de minha cabeça, como um fantástico carrossel de visões quiméricas. Uma vertigem nublou meus olhos.

Escrever! Oh! Se eu pudesse ter escrito antes, não me trocaria pelo primeiro poeta do mundo.

Mas... naquele momento pensei e agora o digo. Se eu sinto o que sinto para fazer o que faço, que gigantesco oceano de luz e de inspiração não se agitaria na mente desses homens que escreveram aquilo que os torna dignos de admiração?

Se soubesses como as maiores ideias se apequenam ao encerrar-se no círculo de ferro da palavra, se soubesses que diáfanos, lépidos, impalpáveis são os véus de ouro que flutuam na imaginação ao envolver essas misteriosas figuras criadas por ela mesma e das quais apenas conseguimos reproduzir o descarnado esqueleto; se soubesses quão imperceptível é o fio de luz que ata entre si os pensamentos mais absurdos que nadam em seu caos; se soubesses... Mas, que estou dizendo? Tu sabes, tu deves sabê-lo.

Não sonhaste nunca? Ao despertar, foi alguma vez possível relatar, com toda sua inexplicável imprecisão e poesia, o que sonhaste?

O espírito tem uma maneira especial de sentir e compreender, misteriosa, porque ele é um arcano; imensa, porque ele é infinito; divina, porque sua essência é santa.

Como a palavra, como um idioma grosseiro e mesquinho, insuficiente às vezes para expressar as necessidades da matéria, poderá servir de digno intérprete entre duas almas?

Impossível.

Entretanto, procurarei apontar, de passagem, algumas das mil ideias que me agitaram durante aquele sonho magnífico em que vi o amor, envolvendo a humanidade como num fluido de fogo, passar de

pasar de un siglo en otro, sosteniendo la incomprensible atracción de los espíritus, atracción semejante a la de los astros, y revelándose al mundo exterior por medio de la poesía, único idioma que acierta a balbucear algunas de las frases de su inmenso poema.

Pero, ¿lo ves? Ya quizá ni tú me entiendes ni yo sé lo que me digo. Hablemos como se habla. Procedamos con orden. ¡El orden! ¡Lo detesto, y, sin embargo, es tan preciso para todo!...

La poesía es el sentimiento; pero el sentimiento no es más que un efecto, y todos los efectos proceden de una causa más o menos conocida. ¿Cuál lo será? ¿Cuál podrá serlo de este divino arranque de entusiasmo, de esta vaga y melancólica aspiración del alma, que se traduce al lenguaje de los hombres por medio de sus más suaves armonías sino el amor?

Sí; el amor es el manantial perenne de toda poesía, el origen fecundo de todo lo grande, el principio eterno de todo lo bello; y digo el amor porque la religión, nuestra religión sobre todo, es un amor también, es el amor más puro, más hermoso, el único infinito que se conoce, y sólo a estos dos astros de la inteligencia puede volverse el hombre cuando desea luz que alumbre en su camino, inspiración que fecundice su vena estéril y fatigada.

El amor es la causa del sentimiento; pero... ¿qué es el amor? Ya lo ves: el espacio me falta, el asunto es grande, y... ¿te sonríes?... ¿Crees que voy a darte una excusa fútil para interrumpir mi carta en este sitio?

No; ya no recurriré a los fenómenos del mío para disculparme de no hablar del amor. Te lo confesaré ingenuamente: tengo miedo.

Algunos días, sólo algunos, y te lo juro, te hablaré del amor, a riesgo de escribir un millón de disparates.

–¿Por qué tiemblas? –dirás sin duda –. ¿No hablan de él a cada paso gentes que ni aún lo conocen? ¿Por qué no has de hablar tú, tú que dices que lo sientes?

¡Ay! Acaso por lo mismo que ignoran lo que es, se atreven a definirlo. ¿Vuelves a sonreírte?... Créeme: la vida está llena de estos absurdos.

Carta tercera

¿Qué es el amor?

um século a outro, mantendo a incompreensível atração dos espíritos, atração semelhante à dos astros, e revelando-se ao mundo exterior por meio da poesia, único idioma que consegue balbuciar algumas das frases de seu imenso poema.

Mas, estás vendo? Talvez nem tu me entendas, nem eu saiba o que digo. Falemos como se fala. Procedamos com ordem. A ordem! Detesto-a e, no entanto, é tão necessária para tudo!

A poesia é o sentimento; mas o sentimento é apenas um efeito, e todos os efeitos procedem de uma causa mais ou menos conhecida. Qual será ele? Qual poderá ser o sentimento nascido deste divino impulso de entusiasmo, dessa vaga e melancólica aspiração da alma que se traduz para a linguagem dos homens por meio de suas suaves harmonias, senão o amor?

Sim; o amor é o manancial perene de toda a poesia, a origem fecunda de toda a grandeza, o princípio eterno de toda a beleza; e digo o amor porque a religião, nossa religião, sobretudo, é um amor também, é o amor mais puro, mais belo, o único infinito que se conhece, e só para estes dois astros da inteligência pode voltar-se o homem, quando deseja luz que ilumine o seu caminho, inspiração que fecunde sua veia estéril e fatigada.

O amor é a causa do sentimento; mas... que é o amor?

Como vês, o espaço me falta, o assunto é grande, e... sorris? Achas que te vou dar uma desculpa fútil para interromper minha carta neste ponto?

Não; já não recorrerei às minhas circunstâncias para desculpar-me por não falar de amor. Confesso-te ingenuamente: tenho medo.

Apenas por alguns dias, só por alguns, eu juro, te falarei do amor, com o risco de escrever um milhão de disparates.

– Por que tremes? – dirás, sem dúvida. Não falam dele, a cada passo, pessoas que nem mesmo o conhecem? Por que não hás de falar dele, tu que sentes o que dizes?

Ai! Talvez pelo fato de ignorarem o que é, atrevem-se a defini-lo. Sorris outra vez?... Creia-me: a vida está cheia desses absurdos.

Carta III

Que é o amor?

A pesar del tiempo transcurrido creo que debes acordarte de lo que te voy a referir. La fecha en que aconteció, aunque no la consigne la Historia, será siempre una fecha memorable para nosotros.

Nuestro conocimiento sólo databa de algunos meses; era verano y nos hallábamos en Cádiz. El rigor de la estación no nos permitía pasear sino al amanecer o durante la noche. Un día..., digo mal, no día aún: la dudosa claridad del crepúsculo de la mañana teñía de un vago azul el cielo, la luna se desvanecía en el ocaso, envuelta en una bruma violada, y lejos, muy lejos, en la distante lontananza del mar, las nubes se coloraban de amarillo y rojo, cuando la brisa, precursora de la luz, levantándose del Océano, fresca e impregnada en el marino perfume de las olas, acarició, al pasar, nuestras frentes.

La Naturaleza comenzaba entonces a salir de su letargo con un sordo murmullo.

Todo a nuestro alrededor estaba en suspenso y como aguardando una señal misteriosa para prorrumpir en el gigante himno de alegría de la creación que despierta.

Nosotros, desde lo alto de la fortísima muralla que ciñe y defiende la ciudad, y a cuyos pies se rompen las olas con un gemido, contemplábamos con avidez el solemne espectáculo que se ofrecía a nuestros ojos.

Los dos guardábamos un silencio profundo, y, no obstante, los dos pensábamos una misma cosa. Tú formulaste mi pensamiento al decirme:

–¿Qué es el sol?

En aquel momento, el astro, cuyo disco comenzaba a chispear en el límite del horizonte, rompió el seno de los mares. Sus rayos se tendieron rapidísimos sobre su inmensa llanura; el cielo, las aguas y la tierra se inundaron de claridad, y todo resplandeció como si un océano de luz se hubiese volcado sobre el mundo.

En las crestas de las olas, en los ribetes de las nubes, en los muros de la ciudad, en el vapor de la mañana, sobre nuestras cabezas, a nuestros pies, en todas partes, ardía la pura lumbre del astro y flotaba una atmósfera luminosa y transparente, en la que nadaban encendidos los átomos del aire.

Tus palabras resonaban aún en mi oído. –¿Qué es el sol? me habías preguntado. –Eso –respondí, señalándote su disco, que volteaba oscuro y franjado de fuego en mitad de aquella diáfana atmósfera de oro; y tu pupila y tu alma se llenaron de luz, y en la indescriptible expresión de tu rostro conocí que lo habías comprendido.

Apesar do tempo transcorrido, acho que deves lembrar o que vou dizer-te. A data em que aconteceu, embora a história não a registre, será sempre uma data memorável para nós.

Nosso conhecimento só datava de alguns meses; era verão e nos encontrávamos em Cádiz. O rigor da estação não nos permitia passear, a não ser ao amanhecer ou à noite. Um dia..., ou melhor, ainda não era dia: a duvidosa claridade do crepúsculo da manhã tingia de um vago azul o céu, a lua se desvanecia no ocaso, envolvida em uma bruma violácea. E ao longe, bem ao longe, na distante lonjura, as nuvens se coloriam de amarelo e vermelho, quando a brisa, precursora da luz, levantando-se do Oceano, fresca e impregnada no perfume marinho das ondas, acariciou, ao passar, nossos rostos.

A natureza começava, então, a sair de sua letargia com um surdo murmúrio.

Tudo à nossa volta estava em suspenso e parecendo aguardar um sinal misterioso para irromper no gigantesco hino de alegria da Criação que se desperta.

Nós, do alto da poderosa muralha que cinge e defende a cidade e em cujos pés se rompem as ondas com um gemido, contemplávamos com avidez o solene espetáculo que se oferecia a nossos olhos. Nós dois mantínhamos um silêncio profundo e, não obstante, pensávamos uma única coisa. Tu formulaste meu pensamento ao dizer-me:

— Que é o sol?

Naquele momento, o astro, cujo disco começava a fulgurar no limite do horizonte, rompeu o seio dos mares. Seus raios se espalharam rapidíssimos sobre sua imensa planície; o céu, as águas e a terra se inundaram de claridade e tudo resplandeceu como si um oceano de luz tivesse entornado sobre o mundo.

Nas cristas das ondas, nos debruns das nuvens, nos muros da cidade, no vapor da manhã, sobre nossas cabeças, a nossos pés, em todas partes, ardia o puro fogo do astro e flutuava uma atmosfera luminosa e transparente, na qual nadavam acesos os átomos do ar.

Tuas palavras ainda ressoavam em meus ouvidos:

— Que é o sol? — tu me havias perguntado.

— Isso — respondi, mostrando seu disco, que girava escuro e com franjas de fogo em meio daquela diáfana atmosfera de ouro; e tua pupila e tua alma encheram-se de luz e na indescritível expressão de teu rosto soube que havias compreendido.

Yo ignoraba la definición científica con que pude responder a tu pregunta; pero, de todos modos, en aquel instante solemne estoy seguro de que no te hubiera satisfecho.

¡Definiciones! Sobre nada se han dado tantas como sobre las cosas indefinibles. La razón es muy sencilla: ninguna de ellas satisface, ninguna es exacta, por lo cual cada cual se cree con derecho para formular la suya.

¿Qué es el amor? Con esa frase concluí mi carta de ayer, y con ella he comenzado la de hoy. Nada me sería más fácil que resolver, con el apoyo de una autoridad esta cuestión que yo mismo me propuse al decirte que es la fuente del sentimiento. Llenos están los libros de definiciones sobre este punto. Las hay en griego y en árabe, en chino y en latín, en copto y en ruso... ¿qué sé yo?, en todas las lenguas, muertas o vivas, sabias o ignorantes, que se conocen. Yo he leído algunas y me he hecho traducir otras. Después de conocerlas casi todas, he puesto la mano sobre mi corazón, he consultado mis sentimientos y no he podido menos de repetir con Hamlet: *¡Palabras, palabras, palabras!*

Por eso he creído más oportuno recordarte una escena pasada que tiene alguna analogía con nuestra situación presente, y decirte ahora como entonces: –¿Quieres saber lo que es el amor? Recógete dentro de ti misma, y si es verdad lo que abrigas en tu alma, siéntelo y lo comprenderás, pero no me lo preguntes.

Yo sólo te podré decir que él es la suprema ley del universo; ley misteriosa por la que todo se gobierna y rige, desde el átomo inanimado hasta la criatura racional; que de él parte y a él convergen, como a un centro de irresistible atracción, todas nuestras ideas y acciones; que está, aunque oculto, en el fondo de toda cosa y efecto de una primera causa: Dios es, a su vez, origen de esos mil pensamientos desconocidos, que todos ellos son poesía verdadera y espontánea que la mujer no sabe formular, pero que siente y comprende mejor que nosotros.

Sí. Que poesía es, y no otra cosa, esa aspiración melancólica y vaga que agita tu espíritu con el deseo de una perfección imposible.

Poesía, esas lágrimas involuntarias que tiemblan un instante en tus párpados, se desprenden en silencio, ruedan y se evaporan como un perfume.

Poesía, el gozo improviso que ilumina tus facciones con una sonrisa suave, y cuya oculta causa ignoras dónde está.

Eu ignorava a definição científica com a qual pudesse responder tua pergunta; mas, de todos modos, naquele instante solene estou certo de que não te satisfaria.

Definições! Nunca tantas foram dadas quanto sobre as coisas indefiníveis. A razão é muito simples: nenhuma delas satisfaz, nenhuma é exata, com o que cada um se acha no direito de formular a sua.

Que é o amor? Com essa frase concluí minha carta de ontem e com ela comecei a de hoje. Nada me seria mais fácil que resolver, com o apoio de uma autoridade, essa questão que eu mesmo me propus ao dizer-te que é a fonte do sentimento. Cheios estão os livros de definições sobre esse ponto. Elas existem em grego e em árabe, em chinês e em latim, em copta[1] e em russo, sei lá! Em todas as línguas, mortas ou vivas, sábias ou ignorantes, de que se tem notícia. Eu li algumas e fiz com que me traduzissem outras. Depois de conhecer quase todas, pus a mão sobre o coração, consultei meus sentimentos e não pude deixar de repetir com Hamlet: "Palavras, palavras, palavras!"

Por isso, achei mais oportuno lembrar-te duma cena passada que tem alguma analogia com nossa situação presente e dizer-te agora como antes:

— Queres saber o que é o amor? Recolhe-te dentro de ti mesma e, se é verdade que o abrigas em tua alma, sente-o e o compreenderás, mas não me perguntes.

Eu só poderei dizer-te que é a suprema lei do Universo; lei misteriosa pela qual tudo é governado e regido, desde o átomo inanimado até a criatura racional; que dele partem e a ele convergem como a um centro de irresistível atração todas nossas ideias e ações; que está, embora oculto, no fundo de todas as coisas e, efeito de uma primeira causa, Deus é, por sua vez, origem desses mil pensamentos desconhecidos, que todos eles são poesia, poesia verdadeira e espontânea que a mulher não sabe formular, mas que existe e compreende melhor que nós.

Sim. A poesia não é outra coisa senão essa aspiração melancólica e vaga que agita teu espírito com o desejo de uma perfeição impossível.

Poesia, essas lágrimas involuntárias que tremulam um instante em tuas pálpebras, desprendem-se em silêncio, rolam e se evaporam como um perfume.

Poesia, o gozo improvisado que ilumina tuas facções com um sorriso suave e cuja oculta causa ignoras.

Poesía son, por último, todos esos fenómenos inexplicables que modifican el alma de la mujer cuando despierta al sentimiento y la pasión.

¡Dulces palabras que brotáis del corazón, asomáis al labio y morís sin resonar apenas, mientras que el rubor enciende las mejillas! ¡Murmullos extraños de la noche, que imitáis los pasos del amante que se espera! ¡Gemidos del viento, que fingís una voz querida que nos llama entre las sombras! ¡Imágenes confusas, que pasáis cantando una canción sin ritmo ni palabras, que sólo percibe y entiende el espíritu! ¡Febriles exaltaciones de la pasión, que dais colores y formas a las ideas más abstractas! ¡Presentimientos incomprensibles, que ilumináis como un relámpago nuestro porvenir! ¡Espacios sin límites, que os abrís ante los ojos del alma, ávida de inmensidad, y la arrastráis a vuestro seno, y la saciáis de infinito! ¡Sonrisas, lágrimas, suspiros y deseos, que formáis el misterioso cortejo del amor! ¡Vosotros sois la poesía, la verdadera poesía que puede encontrar un eco, producir una sensación o despertar una idea!

Y todo este tesoro inagotable de sentimiento, todo este animado poema de esperanzas y de abnegaciones, de sueños y de tristezas, de alegrías y lágrimas, donde cada sensación es una estrofa, y cada pasión, un canto, todo está contenido en vuestro corazón de mujer.

Un escritor francés ha dicho, juzgando a un músico ya célebre, el autor de *Tannhauser*:

"Es un hombre de talento, que hace todo lo posible por disimularlo, pero que a veces no lo puede conseguir y, a su pesar, lo demuestra".

Respecto a la poesía de vuestras almas, puede decirse lo mismo.

Pero, ¡qué!, ¿frunces el ceño y arrojas la carta?... ¡Bah! No te incomodes... Sabes de una vez y para siempre que, tal como os manifestáis, yo creo, y conmigo lo creen todos, que las mujeres son la poesía del mundo.

Carta cuarta

El amor es poesía; la religión es amor. Dos cosas semejantes a una tercera son iguales entre sí.

He aquí un axioma que debía ahorrarme el trabajo de escribir una nueva carta. Sin embargo, yo mismo conozco que esta conclusión matemática, que en efecto lo parece, así puede ser una verdad como un sofisma.

Poesia, por último, são todos os fenômenos inexplicáveis que modificam a alma da mulher quando despertam o sentimento e a paixão.

Doces palavras, que brotais do coração, assomais ao lábio e morreis sem apenas ecoar, enquanto o rubor queima a face! Murmúrios estranhos da noite, que imitais os passos do amante esperado! Gemidos do vento, que fingis uma voz querida que nos chama entre as sombras! Imagens confusas, que passais cantando uma canção sem ritmo nem palavras, que só percebe e entende o espírito! Febris exaltações da paixão, que dais cor e forma às ideias mais abstratas! Pressentimentos incompreensíveis, que iluminais como um relâmpago nosso porvir! Espaços sem limites, que abris ante os olhos da alma, ávida de imensidade, e a arrastais a vosso seio, e a saciais de infinito! Sorrisos, lágrimas, suspiros e desejos, que formais o misterioso cortejo do amor! Vós sois a poesia, a verdadeira poesia que pode encontrar um eco, produzir uma sensação ou despertar uma ideia!

E todo esse tesouro inesgotável de sentimento, todo esse animado poema de esperanças, e de abnegações, de sonhos e de tristezas, de alegrias e de lágrimas, em que cada sensação é uma estrofe e cada paixão um canto, tudo isso está contido em vosso coração de mulher.

Disse um escritor francês, julgando um célebre músico, o autor de *Tannhauser*:

"És um homem de talento, que faz todo o possível para dissimulá-lo, mas que, às vezes, não pode consegui-lo e, contrariando a si mesmo, demonstra-o".

Quanto à poesia de vossas almas, o mesmo pode ser dito.

Mas, que vejo? Franzes a testa e atiras a carta...? Ah! Não te incomodes... Sabe de uma vez por todas que, tal como vós os manifestais, acho eu, e todos acham o mesmo, que as mulheres são a poesia do mundo.

Carta IV

O amor é poesia; a religião é amor. Duas coisas semelhantes a uma terceira são iguais entre si. Eis aqui o axioma que deveria poupar-me o trabalho de escrever uma nova carta. Não obstante, eu mesmo reconheço que essa conclusão matemática, que é o que parece ser, tanto pode ser uma verdade como um sofisma.

La lógica sabe fraguar razonamientos inatacables que, a pesar de todo, no convencen. ¡Con tanta facilidad se sacan deducciones precisas de una base falsa!

En cambio, la convicción íntima suele persuadir, aunque en el método del raciocinio reine el mayor desorden. ¡Tan irresistible es el acento de la fe!

La religión es amor y, porque es amor, es poesía.

He aquí el tema que me he propuesto desenvolver hoy.

Al tratar un asunto tan grande en tan corto espacio y con tan escasa ciencia como la de que yo dispongo, sólo me anima una esperanza. Si para persuadir basta creer, yo siento lo que escribo.

Hace ya mucho tiempo - yo no te conocía y con esto excuso el decir que aún no había amado -, sentí en mi interior un fenómeno inexplicable. Sentí, no diré un vacío, porque sobre ser vulgar, no es ésta la frase propia; sentí en mi alma y en todo mi ser como una plenitud de vida, como un desbordamiento de actividad moral que, no encontrando objeto en qué emplearse, se elevaba en forma de ensueños y fantasías, ensueños y fantasías en los cuales buscaba en vano la expansión, estando como estaban dentro de mí mismo.

Tapa y coloca al fuego un vaso con un líquido cualquiera. El vapor, con un ronco hervidero, se desprende del fondo, y sube, y pugna por salir, y vuelve a caer deshecho en menudas gotas, y torna a elevarse, y torna a deshacerse, hasta que al cabo estalla comprimido y quiebra la cárcel que lo detiene. Éste es el secreto de la muerte prematura y misteriosa de algunas mujeres y de algunos poetas, arpas que se rompen sin que nadie haya arrancado una melodía de sus cuerdas de oro. Ésta es la verdad de la situación de mi espíritu, cuando aconteció lo que voy a referirte.

Estaba en Toledo, la ciudad sombría y melancólica por excelencia. Allí cada lugar recuerda una historia, cada piedra un siglo, cada monumento una civilización; historias, siglos y civilizaciones que han pasado y cuyos actores tal vez son ahora el polvo oscuro que arrastra el viento en remolinos, al silbar en sus estrechas y tortuosas calles. Sin embargo, por un contraste maravilloso, allí donde todo parece muerto, donde no se ven más que ruinas, donde sólo se tropieza con rotas columnas y destrozados capiteles, mudos sarcasmos de la loca aspiración del hombre a perpetuarse, diríase que el alma, sobrecogida de terror y sedienta de

A lógica costuma urdir raciocínios inatacáveis, que, apesar de tudo, não são convincentes. Com quanta facilidade se tiram deduções precisas de uma base falsa! A convicção íntima, ao contrário, costuma persuadir, embora no método do seu raciocínio reine a maior desordem. Quão irresistível é o acento da fé!

A religião é amor e, porque é amor, é poesia.

Eis aqui o tema que me proponho desenvolver hoje. Ao tratar um assunto tão amplo em tão curto espaço e com ciência tão escassa como a que eu disponho. Só uma esperança me anima: se para persuadir basta crer, eu sinto o que escrevo.

Já faz muito tempo — eu não te conhecia e, portanto, ainda não havia amado —, senti em meu interior um fenômeno inexplicável. Senti, não direi um vazio, porque, além de vulgar, não é esta a frase apropriada; senti em minha alma e em todo meu ser uma espécie de plenitude de vida, como um transbordamento de atividade moral que, não tendo encontrado objeto a que se dedicar, elevava-se em forma de sonhos e fantasias, nos quais buscava em vão a expansão, estando, como estavam, dentro de mim mesmo.

Tampa e coloca no fogo um vaso com um líquido qualquer. O vapor, roncando ao ferver, desprende-se do fundo e sobe, luta por sair, e volta a cair desfeito em pequenas gotas. Torna a elevar-se e torna a desfazer-se, até que, ao final, estoura e quebra a cárcere que o detém. Esse é o segredo da morte prematura e misteriosa de algumas mulheres e de alguns poetas, harpas que se rompem sem que ninguém tenha arrancado uma única melodia de suas cordas de ouro.

Essa era a verdade da situação de meu espírito quando aconteceu o que vou te contar:

Eu estava em Toledo; em Toledo, a cidade sombria e melancólica por excelência. Cada lugar ali recorda uma história, cada pedra um século, cada monumento uma civilização; histórias, séculos e civilizações que passaram, cujos atores talvez sejam agora o pó escuro que arrasta o vento em redemoinhos, a assobiar em suas estreitas e tortuosas ruas. No entanto, por um contraste maravilhoso, ali onde tudo parece morto, onde não se veem mais que ruínas, onde só se tropeça com colunas quebradas e destroçados capitéis, muitos sarcasmos da louca aspiração do homem a perpetuar-se, dir-se-ia que a alma, tomada de terror e sedenta

inmortalidad, busca algo eterno en donde refugiarse, y como el náufrago que se ase de una tabla, se tranquiliza al recordar su origen.

Un día entré en el antiguo convento de San Juan de los Reyes. Me senté en una de las piedras de su ruinoso claustro y me puse a dibujar. El cuadro que se ofrecía a mis ojos era magnífico. Largas hileras de pilares que sustentan una bóveda cruzada de mil y mil crestones caprichosos; anchas ojivas caladas, como los encajes de un rostrillo; ricos doseletes de granito con caireles de yedra que suben por entre las labores, como afrentando a las naturales; ligeras creaciones del cincel que parecen han de agitarse al soplo del viento; estatuas vestidas de luengos paños que flotan, como al andar; caprichos fantásticos, gnomos, hipogrifos, dragones y reptiles sin número que ya asoman por cima de un capitel, ya corren por las cornisas, se enroscan en las columnas, o trepan babeando por el tronco de las guirnaldas de trébol; galerías que se prolongan y que se pierden, árboles que inclinan sus ramas sobre una fuente, flores risueñas, pájaros bulliciosos formando contraste con las tristes ruinas y las calladas naves, y por último, el cielo, un pedazo de cielo azul que se ve más allá de las crestas de pizarra de los miradores a través de los calados de un rosetón.

En tu álbum tienes mi dibujo; una reproducción pálida, imperfecta, ligerísima, de aquel lugar, pero que no obstante puede darte una idea de su melancólica hermosura. No ensayaré, pues, describírtela con palabras, inútiles tantas veces.

Sentado, como te dije, en una de las rotas piedras, trabajé en él toda la mañana, torné a emprender mi tarea a la tarde, y permanecí absorto en mi ocupación hasta que comenzó a faltar la luz. Entonces, dejando a un lado el lápiz y la cartera, tendí una mirada por el fondo de las solitarias galerías y me abandoné a mis pensamientos.

El sol había desaparecido. Sólo turbaban el alto silencio de aquellas ruinas el monótono rumor del agua de la fuente, el trémulo murmullo del viento que suspiraba en los claustros, y el temeroso y confuso rumor de las hojas de los árboles que parecían hablar entre sí en voz baja.

Mis deseos comenzaron a hervir y a levantarse en vapor de fantasías. Busqué a mi lado una mujer, una persona a quien comunicar mis sensaciones. Estaba solo. Entonces me acordé de esta verdad que había leído en no sé qué autor: "La soledad es muy hermosa... cuando se tiene junto a alguien a quien decírselo".

de imortalidade, busca algo eterno onde refugiar-se e, como um náufrago que se agarra a uma tábua, se tranquiliza ao recordar sua origem.

Um dia em que entrei no antigo convento de San Juan de los Reyes, sentei-me em uma das pedras das ruínas do claustro e pus-me a desenhar. O quadro que se oferecia aos meus olhos era magnífico. Longas fileiras de pilares que sustentam uma abóbada cruzada de milhares de filões caprichosos; largas ogivas ornamentadas, como as rendas de um véu; ricos dosséis de granito com debruns de hera, que sobem pelo bordado, como ofendendo às naturais, leves criações do cinzel, que parece que vão se agitar ao sopro do vento; estátuas vestidas de longos panos que flutuam como ao andar; caprichos fantásticos, gnomos, hipogrifos,[2] dragões e répteis incontáveis, que se assomam por cima de um capitel, correm pelas cornijas, se enroscam nas colunas ou trepam babejando pelo tronco das guirlandas de trevos; galerias que se prolongam e que se perdem; árvores que inclinam seus ramos sobre uma fonte, flores risonhas, pássaros barulhentos contrastando com as tristes ruínas e as caladas naves e, por último, o céu, um pedaço de céu azul que se vê além dos cumes de ardósia dos mirantes, através dos adornos de uma rosácea.

Em teu álbum tens meu desenho: uma reprodução pálida, imperfeita, parca daquele lugar; mas que, não obstante, pode dar-te uma ideia de sua melancólica beleza. Não ensaiarei, portanto, descrevê-la com palavras, tantas vezes inúteis.

Sentado, como te disse, em uma das pedras quebradas, trabalhei nele durante toda a manhã, voltei a empreender minha tarefa à tarde, e permaneci absorto em minha ocupação até que começou a faltar luz. Então, deixando a meu lado o lápis e a pasta, lancei um olhar pelo fundo das solitárias galerias e me abandonei aos meus pensamentos.

O sol havia desaparecido. O alto silêncio daquelas ruínas só eram turvados pelo monótono rumor da água daquela fonte, o trêmulo murmúrio do vento, que suspirava entre os claustros, e o temeroso e confuso rumor das folhas das árvores, que pareciam falar entre si em voz baixa.

Meus desejos começaram a ferver e levantar-se em vapor de fantasias. Busquei ao meu lado uma mulher, uma pessoa a quem comunicar minhas sensações. Estava só. Então me lembrei desta verdade, que havia lido em não sei que autor: "A solidão é bela... quando se tem ao lado alguém a quem dizê-lo".

No había aún concluido de repetir esta frase célebre, cuando me pareció ver levantarse a mi lado y de entre las sombras una figura ideal, cubierta con una túnica flotante y ceñida la frente de una aureola. Era una de las estatuas del claustro derruido, una escultura que, arrancada de su pedestal y arrimada al muro en que me había recostado, yacía allí, cubierta de polvo y medio escondida entre el follaje, junto a la rota losa de un sepulcro y el capitel de una columna. Más allá, a lo lejos y veladas por las penumbras y la oscuridad de las extensas bóvedas, se distinguían confusamente algunas otras imágenes: vírgenes con sus palmas y sus nimbos, monjes con sus báculos y sus capuchas, eremitas con sus libros y sus cruces, mártires con sus emblemas y sus aureolas, toda una generación de granito, silenciosa e inmóvil, pero en cuyos rostros había grabado el cincel la huella del ascetismo y una expresión de beatitud y serenidad inefables.

-He aquí, exclamé, un mundo de piedra: fantasmas inanimados de otros seres que han existido y cuya memoria legó a las épocas venideras un siglo de entusiasmo y de fe. Vírgenes solitarias, austeros cenobitas, mártires esforzados que, como yo, vivieron sin amores ni placeres; que, como yo, arrastraron una existencia oscura y miserable, solos con sus pensamientos y el ardiente corazón inerte bajo el sayal, como un cadáver en su sepulcro. Volví a fijarme en aquellas facciones angulosas y expresivas; volví a examinar aquellas figuras secas, altas, espirituales y serenas, y proseguí diciendo: "¿Es posible que hayáis vivido sin pasiones, ni temor, ni esperanzas, ni deseos? ¿Quién ha recogido las emanaciones de amor que, como un aroma, se desprenderían de vuestras almas? ¿Quién ha saciado la sed de ternura que abrasaría vuestros pechos en la juventud? ¿Qué espacios sin límites se abrieron a los ojos de vuestros espíritus, ávidos de inmensidad, al despertarse al sentimiento…?" La noche había cerrado poco a poco. A la dudosa claridad del crepúsculo había sustituido una luz tibia y azul; la luz de la luna que, velada un instante por los oscuros chapiteles de la torre, bañó en aquel momento con un rayo plateado los pilares de la desierta galería.

Entonces reparé que todas aquellas figuras, cuyas largas sombras se proyectaban en los muros y en el pavimento, cuyas flotantes ropas parecían moverse, en cuyas demacradas facciones brillaba una expresión de indescriptible, santo y sereno gozo, tenían sus pupilas sin luz, vueltas

Ainda não havia parado de repetir essa frase célebre, quando me pareceu ver levantar-se a meu lado e entre as sombras uma figura ideal, coberta com uma túnica flutuante e, na testa, uma auréola. Era uma das estátuas do claustro destruído, uma escultura que, arrancada de um pedestal e apoiada no muro em que eu me recostara, jazia coberta de poeira e meio escondida pela folhagem, junto à lápide quebrada de um sepulcro e o capitel de uma coluna. Mais além, ao longe, e veladas pelas penumbras e pela escuridão das extensas abóbadas, se distinguiam confusamente algumas outras imagens: virgens com suas palmas e seus nimbos; monges com seus báculos e seus capuzes; eremitas com seus livros e suas cruzes; mártires com seus emblemas e suas auréolas. Toda uma geração de granito, silenciosa e imóvel, mas em cujos rostos havia gravado em cinzel a marca do ascetismo e uma expressão de beatitude e serenidade inefáveis.

Eis aqui – exclamei – um mundo de pedra: fantasmas inanimados de outros seres que existiram e cuja memória legou às épocas vindouras um século de entusiasmo e de fé. Virgens solitárias, austeros cenobitas, mártires vigorosos que, como eu, viveram sem amores nem prazeres; que, como eu, arrastaram uma existência obscura e miserável, sós com seus pensamentos e o ardente coração inerte sob o hábito, como um cadáver no sepulcro.

Voltei a fixar-me naquelas facções angulosas e expressivas; voltei a examinar aquelas figuras secas, altas, espirituais e serenas, e prossegui dizendo:

– É possível que tenhais vivido sem paixões, nem temor, nem esperanças, nem desejos? Quem recolheu as emanações de amor que, como um aroma, se desprenderia de vossas almas? Quem saciou a sede de ternura que abrasaria vossos peitos na juventude? Que espaços sem limites se abriram aos olhos de vossos espíritos, ávidos de imensidão, ao despertar-se o sentimento...?

A noite havia caído pouco a pouco. A duvidosa claridade do crepúsculo foi substituída por uma luz morna e azul: a luz da lua que, velada um instante pelos capitéis da torre, banhou, naquele momento, com um raio prateado os pilares da deserta galeria.

Então reparei que todas aquelas figuras, cujas extensas sombras se projetavam nos muros e no pavimento, cujas flutuantes roupas pareciam mover-se, em cujas decompostas feições brilhava uma expressão indescritível. Suas pupilas sem luz dirigidas ao céu tinham santo e sereno

al cielo, como si el escultor quisiera semejar que sus miradas se perdían en el infinito buscando a Dios.

A Dios, foco eterno y ardiente de hermosura, al que se vuelve con los ojos, como a un polo de amor, el sentimiento de la tierra.

gozo, como se o escultor quisesse que seus olhares se perdessem no infinito à procura de Deus.

Deus, foco eterno e ardente de beleza, a quem se dirige com os olhos, como a um polo de amor, o sentimento da alma.

[1] Língua camito-semítica, derivada do egípcio antigo.

[2] Animal mitológico, representado com asas, garras e cabeça de um grifo (animal fabuloso) e corpo e patas traseiras de um cavalo (Fonte: Dicionário Houaiss).

Sobre os tradutores

ANA MARIA CHIARINI

É professora de língua e literatura italiana na Faculdade de Letras da UFMG. Tem se dedicado aos temas da imigração e do espaço com foco na literatura italiana contemporânea, bem como à tradução.

ANDRÉIA GUERINI

É professora de literatura da Universidade Federal de Santa Catarina. Desde 1999 vem se dedicando ao estudo da obra do escritor italiano Giacomo Leopardi, especialmente os ensaios do *Zibaldone di Pensieri*. É editora-chefe das revistas *Cadernos de Tradução* e *Appunti Leopardiani*. É autora do livro *Gênero e tradução no Zibaldone de Leopardi*, publicado em 2007 e tem vários artigos e resenhas publicados sobre literatura italiana, literatura comparada e literatura traduzida.

ANNA PALMA

É professora da Faculdade de Letras da UFMG, onde leciona língua e literatura italiana. Como pesquisadora, dedica-se aos estudos e à tradução literária de autores italianos e brasileiros, como Dante, Leopardi e Machado de Assis.

ELISA MARIA AMORIM VIEIRA

É professora da Faculdade de Letras da UFMG desde 2002. Possui mestrado em Letras Neolatinas pela UFRJ (2000), doutorado em Letras Neolatinas pela UFRJ (2005) e pós-doutorado pela Stanford University (2009-2010). Atua no Programa de Pós-Graduação em Estudos Literários da FALE, UFMG. Sua pesquisa se desenvolve nos seguintes temas: literatura, cinema, fotografia e representações da memória histórica, particularmente sobre a Guerra Civil Espanhola.

JULIO JEHA

É professor da UFMG, onde pesquisa as manifestações do mal na literatura, trabalhando principalmente com literatura norte-americana e literatura comparada. É editor da revista *Aletria* e organizador de *Estudos judaicos: Shoá, o mal e o crime* (2012) e *Da fabricação de monstros* (2009), ambos com Lyslei Nascimento, além de *Monstros e monstruosidades na literatura* (2007). É pesquisador do CNPq e da Fapemig.

KARINE SIMONI

É professora da Universidade Federal de Santa Catarina. Possui doutorado na área de Teoria Literária pela UFSC com uma tese sobre Ugo Foscolo e atua nos cursos de Letras-Italiano e na Pós-Graduação em Estudos da Tradução, na mesma universidade. Suas publicações têm versado sobre tradução, história e literatura no século XIX italiano.

LUANA MARINHO DUARTE

É graduanda em Letras pela Universidade Federal de Minas Gerais com habilitação em francês e ênfase em estudos literários. Em 2011, realizou intercâmbio acadêmico promovido pela UFMG em parceria com a Université Blaise Pascal, em Clermont-Ferrand.

MARIA APARECIDA BARBOSA

Cursou jornalismo na UFMG, teoria de teatro, filme e televisão na Universität zu Köln, fez doutorado em literatura na UFSC, onde trabalha como docente. Desenvolve pesquisas sobre imagens/textos, e estuda os autores Rilke, Hoffmann, Kubin, Kurt Schwitters, Carl Einstein, Ivan Goll e outros. Traduz literatura da língua alemã.

MARIA JULIANA GAMBOGI TEIXEIRA

É professora de Língua e Literatura francesa na Faculdade de Letras da UFMG. Seu principal tema de pesquisa é a interface entre literatura e história, em particular tal como ela se articula na obra do historiador oitocentista francês Jules Michelet. Tem trabalhos na área de tradução e é autora de diversos artigos sobre as temáticas acima destacadas.

TÂNIA MARA MOYSÉS

É doutora em Literatura pela Universidade Federal de Santa Catarina (UFSC) com a tese *"Lettere e I libri degli altri*: lições de literatura na biografia intelectual de Italo Calvino". Realiza pós-doutorado junto à Pós-Graduação em Estudos da Tradução - PGET (UFSC), com o projeto "Tradução comentada e anotada do *Zibaldone* de Giacomo Leopardi (período 1817-1820)". Além disso, dedica-se ao epistolário de Calvino e ao estudo comparado entre suas obras e as de Leopardi.

Este livro foi composto com tipografia Bembo e impresso
em papel Pólen Bold 90 g/m² na Gráfica Paulinelli.